Yvonne Lorentz-Böhm

Begegnung auf Ihuru

edition winterwork

Bibliografische Informationen der Deutschen Nationalbibliothek:
Die Deutsche Nationalbibliothek verzeichnet diese Publikation in der Deutschen Nationalbibliografie. Detaillierte bibliografische Daten im Internet über http://www.d-nb.de abrufbar.

Impressum

Yvonne Lorentz-Böhm, »Begegnung auf Ihuru«
www.edition-winterwork.de

Satz: Yvonne Lorentz-Böhm
Umschlag: Yvonne Lorentz-Böhm
Druck und Bindung: winterwork Borsdorf

ISBN 978-3-86468-615-3

Begegnung auf Ihuru

Chief Inspector Abdullah Waheed
ermittelt auf den Malediven

Yvonne Lorentz-Böhm

edition winterwork

Zu diesem Buch:

Voller Vorfreude treten die Freundinnen Tessa und Beatrice ihre Reise auf die Malediven an. Sie genießen die Zeit dort, lassen sich von der Sonne und im Spa verwöhnen, sie schnorcheln und tauchen im Indischen Ozean, und sie bestaunen die Unterwasserwelt. Alles scheint perfekt. Aber dann wird im Spa-Bereich eine junge Thailänderin tot aufgefunden. Schnell wird klar, dass es sich hier nicht um einen natürlichen Tod handelt. Damit wird aus den unbeschwerten Urlaubstagen eine spannende Suche nach dem Mörder.

Yvonne Lorentz-Böhm, geboren am 26. August 1951 in Wiesbaden, war dort an einer Privatschule als Fachlehrerin tätig und hat freiberuflich für eine regionale Tageszeitung geschrieben. Seit 1997 lebt sie an der Bergstraße. Begegnung auf Ihuru ist ihr erster Roman.

Die Insel Ihuru, im Ari-Atoll der Malediven gelegen, gibt es wirklich. Alle in diesem Roman beschriebenen Handlungen und alle Personen sind allein in meiner Phantasie entstanden.

Ein heftiges Gewitter entlud sich über der Stadt. Der Regen prasselte wild gegen die Scheiben, kleine Hagelkörner sprangen über die Straße. Die Menschen, die unterwegs waren, suchten Schutz unter Vor-dächern oder drängten sich in Mauernischen. In breiten Rinnsalen lief das Wasser die Straße entlang, hatte an manchen Stellen riesige Pfützen gebildet, die wie kleine Seen aussahen. Donner krachte und grollte über den Himmel. Der Wind wehte dichte Regenschleier vor sich her.

Tessa fuhr langsam, die Scheibenwischer schafften es kaum. Die Straße vor ihr verschwamm hinter einem Wasserfilm. Sie war auf dem Weg zum Tennisclub. Wie jedes Jahr veranstaltete der Verein im August sein Sommerfest. Musste es ausgerechnet jetzt so regnen? Verärgert schlug sie mit der flachen Hand auf das Lenkrad. Sie hatte heute Abend ihr bestes Kleid an, und der Schirm, der sonst immer hinter dem Sitz lag, war verschwunden. Wahrscheinlich hatte sie ihn im Geschäft stehen lassen. Wenn sie nicht nass werden wollte, musste sie auf dem Parkplatz vor dem Clubhaus im Auto warten, bis der Gewitterregen vorüber war. Im Radio lief eines ihrer Lieblingslieder, aber sie hörte kaum hin. In Gedanken war sie noch bei ihrer Arbeit. Hinter ihr lag eine gute Woche. Ihr Beruf als Floristin war für sie eine Quelle der Freude, das Geschäft lief gut. Sie hatte den kleinen Laden vor sieben

Jahren zusammen mit Andreas eröffnet. Sie kannte ihn seit ihrer gemeinsamen Lehrzeit, und beide hatten den Schritt in die Selbstständigkeit nie bereut. Die Geschäftsräume, die damals gerade günstig zur Miete angeboten wurden, lagen im besten Teil des Stadtzentrums. In dem Eckgeschäft mit den vier großen Schaufenstern hatten sie genug Fläche für die Präsentation, außerdem boten sie ausgefallene Accessoires an. Die Leute blieben gern stehen vor den originell gestalteten Schaufenstern.

Andreas wohnte mit seinem Freund Christian in einer Wohnung über dem Laden. „Ging das nicht ein bisschen schnell?" hatte sie ihn damals mit einer guten Portion Skepsis in der Stimme gefragt, als er Christian bei sich einziehen ließ. Die jungen Männer kannten sich zu dem Zeitpunkt gerade einmal ein paar Wochen. Das war mittlerweile ein halbes Jahr her. Aber offenbar kamen sie immer noch gut zurecht.

Sie selbst hatte eine kleine Wohnung ein paar Straßen weiter. An manchen Tagen arbeitete sie zwölf Stunden und mehr, aber sie war zufrieden mit ihrem Leben. Einen Beruf zu haben, der Freude machte und der auch finanziell etwas einbrachte, wer konnte das schon von sich sagen.

Zwei größere Aufträge waren im Geschäft eingegangen. Eine Taufe und ein siebzigster Geburtstag. Beide Familien waren bekannte Geschäftsleute der Stadt, das Limit für die jeweilige Blumendekoration war somit entsprechend hoch angesetzt. Mit Andreas hatte sie bereits einige Ideen für die Ausgestaltung der beiden Feiern entwickelt. Jetzt hörte sie dem Regen zu und dachte darüber nach, wie sich diese Stationen eines Lebens aneinanderreihten. Erst wurde man getauft. Und dann, irgendwann einmal, konnte man den siebzigsten Geburtstag feiern. Und irgendwo dazwischen lag das Leben mit all seinen Möglichkeiten, mit all seinen guten und mit all seinen schlimmen Seiten. Für die Taufe wollte sie farblich alles in creme-weiß und grün halten. Und statt der üblichen Schleifen, wollte sie, weil es ein Junge war, hellblaue Bänder einarbeiten. Für die großen Sträuße würde sie Glockenblumen nehmen.

Auf einmal bemerkte sie, dass der Himmel sich aufgehellt hatte, es regnete nicht mehr. Endlich konnte sie sich ins Freie wagen. Sie nahm ihre Handtasche vom Beifahrersitz und stieg aus. Es waren nur ein paar Meter bis zum Eingang, und sie umging die größten Pfützen. Trotzdem bekamen ihre Schuhe ein paar hässliche Flecken ab. Na ja, es gab Schlimmeres. Aber Schuhe putzen gehörte nun mal nicht unbedingt zu ihren Lieblingsbeschäftigungen. Als sie die Tür zum Clubhaus öffnete, schlug ihr fröhliches Stimmengewirr entgegen. Die Feier war schon in vollem Gang.

„Hallo Tessa, du bist mal wieder spät dran." Beatrice kam auf sie zu, und die beiden Frauen umarmten sich. Beatrice war ihre beste Freundin, sie kannten sich schon seit ihrer Schulzeit. Als Kinder hatten sie sich gegenseitig Gruselgeschichten erzählt, später hatten sie dann zusammen Fahrradfahren gelernt und sich gemeinsam über die Jungs geärgert, die zu der Zeit immer irgendwie lästig waren. Und als Teenager hatten sie heimlich im Stadtpark die erste Zigarette geraucht. Beatrice hatte damals sogar daran gedacht, Pfefferminzbonbons mitzubringen, damit zu Hause niemand etwas merken sollte. Als sie dann erwachsen wurden, war jede ihren eigenen Weg gegangen, aber ihre Freundschaft war geblieben. Das Rauchen hatten sie beide längst aufgegeben, und aus den Jungs waren inzwischen Männer geworden.

Tessa schaute in den Spiegel an der Garderobe und strich sich eine Haarsträhne aus dem Gesicht. Ihre langen, dunklen Haare mit der leichten Naturkrause hatte sie heute Abend mit kleinen Kämmchen an der Seite hochgesteckt. Aber die ersten Locken hatten sich schon wieder aus dieser Umklammerung gelöst.

„Ja, hallo Bea, ich kam mal wieder nicht weg", sagte sie über die Schulter hinweg. „Enzo fiel in allerletzter Minute ein, dass er heute Abend Tischdekorationen für eine Geburtstagsgesellschaft von *Signora Fiori* braucht."

„Und wenn er dich so lieb *Signora Fiori* nennt, kannst du natürlich wieder einmal nicht nein sagen." Beatrice schüttelt leicht den Kopf.

„Du kennst mich doch." Tessa lächelt. Enzo war der Inhaber von *Da Enzo,* ihrem Lieblingslokal, und gleichzeitig ein guter Kunde ihres Blumenladens. In Anspielung auf ihren Beruf hatte er sie schon kurz nachdem ihrem Kennelernen mit dem Namen *Signora Fiori* angesprochen. Sie fand diese Anrede recht nett, deshalb hatte sie nicht dagegen protestiert. Und so war es eben bei *Signora Fiori* geblieben. Sie besuchte oft sein Restaurant, denn das Risotto alla milanese war jedes Mal aufs Neue ein Erlebnis. Als sie letzten Dienstag bei ihm gewesen war, kam er an ihren Tisch, so wie er es immer tat, und fragte, ob sie zufrieden gewesen sei mit seiner Küche. Sie hatte gerade ihren Espresso getrunken und sich dabei ein paar Notizen für ihre Kücheninkäufe gemacht, die sie später noch erledigen wollte.

„Enzo, man sollte Ihnen die goldene Kochmütze verleihen", sagte sie mit einer Geste, die fast italienisch wirkte. Enzo hatte gelächelt und verlegen an seinen blütenweißen Manschetten gezupft:

„*Signora Fiori*, ich werde demnächst tatsächlich eine Kochmütze bekommen. Aber keine goldene, und man nennt sie Haube." Sein Rücken hatte sich gestreckt, während er sprach. Er wirkte dadurch mehrere Zentimeter größer. „Es wird nur eine kleine Haube auf dem Papier sein." Er hatte sie mit einem Zwinkern in den Augen angeschaut und dann weitergesprochen. „Und diese Haube wird hinter meinem Namen im Gault Millau stehen." Während seiner Rede hatte er feierlich seine Arme gehoben und in Brusthöhe die Fingerspitzen aneinander gelegt.

„Enzo, das ist ja wunderbar, ich gratuliere herzlich."

„Bald, *Signora Fiori*, bald werde ich mit meinen *amici* ein Glas darauf trinken. Es wird eine *grande festa*. Sie sind natürlich dazu eingeladen. Ich habe da in meinem Keller ein paar besondere Flaschen, die schon lange auf einen entsprechenden Anlass warten. Ich werde

Sie anrufen." In seinen Augen konnte sie Stolz und Freude lesen.

„Enzo, jeder in der Stadt weiß, dass sie nicht einfach nur ein Koch, sondern ein Künstler sind. Und jetzt wird ihr Ruf auch bald weit über die Grenzen unserer kleinen Stadt hinauseilen", hatte sie beim Abschied gesagt und sich noch einmal für die bevorstehende Einladung bedankt. In gewisser Weise waren sich ihre Berufe ähnlich. Sie brauchten beide nicht nur das handwerklich Können, sondern auch viel Phantasie und Liebe zum Detail, um erfolgreich zu sein.

Beatrice schaute ihrer Freundin zu, die damit beschäftigt war, ihre Frisur zu richten. „Frank hat schon nach dir gefragt, er kann es wie immer gar nicht erwarten mit dir zu tanzen."

Tessa lachte. Frank verehrte sie schon, seit sie sich im Tennisclub kennengelernt hatten. Das war vor ungefähr drei Jahren gewesen. Und sie hatte nicht die Absicht, an diesem Zustand der vagen Freundschaft etwas zu ändern. Im Laufe der Zeit hatte sie sich an seine netten Komplimente und an seine elegante Art sie zu machen gewöhnt.

„Schau dir meine Schuhe an", Tessa deutete auf die Flecken. „Das sieht nicht gut aus."

„Ach was, das trocknet bestimmt gleich wieder, du bist immer viel zu pingelig mit solchen Kleinigkeiten." Beatrice gönnte Tessas Schuhen kaum einen Blick, für sie gab es im Moment wichtigere Dinge. „Die größte Neuigkeit heute Abend hast du schon verpasst." Sie sprach nicht weiter, um Tessa ein bisschen auf die

Folter zu spannen. Ihre Freundin reagierte entsprechend und sagte ungeduldig: „Nun sag schon."

„Bernd und Gretchen haben gerade bekanntgegeben, dass sie nächsten Monat heiraten werden."

„Das freut mich für die beiden. Ich denke, sie sind ein gutes Paar. Ich glaube, sie sind schon seit ein paar Jahren zusammen."

„Ja, sie haben gesagt, nach vier Jahren wäre es an der Zeit, Entscheidungen zu treffen."

„Aus ihrer Sicht mag es richtig sein."

„Hast du etwa Zweifel?"

„Spielt das eine Rolle? Wichtig ist doch nur, dass die beiden an sich glauben."

Tessa folgte ihrer Freundin in den Saal und bahnte sich den Weg zu ihrem Tisch. Als Frank sie sah, kam er ihr mit einem Lächeln entgegen. Er hatte an diesem Abend schon mehrmals auf seine Uhr geschaut, denn es war ungewöhnlich, dass Tessa sich verspätete, und ohne sie würde der Sommerball nicht das werden, worauf er sich gefreut hatte. Vom ersten Augenblick an, als er sie damals kennenlernte, hatte er sie gemocht. Woran es lag, dass bis heute nicht mehr als eine Tennispartnerschaft daraus geworden war, wusste er nicht so genau. Tessa gehörte zu jenen Frauen, die immer ein wenig Distanz hielten, und die man nie mit letzter Sicherheit einschätzen konnte. Vielleicht war es gerade das, was ihn anzog.

„Hallo Tessa, da bist du ja endlich. Schön, dich zu sehen, du siehst wunderbar aus", sagt er mit einem anerkennenden Blick auf ihr Kleid. Es war ein „kleines Schwarzes“ aus Wildseide. Das großzügige Dekolleté konnte sie sich erlauben. Als Schmuck hatte sie einen dezenten Perlenanhänger und die dazu passenden Ohrringe gewählt. Es waren Erbstücke ihrer Mutter, und sie trug sie nur zu besonderen Gelegenheiten. Frank umarmte sie. „Schade, dass du so spät kommst, ich habe den ersten Gang ans Büfett schon hinter mir. Aber du musst unbedingt den Reissalat probieren, er schmeckt ausgezeichnet.“

Auf einmal spürte Tessa, dass sie hungrig war. Seit dem Frühstück hatte sie nichts mehr gegessen. Vor lauter Arbeit war sie einfach nicht dazu gekommen. Jetzt füllte sie ungeniert ihren Teller mit allen möglichen Köstlichkeiten und aß mit Appetit. Frank erzählte ihr inzwischen von dem neuesten Film mit Brad Pitt und Cate Blanchett, der gerade in den Kinos angelaufen war, und den er sich gestern Abend angesehen hatte. Tessa ging selten ins Kino, und sie hörte Frank mehr aus Höflichkeit, denn aus Interesse zu.

Jemand kam an ihren Tisch und bot Lose für die Tombola an. Sie kaufte fünf Stück. Sie nahm jedes Jahr beim Sommerfest fünf Lose. Die fünf war ihre Glückszahl. Jedenfalls glaubte sie daran, auch wenn sie noch nie etwas gewonnen hatte. Doch, einmal schon. Als sie sieben Jahre alt war, da hatte sie an einer Bude auf dem Jahrmarkt das „große Los“ gezogen. Ein bärtiger Mann hatte ihr ein billiges Kaffeeservice überreicht, das mit kitschigen roten Rosen bemalt war. Sie hatte es ihrer Großmutter geschenkt. Die hatte sich darüber gefreut. Jedenfalls hatte sich dieses Bild in ihrer Erinnerung so festgesetzt, dass ihre Großmutter lächelte und sie umarmte, als sie ihr den Karton damals überreichte.

Und als sie viele Jahre später Harald kennenlernte, da hatte sie am Anfang auch geglaubt, er sei das große Los in ihrem Leben. Sie hatte ihn sogar geheiratet. Aber es dauerte nicht lange, bis klar wurde, dass jeder von ihnen eine andere Auffassung von Treue hatte. Sie erinnerte sich noch sehr gut an die unzähligen Auseinandersetzungen, die regelmäßig in gegenseitigen Vorwürfen und Schuldzuweisungen endeten. Die Trennung und die spätere Scheidung waren unvermeidlich und schrecklich. Danach hatte sie bei jedem Mann, den sie kennenlernte, darauf geachtet, genügend Distanz zu halten. Das war ihr wichtig.

Sie hatte gerade ihr Besteck zur Seite gelegt, als Frank nach ihrer Hand griff. „Komm Tessa, lass uns jetzt tanzen."

Sie tanzte gerne mit ihm. Ihre Bewegungen passten gut zusammen und mancher Blick folgte ihnen, wenn sie im Walzerschritt übers Parkett schwebten. Aber ein gutes Tanzpaar zu sein, das war eben nicht genug für ein Leben im Gleichklang. Während sie tanzten schaute sie über seine Schulter, fixierte einen Punkt irgendwo weit weg. Sie dachte darüber nach, dass immer alles einem gleichen Ablauf folgte, dass alles vollkommen berechenbar war. Das war nicht gerade langweilig, aber eben auch nicht besonders anregend. Nach dieser Feier würde sie nach Hause fahren wie jedes

Jahr. Sie würde sich in ihr leeres Bett legen wie jeden Abend, und morgen früh würde sie wieder ihren kleinen Blumenladen aufschließen, sofern nicht Andreas wie so oft vor ihr da war. Alles würde wie immer sein. Als Single bestand ihr Leben mehr oder weniger aus ihrer Arbeit.

Als die Musiker eine Pause einlegten, ging Frank mit ihr zum Tisch zurück. Er füllte die Gläser, trank ihr zu, und sie lächelte ihn an. Es war eben alles wie jedes Jahr beim Sommerfest, auch diesmal wieder.

„Tessa, schau' mal auf deine Losnummern, du hörst ja gar nicht zu." Beatrice riss ihre Freundin aus ihren Gedanken. Tessa faltete ihre Lose auseinander. Die siebzehn wurde gerade aufgerufen. Nein, die hatte sie nicht. Ein Gewinn nach dem anderen fand seinen Weg zu einem neuen mehr oder weniger glücklich wirkenden Besitzer. Gerade wurde ein Dampfbügeleisen präsentiert. „Das hätte in meinem Haushalt gerade noch gefehlt." Frank lachte. Er hatte schon seit Jahren eine Haushälterin, die ihm die ungeliebten Arbeiten abnahm, und die natürlich auch seine Hemden bügelte. Dann kam der übliche Korb mit Delikatessen an die Reihe. Er ging an Rudi, einen Spieler aus der Gruppe der Senioren, bei dem ein leichter Bauchansatz nicht zu übersehen war. Er freute sich über seinen Gewinn und trug den Korb wie eine Trophäe zum Tisch, wo seine Frau auf ihn wartete.

„Der Sektkühler ist hübsch. Über den hätte ich mich jetzt gefreut." Tessa schaute zu, wie ihre Doppelpartnerin Heike den Gewinn in Empfang nahm. Mit einem kleinen Seufzer, der halb gespielt, halb ernst klang, setzte sie hinzu: „Das wird wohl auch dieses Jahr wieder nichts mit einem Gewinn für mich."

„Tessa, ich würde dir jeden Sektkühler der Welt schenken, wenn du mich darum bitten würdest", sagte Frank. Es sollte ironisch klingen, gelang aber nicht richtig. Tessa antwortete ihm nicht, sondern verfolgte weiter die Vorgänge auf der Bühne. Jetzt war der Hauptgewinn an der Reihe. Bereits Wochen vor dem Sommerfest rankten sich vielerlei Gerüchte darum, was sich hinter dem ‚große Los' verstecken könnte. Es hatte sich herumgesprochen, dass der Gewinner sich dieses Jahr auf etwas ganz Außergewöhnliches würde freuen können. Die Losnummer fünfundfünfzig wurde aufgerufen. Tessa schaute ungläubig auf das kleine Stückchen Papier in ihrer Hand. Es hatte tatsächlich die Nummer fünfundfünfzig. Sie wurde auf die Bühne gebeten. Die Kapelle spielte einen Tusch, im Saal wurde es still. Unwillkürlich schaute sie hinunter auf ihre Schuhe. Es sah aus, als ob die Flecken tatsächlich schon getrocknet waren. Aus einem unerfindlichen Grund war sie froh darüber. Ein paar Schritte, dann stand sie dem Moderator gegenüber. Ein leiser Trommelwirbel gab seiner Stimme die richtige Untermalung, während er den Hauptgewinn bekanntgab.

„Herzlichen Glückwunsch, Frau Bach! Sie haben eine Reise auf die Malediven gewonnen. Sie werden dort auf einer luxuriösen Insel zwei Wochen verbringen, für Sie ist ein Doppelzimmer mit Vollpension reserviert. Auch die Flüge in der Business Class sind ebenfalls inklusive! Da kann man nur noch sagen: Wir wünschen Ihnen einen schönen Aufenthalt und zwei unvergessliche Traumurlaubswochen."

Ein leises Raunen ging durch den Saal. Tessa war erst einmal sprachlos. Das war diesmal aber wirklich ein Hauptgewinn. Mit einem strahlenden Lächeln nahm sie den Gutschein vom Reisebüro entgegen.

„Hast du ein Glück." Lachend umarmte Beatrice ihre Freundin, als Tessa sich den Weg zum Tisch zurück gebahnt hatte. „Wen wirst du mitnehmen? Frank?"

„Ach was." Tessa überlegte. Sie kannte wirklich niemand, dem sie angeboten hätte, mit ihr diese Reise zu machen. Doch. Es gab jemanden.

„Bea, warum fährst du nicht mit mir? Dein Thomas wird doch vielleicht zwei Wochen ohne dich auskommen können."

Beatrice fiel ihrer Freundin um den Hals. „Du, das wäre toll."

Thomas hatte das Gespräch verfolgt und lächelte seiner Frau zu, als sie ihn jetzt fragend anschaute. „Fahr nur, es wird dir gut tun, mal ein bisschen rauszukommen."

Er verbrachte viel Zeit im Büro und wusste, dass seine Frau sich ab und zu langweilte. Manches wäre vielleicht anders gewesen, wenn sie Kinder gehabt hätten, aber bis jetzt hatte sich ihr Wunsch noch nicht erfüllt.

Im allgemeinen Trubel hielt Frank sich etwas abseits. Er versuchte, sich seine Enttäuschung nicht anmerken zu lassen. Er wäre schon gerne mit Tessa in Urlaub gefahren - egal wohin. Wer weiß, vielleicht wäre diese Reise eine Gelegenheit gewesen, sich einander näherzukommen. Er setzte sich wieder und zündete umständlich eine Zigarette an.

„Du solltest aufhören zu rauchen, Frank." Tessa schaute ihn ein wenig vorwurfsvoll an und drehte dann den Kopf zur Seite. So wie sie es sagte, klang es ungeduldig, ja fast ein bisschen vorwurfsvoll..

„Sobald wir uns öfter als einmal in der Woche im Tennisclub sehen, werde ich deinen Wunsch sofort erfüllen." Frank verzog den Mund dabei zu einem schiefen Lächeln, aber seine Stimme hatte einen ernsten Unterton. Tessa begegnete seinem Blick. In seinen Augen entdeckte sie eine Mischung aus Zärtlichkeit und Bedauern. Aber irgendwie war da mehr als nur eine Spur Enttäuschung. Er erwiderte ihren Blick mit den Worten: „Tessa, das hätte vielleicht unsere Chance sein können."

„Frank, lass uns weiter Freunde bleiben. So, wie es ist, ist es gut." Sie machte eine Geste, mit der sie ihre Bitte unterstreichen wollte.

„Ja, wahrscheinlich hast du recht", antwortete er. Was sollte er auch sonst sagen?

Die Tischnachbarn hatten von dem kurzen Gespräch zwischen den beiden, nichts bemerkt. Tessa nahm weitere Glückwünsche entgegen. Der ein oder andere neidische Blick war natürlich auch dabei, aber alle am Tisch stießen mit ihr auf eine glückliche Reise an. Dann drehten sich die Gespräche wieder um das bevorstehende Tennisturnier, das demnächst im Club ausgetragen wurde. Die größten Chancen auf einen Sieg räumte man Thomas ein. Er war schon seit einigen Wochen auf dem Platz in einer so bestechenden Form, dass er als haushoher Favorit gehandelt wurde. Später kamen noch Bernd und Gretchen an den Tisch und gratulierten Tessa ebenfalls zu ihrem Gewinn.

„Tessa, hättest du Lust, den Blumenschmuck für unsere Hochzeit anzufertigen? Wir heiraten nämlich nächsten Monat." Gretchen sah jetzt schon ganz aufgeregt aus, auf ihren Wangen waren kleine rote Flecken zu sehen.

„Bea hat mir die Neuigkeit schon erzählt. Es freut mich, dass ihr euch dazu entschlossen habt. Hochzeiten sind doch immer etwas Wunderbares. Und natürlich habe ich Lust für die Blumen zu sorgen. Habt ihr besondere Wünsche, was den Brautstrauß betrifft?"

Auf Tessas Frage machte Bernd ein Zeichen, mit dem er wohl andeuten wollte, dass er sich darüber noch keine Gedanken gemacht hatte. Obwohl er die dreißig schon überschritten hatte, zeigte sein Gesicht immer noch die verschmitzten Züge eines Halbwüchsigen, der zu einem Streich aufgelegt war. Aber Gretchen sagte ernst: „Rote Rosen! Natürlich rote Rosen, Tessa, was denn sonst?"

Es war schon weit nach Mitternacht, als Frank Tessa zu ihrem Auto begleitete. „Schade, dass ich nicht den Hauptgewinn gezogen habe", sagte er und küsste sie wie gewöhnlich zum Abschied flüchtig auf die Wange.

„Ich hätte dich ganz bestimmt mitgenommen auf die Malediven."

„Du weißt ja gar nicht, ob ich *ja* gesagt hätte." Tessa lachte.

„Also gut, verabreden wir uns erst mal für nächsten Samstag. Vergiss nicht, dass wir da unser gemischtes Doppel mit Heike und Roman spielen."

„Ich weiß, um vier Uhr. Bis dann und gute Nacht."

„Gute Nacht."

Als sie vom Parkplatz fuhr, winkte Frank ihr einen Gruß hinterher. Seine gute Laune war bereits weitgehend wieder hergestellt. Was nutzte es schon, noch weiter über diese Reise auf die Malediven nachzudenken. Was waren schon zwei Wochen. Sie würde zurückkommen, und dann würde es bestimmt neue Gelegenheiten geben, seine Beziehung zu Theresia Bach auszubauen. Er glaubte fest daran, dass die Zeit sein Verbündeter war. Er war eben ein unverbesserlicher Optimist. Mit einem leisen Pfiff kickte er mit dem linken Fuß ein Steinchen zur Seite, bevor er wieder in den Saal zurückkehrte.

Tessa legte ihre derzeitige Lieblings-CD ein und fuhr langsam durch die stillen Straßen. Die Stimme von Dean Martin klang lässig und herrlich altmodisch. Sie mochte diese Musik. „*When the moon touchs the sky …*" Sie summte die Melodie mit. Als die *Stelle „... that's amore"* kam, stimmte sie laut mit ein. Die Nacht war mild. Die Wolken vom Abend hatten sich verzogen. Am Himmel waren ein paar blasse Sterne zu sehen.

Als sie ihre Wohnung betrat, war es dunkel und still. Sie zündete nur ein kleines Licht im Wohnzimmer an und ging direkt ins Bad. Sie ließ sich Zeit, stand ein paar Minuten unter der Dusche und genoss die Wärme des Wassers auf ihrem Körper und den frischen Duft von Zitronen, der aus dem weißen Schaum aufstieg. Als sie die Nachtcreme auf ihrem Gesicht verteilte, schaute sie in den Spiegel. Sie dachte darüber nach, dass ein glückliches Paar bald Hochzeit feiern würde, und ein kleiner Mensch seine Taufe empfangen sollte. Vorsichtig, mit kreisenden Bewegungen rieb sie die Creme um die Augenpartie ein. Sie spitzte die Lippen und zog eine kleine Grimasse. Sie hatte gelesen, dass das gut sein sollte gegen Falten. Dabei schaute sie sich im Spiegel an und dachte: Und ich? Was ist mit mir? Ihre Taufe lag schon lange hinter ihr und mit einer Hochzeit war nicht zu rechnen. Aber immerhin würde sie demnächst auf die Malediven reisen!

Als sie später im Bett lag, stellte sie sich vor, wie schön es wäre, wieder mal Zeit für sich zu haben. Ihr letzter Urlaub war schon eine ganze Weile her. Und vor allem freute sie sich aufs Tauchen. Den Schein hatte sie schon vor einigen Jahren gemacht und auch immer mal wieder im Urlaub Gelegenheit dazu gehabt. Aber die Malediven stellten für jeden Taucher eine Verlockung dar. Sie war noch nie dort gewesen. Sie fasste den Entschluss, sich bei nächster Gelegenheit einen Reiseführer zu kaufen. Beim Einschlafen träumte sie von türkisblauem Wasser und glaubte, das leise Plätschern von Wellen am Strand zu hören.

„Und Ihr Name, bitte?“ Die ganz in pink gekleidete Reisebüroangestellte saß vor ihrem Computer, bereit, die erforderlichen Daten einzugeben und schaute sie freundlich lächelnd an.

„Bach. Theresia Bach“, antwortete Tessa. Einmal mehr wurde ihr klar, dass sie ihrer Mutter diesen Namen nie verzeihen würde. Theresia! Früher im Kindergarten hatten die anderen sie sogar manchmal Resi gerufen. Bis weit in ihre Schulzeit hinein hatte sie unsagbar unter diesem Namen gelitten. Es war geradezu ein Wunder, dass sie nicht neurotisch geworden war. Als sie dann älter wurde, hatte sie sich nach und nach damit abgefunden, und heute nannte sie jeder in ihrem Freundeskreis einfach Tessa.

Beatrice saß strahlend neben ihr. Soeben hatten sie die Reise auf die Malediven perfekt gemacht. Am zweiundzwanzigsten Januar würden sie starten. Bis dahin dauerte es zwar noch ein paar lange Wochen, aber Tessa hatte diesen Termin gewählt, weil es Anfang des Jahres im Geschäft am ruhigsten war, während dieser Zeit kam Andreas ganz gut ohne sie zurecht. Jetzt saß sie hier und schaute sich mit Beatrice die Bilder im Reisekatalog an, der vor ihnen auf dem Tisch lag. Eine kleine Insel im Indischen Ozean, im Nord-Male-Atoll gelegen, die den fremdklingenden Namen *Ihuru* trug, würde ihr Ziel sein. Die Fotos waren beeindruckend, die Beschreibung ebenfalls. Eine ruhige Insel, ohne die übliche Touristenanimation. Keine Disco, keine Bootsrennen. Zielgruppe waren vielmehr Urlauber, die Ruhe und Erholung in privatem Ambiente suchten.

„Na, das hört sich an, als ob es eher für Liebespaare geeignet sei." Beatrice schmunzelte. „Da hättest du vielleicht doch lieber Frank mitnehmen sollen."

„Red' keinen Unsinn." Tessa und steckte den Umschlag mit der Reisebestätigung in ihre Handtasche. „Lass uns lieber bei Enzo noch einen Cappuccino trinken." Sie schaute auf ihre Uhr. „Dafür reicht meine Zeit gerade noch." Sie verließen das Reisebüro. Beatrice hakte sich bei ihrer Freundin ein und sagte: „Du, wir zwei auf Reisen, das wird ganz bestimmt ein besonderes Erlebnis werden." Auf eine gewisse Art sollte sie damit Recht behalten.

Drei Tage später stellte Tessa gerade einen riesigen Strauß gelber Rosen in eine hohe Vase, als Andreas ihr das Telefon brachte mit der Bemerkung: „Deine Freundin Beatrice möchte dich sprechen." Als er ihren fragenden Blick sah, sagte er: „Dein Handy lag hinten zwischen den Gladiolen."

Tessa schmunzelte und sagte: „Hallo, Bea, was gibt's?"

„Hallo Tessa. Kannst du dich demnächst mal wieder für einen Tag frei machen im Laden? Ich habe mir überlegt, dass wir in Frankfurt ein bisschen einkaufen könnten. Brauchst du nicht vielleicht auch noch einen Badeanzug oder sonst irgendwelche hübschen Kleinigkeiten?"

„Du, die Idee ist hervorragend. Du kannst sicher sein, dass mir noch etwas einfällt, was ich für den Urlaub gebrauchen kann. Ich spreche mit Andreas, welcher Tag in Frage kommt und rufe dich dann später zurück. Sei nicht böse, ich muss jetzt weitermachen, es wartet noch viel Arbeit auf mich. Bis nachher."

Tessa wandte sich wieder ihren Rosen zu. Sie drapierte einen blassgrünen Stoff um den Fuß der Vase. Während sie einen Schritt zurücktrat, um die Wirkung zu überprüfen, und dann noch ein wenig mehr Stoff zusammenraffte, rief sie über die Schulter: „Andreas, kannst du nächste oder übernächste Woche mal einen Tag ohne mich auskommen?"

„Hast du was Besonderes vor?" kam die Gegenfrage aus dem kleinen Raum, der an den Laden angrenzte. Andreas füllte gerade frisches Wasser in verschiedene Behälter.

„Ja, einkaufen gehen mit Bea in Frankfurt."

„Oh ja, für so einen wichtigen Termin bin ich natürlich bereit, die ganze Last unseres Geschäfts auf meine Schultern zu nehmen." Andreas legte sein ganzes schauspielerisches Talent in den Tonfall. Hätte er mit Tessa damals nicht den Laden aufgemacht, wäre er sicher zur Bühne gegangen und einer der ganz Großen geworden. So sah er das jedenfalls. „Übernächste Woche Dienstag würde gut passen", rief er ihr zu.

„Gut." Tessa war mit der Präsentation ihrer gelben Rosen zufrieden und wandte sich den weißen Lilien zu. Die könnten gemeinsam mit blasslila Krepp ihren großen Auftritt bekommen.

Zwei Wochen später fuhren Tessa und Beatrice zu ihrem Einkaufsbummel nach Frankfurt. „Ich mag diese Skyline." Beatrice deutete dabei auf die Hochhäuser, die mit ihren glänzenden Fassaden hoch in den Himmel ragten.

„Jedes Mal, wenn wir herkommen, habe ich den Eindruck, dass einige dieser architektonischen Kunstwerke dazugekommen sind." Sie waren gerade in die Theodor-Heuss-Allee eingebogen, und sie warf einen bewundernden Blick hinüber zum Radisson Hotel, das wie eine riesige Scheibe vor einem makellos blauen Himmel stand.

„Das ist wahrscheinlich auch so", antwortete Tessa, ohne sich vom dichten Verkehr ablenken zu lassen. „Als ich das erste Mal zum Einkaufen herkam war ich sechzehn. Das musst du dir mal vorstellen: Sechzehn. Das war nicht nur eine andere Zeit, das war ein anderes Leben!"

„So, wie du das betonst, könnte man glauben, wir wären uralt. Dabei liegen doch nur ein paar Jährchen dazwischen." Beatrice schaute sie von der Seite an.

Tessa lachte. „Ja, ja, nur ein paar Jährchen, klar. Bea, wir sind inzwischen gut und gerne …."

„Sprich es nicht aus", unterbrach Bea sehr schnell.

„Na und? Ich finde, dass die Stadt mit den Jahren immer schöner geworden ist."

Beatrice deutete auf das Messegelände mit dem Turm, den die Einheimischen *Bleistift* nannten, und an dem sie jetzt vorbeifuhren. „Elegant, modern, chic ..."

„So wie wir", vollendete Tessa den Satz.

In den nächsten Stunden erfüllten sie sich hemmungslos ihre Modewünsche.

„Bea, schau mal, sind die Schuhe nicht toll?“ Sie standen vor einer eleganten Schaufensterfront in der Goethestraße. Terssa deutete dabei auf eine weiße Sandalette, die lediglich aus ein paar Riemchen bestand. Nach dem Preis zu urteilen, mussten die Riemchen aus Gold sein.

„Tessa, wir machen Urlaub auf einer Barfußinsel. Wozu also noch neue Schuhe kaufen?“ Beatrice sah die Dinge eher von der praktischen Seite und außerdem war sie schon ein wenig müde. Sie hatten fast die ganze Stadt durchquert. Vom Opernplatz durch die Freßgass über die Hauptwache zur Zeil, hinunter zum Römer und wieder zurück. Ihr taten die Füße weh.

„Ach was, Schuhe kann man nie genug haben. Und wenn ich schon mal hier bin, dann nutze ich die Gelegenheit auch. Bei uns in der Provinz haben wir doch nur die Auswahl zwischen Fußbettsandalen oder Schnürschuhen mit Gummisohlen“, setzte Tessa entschlossen hinzu und öffnete schon die Ladentür. Beatrice folgte ihr ergeben. „Aber Tessa, du musst doch zugeben, dass dir deine Fußbettsandalen im Geschäft schon angenehm sind.“

„Ja, im Geschäft schon, aber privat darf's auch mal ein bisschen modischer sein.“ Als Tessa ihrer Freundin dann den Fuß mit der weißen Sandalette hinstreckte, musste die zugeben, dass diese Schuhe wirklich phantastisch aussahen. Als sie kurz darauf wieder auf die

Straße traten, trug Tessa die fünfte Einkaufstüte in der Hand.

„Ich glaube, wir müssen mal ans Auto gehen und die Sachen abladen", sagte sie und schlug den Weg zum Parkhaus ein. Auch Beatrice trug einige Tüten mit Namen von bekannten Designern. Sie hatte sich einen weißen Badeanzug geleistet. Tiefes Dekolleté, hoher Beinausschnitt, eine einzige rote Mohnblüte in Höhe der Hüfte, das sah sehr sexy aus. Sie hatte gerade beschlossen, dass sie Thomas dieses Teil vielleicht besser erst nach dem Urlaub zeigen sollte. Zwei Kleider, ein T-Shirt und eine Sommerhose waren im Laufe des Tages noch dazu gekommen. Im Parkhaus an der *Alten Oper* verstauten sie ihre Einkäufe im Wagen.

„Ich denke, für heute reicht es." Tessa schloss mit Schwung den Kofferraumdeckel. „Kommt, jetzt gehen wir zum Abschluss noch gemütlich unseren Kaffee trinken." Wenn sie in Frankfurt waren, beendeten sie ihren Einkaufsbummel traditionsgemäß in einem kleinen Lokal am Opernplatz. Der Raum im Art Decó-Stil war nicht sehr groß. Zwei Stehtische nahmen die Breite der Frontscheibe ein. Um den Tresen mit den blank polierten Messingbeschlägen, der den Raum dominierte, herrschte auch heute wieder drangvolle Enge. Die Menschen lachten und erzählten. Auch die Sitzplätze auf der kleinen Empore waren weitgehend besetzt. Weiter hinten im Raum gab es ein paar Tische, die immer in weiß eingedeckt waren für Gäste, die zum Mittag- oder Abendessen kamen. An den Wänden hingen Fotos von Werbeplakaten aus früherer Zeit. Im vorderen Teil drängten sich diejenigen, die nur auf einen Kaffee, ein Glas Wein oder Prosecco hereinschauten. Das Publikum bestand an den Wochentagen überwiegend aus Geschäftsleuten. Die Börse, verschiedene Banken, Boutiquen und Büros waren gleich um die Ecke. Auf der schwarzen Tafel über der Bar stand heute

Snack's
Canapés
Scampi mit Focacciabrot
Quiche Lorraine mit Salat

Beatrice und Tessa setzten sich an einen der kleinen Tische und bestellten wie üblich Cappuccino. Tessa schaute sich um. Wenn sie unter Menschen war, die sie interessant fand, dachte sie oft darüber nach, wie diese wohl lebten oder welchen Beruf sie ausübten. Sie fragte sich, zu welchem Ziel sie sein mochten, wenn sie ihr Glas ausgetrunken hatten und wieder hinausgingen. Wer würde auf sie warten? Sie war eine gute Beobachterin. Sie achtete auf Kleinigkeiten. Auf kurze Blicke, die zwischen zwei Menschen gewechselt wurden, auf Gesten, die oft mehr sagten als Worte. Die Lampen im Stil der zwanziger Jahre beleuchteten dezent die Szenerie. In all dem Trubel fanden manche Männer noch Zeit einen Artikel in der *FAZ* zu lesen oder ihre Geschäftsunterlagen zu sortieren.

Beatrice blätterte oberflächlich in einer Frauenzeitschrift und löffelte offensichtlich mit Genuss den Milchschaum von ihrem Kaffee. „Schau mal hier, ist das nicht chic?“ Sie hielt Tessa die Seite hin, auf der ein sehr raffiniert geschnittenes schwarzes Wickelkleid abgebildet war.

„Oh ja, das ist ein tolles Kleid. Aber für heute habe ich genug von Mode. Und im Moment genügt mir der Gedanke an Badeanzüge und bunte Pareos vollkommen.“

„Ja“, seufzte Beatrice „das wird eine wunderbar unbeschwerte Zeit werden.“

Und dann sprachen sie wieder über ihren bevorstehenden Urlaub, wie sehr sie es genießen würden im Indischen Ozean zu schwimmen und mitten im Januar in der Sonne zu liegen. Faul und vollkommen ungestört.

*****

An diesem kühlen und regnerischen zweiundzwanzigsten Januar herrschte am Rhein-Main-Flughafen in Frankfurt der übliche Betrieb.

„Ihr Gate ist B 41." Die Dame am Check in hatte das routinierte Lächeln einer gut geschulten Angestellten, wirkte aber trotzdem freundlich. „Boarding ist um neunzehn Uhr fünfundfünfzig. Sie haben noch etwas Zeit und können die Lounge besuchen."

Tessa und Beatrice bedankten sich, nahmen ihr Handgepäck und gingen erst einmal in die nächste Buchhandlung. Ihnen würde in den nächsten beiden Wochen genug Zeit zum Lesen bleiben. Tessa stand vor einem der hohen Bücherregale und versuchte, sich zwischen drei Kriminalromanen zu entscheiden. Beatrice lachte.

„Du und deine Krimis. Wird dir das nicht irgendwann mal langweilig?"

Tessa blätterte weiter und antwortete gar nicht. Sie liebte eben Krimis. Ihr Bücherregal zu Hause war angefüllt mit Kriminalromanen, von *Agatha Christie* bis *Georges Simenon* konnte man alles finden.

„Schau mal hier." Beatrice hielt ihr ein Buch mit dem Titel *„Der Frauengarten"* hin. „Du als Floristin könntest dich doch auch mal für Poesie interessieren."

„In meinen floralen Kreationen liegt mindestens genau so viel Poesie wie in einem Gedicht", konterte Tessa und arbeitete sich ungerührt weiter durch die Bücherreihen. Am Ende ging sie mit vier Kriminalromanen zur Kasse. Unauffällig legte sie den Band

Frauengarten noch dazu. Wie hätte sie zu diesem Zeitpunkt ahnen können, dass sie in den nächsten beiden Wochen noch nicht einmal eines dieser Bücher lesen würde? Beatrice hatte sich für zwei dicke Liebesromane einer bekannten englischen Autorin entschieden. Sie mochte es, wenn Geschichten gut ausgingen. An der Kasse zahlten sie ihre Einkäufe und schlenderten zufrieden weiter zur Lounge. Unterwegs deutete Tessa auf die Anzeigen über den einzelnen Gates, an denen sie vorbeikamen.

„Schau mal, Bea, hier rückt die Welt zusammen. Da liegt Peking neben Moskau und Shanghai neben dem türkischen Antalya. Ganz einfach."

„Ja, irgendwie wird die Welt immer kleiner. Technik moderne Zeiten."

Tessa schaute sich um. Am Flughafen war immer diese besondere Atmosphäre zu spüren. Sie mochte dieses Gemisch aus Wiedersehen und Abschied, aus Freude und Tränen. Fast nirgendwo sonst waren Emotionen so deutlich in den Gesichtern zu lesen wie hier. Sie war immer wieder fasziniert von diesem lebendigen Treffpunkt für Menschen aus aller Welt, die unterwegs waren zu tausend Zielen. Und jeder einzelne reiste mit seinem Schicksal im Gepäck. Manche waren sich dessen bewusst, andere nicht. Mit welchen Erwartungen kamen all diese Menschen wohl am Ziel ihrer Reise an? Und mit welchen Enttäuschungen würden sie sich nach einer gewissen Zeit wieder auf die Heimreise begeben?

In der Lounge versorgten sie sich mit Kaffee und knabberten ein paar trockene Plätzchen dazu. Die Auswahl am Tresen war nicht allzu groß. Auf der großen Fernsehwand liefen vier Programme gleichzeitig. Aber sie interessierten sich heute Abend weder für die neuesten Nachrichten noch für die Börsenkurse oder Sport. Die Menschen in diesem Raum waren interessanter. Dort drüben saß eine Frau mit Wanderstiefeln an den Füßen und trank Bier. In dem zentimeterdicken Profil der Sohlen war etwas Schmutz zu sehen. Wahrscheinlich Reste von ihrer letzten Wanderung. Die gelbbraun gestreiften Schuhbänder waren fest geschnürt, ließen keinerlei Spielraum. Tessa fragte sich, wo um alles in der Welt man abends mit Wanderstiefeln an den Füßen hinfliegen konnte. Sie unterdrückte den Wunsch aufzustehen, hinüberzugehen und einfach zu fragen.

Ein Herr im grauen Anzug telefonierte unaufhörlich und laut, verhandelte über irgendwelche Vertragsklauseln, die außer ihm niemanden interessierten. Weiter drüben saßen an einem Tisch vier Männer und unterhielten sich. Sie lachten laut über einen Witz, den einer von ihnen gerade gemacht hatte. Tessa war aufgefallen, dass einer aus der Gruppe sie schon eine ganze Weile beobachtete. Er sah aus, als ob er seine Haare seit Tagen nicht mehr gewaschen hätte. Auf seinem Hemd war ein Fleck, der von Tomatensoße stammen mochte. Der Mann zwinkerte ihr ungeniert zu. Tessa drehte ihren Sessel ein wenig in die andere Richtung und dachte wieder einmal darüber nach, wie übersteigert das Selbstbewusstsein mancher Menschen war. Ein älteres Ehepaar studierte interessiert einen Reiseführer von Hongkong. Drei Asiaten am Nebentisch verbeugten sich alle zueinander bevor sie sich setzten. Ein anderes Paar saß da, ohne ein einziges Wort zu wechseln. Entweder hatten die beiden Streit oder sie hatten sich tatsächlich nichts mehr zu sagen. Tessa dachte gerade darüber nach, wie wunderbar und unkompliziert es doch war, mit einer Freundin zu verreisen, als Beatrice ungeduldig sagte: „Tessa, komm, es wird Zeit." Sie stand nervös auf.

Sie vermisste ihren Thomas jetzt schon, obwohl sie sich gerade erst von ihm verabschiedet hatte. „Pass gut auf dich auf", hatte er ihr beim Abschied zugeflüstert und sie ein letztes Mal fest an sich gedrückt. Sie hatte ihn umarmt und kam sich ein bisschen egoistisch vor, dass sie nun zwei so wunderbare Wochen vor sich hatte, während er zu Hause im Büro sitzen und arbeiten würde. Sie hatte ihm versprechen müssen, sofort nach ihrer Ankunft eine SMS zu schicken. Und jetzt war keine Schulter mehr da, die ihr die Flugangst wenigstens ein kleines bisschen nehmen konnte. Tessa legte den Arm um ihre Freundin und drückte sie kurz an sich. Sie kannte ihre Freundin lange genug und wusste, was in ihr gerade vorging.

„Mach dir ein paar Tropfen Lavendelöl auf dein Halstuch, das beruhigt." Sie hielt ihr das Fläschchen hin. Dankbar tropfte Beatrice ihr dünnes Baumwolltuch damit ein. Der Duft tat wirklich gut, sie atmete tief durch.

An Bord wurden sie von einer freundlich lächelnden Stewardess empfangen, die sie auf ihre Plätze begleitete. Reihe 1, Platz A und C. Das Glas Champagner mit einem „Willkommen an Bord" nahmen sie gern entgegen.

„Entspann dich", sagte Tessa und prostete Beatrice zu.

„Auf eine gute Reise. Das ist jedenfalls ein guter Anfang", antwortete Beatrice und hielt ihr Glas hoch. Sie trank nur einen winzigen Schluck und stellte ihr Glas gleich wieder ab.

„Du, wir werden uns die zwei Wochen richtig schön machen." Mit strahlendem Gesicht, setzte Tessa sich in den bequemen Sitz und streckte ihre Beine weit von sich. Während des Starts litt Beatrice vor sich hin und hielt tapfer den Schal mit Lavendelduft vor ihr Gesicht. Nach einer Weile meldete sich der Flugkapitän über Lautsprecher, hieß die Reisenden an Bord willkommen und gab ihnen verschiedene Informationen über die Flugstrecke nach Male. Das Wetter war versprach keinerlei Turbulenzen, die Flugzeit würde etwas mehr als neun Stunden betragen. Beatrice hatte inzwischen ihre Flugangst unter Kontrolle. Bald wurde das Abendessen serviert. Das weiße Tuch aus Damast und die rote Rose, waren eine hübsche Einladung, das Menu zu genießen. Es schmeckte ihnen, sie tranken ein Glas Wein. Nach dem Essen begann das übliche Bordprogramm. Es lief ein Film, den sie schon kannten. Deshalb griff Tessa zu einem Reisemagazin über die Malediven und blätterte darin.

„Du, die Unterwasserwelt scheint wirklich ganz toll zu sein, ich freue mich schon richtig auf den ersten Tauchgang."

Beatrice war bereits tiefer in ihren Sitz gerutscht, zog die Decke über sich zurecht und sagte: „Und ich mich aufs Faulenzen."

„Aber Bea, irgendwie erlebt man im Urlaub doch immer etwas, auch wenn er noch so ruhig verläuft", antwortete Tessa. „Zumindest war es bei mir bis jetzt immer so", fügte sie noch hinzu. „Man lernt viele interessante Menschen kennen und andere Kulturen. Und man kann tausend Geschichten erzählen, wenn man wieder nach Hause kommt." Mit diesen Worten schlug sie ihren Kriminalroman auf und wollte sich gerade genüsslich in die spannende Story vertiefen, die in London spielte, als Beatrice mit einem Seitenblick auf das Buch murmelte: „Soll mir recht sein, so lange kein Mord geschieht."

„Wohl kaum", sagte Tessa mit Nachdruck und warf ihrer Freundin einen strengen Blick zu. Aber Beatrice hatte weder den Blick noch ihre Worte wahrgenommen, sie war eingeschlafen.

Gegen drei Uhr nachts, die Uhr von Tessa zeigte noch Heimatzeit an, lächelte die Stewardess immer noch. Tessa war es unbegreiflich, wie diese Person während eines Nachtfluges noch so frisch aussehen konnte. Frauen, die in diesem Beruf arbeiteten, mussten irgendwelche geheimen Mittel haben oder besonders robust sein. Vielleicht auch beides. Sie selbst war übernächtigt und ihre Schultern fühlten sich verspannt an. Auch Beatrice streckte sich mit einem leisen Stöhnen, legte ihre Decke beiseite und zupfte umständlich an ihrem T-Shirt. Ihre Haare waren zerzaust, und sie sah verschlafen aus.

„Wir sehen schlimm aus." Tessa gähnte verstohlen. Beim Blick aus dem Fenster sahen sie, dass sich der Himmel an der Horizontlinie langsam aufhellte. So ein Sonnenaufgang in zehntausend Metern Höhe war schon ein besonderes Erlebnis. Der helle Streifen wurde breiter, das blasse Grau ging erst in ein sanftes Orange und dann in ein sattes Rot über, das bald zu einem goldenen Schein wurde. Kurze Zeit später schob sich der Sonnenball über den Horizont, unterbrach die gerade Linie. Beatrice deutete durch das kleine Fenster. „Sieh mal, Tessa, wie schön das ist."

„Ja, dass ein Tag mit einem so intensiven Leuchten beginnen kann, ist unglaublich." Sie bewunderten still das Farbenspiel. Gegen halb vier zeigte sich der Himmel in Pastelltönen. Der neue Tag hatte begonnen. Beatrice bestellte für sich und ihre Freundin schon mal Kaffee, denn bis zum Frühstück würde es noch etwa eine Stunde dauern.

„Oh, ja, Kaffee, das ist jetzt gut", sagte Tessa.

Danach machten sie sich, so gut es in dem kleinen Toilettenraum ging, zurecht und fühlten sich ein klein wenig erfrischt. Anschließend blätterten sie einmal mehr im Reiseführer. Irgendwie mussten sie die verbleibende Flugzeit totschlagen, also warum nicht damit, sich einmal mehr die Bilder von den Trauminseln anzuschauen. Endlich gegen halb fünf wurde das Frühstück serviert.

„Ja, noch eine Tasse Kaffee, und auch noch ein Croissant wäre schön", sagte Tessa ungeniert und rückte ihren Frühstücksteller zurecht. Ihr gesunder Appetit hatte ihr im Laufe der Jahre das eine oder andere Kilo zu viel eingebracht. Aber Essen war nun mal ein Stück Lebensfreude, auf das sie nicht verzichten wollte. Und eigentlich gefiel sie sich immer noch ganz gut, wenn sie in den Spiegel schaute, auch wenn ihre Figur nicht den sogenannten Idealmaßen entsprach.

Und dann tauchten unter ihnen nach und nach die ersten kleinen Inseln auf. Zuerst waren da nicht mehr als ein paar grüne Flecken in einem weiten, blauen Ozean. Ihre Müdigkeit verflog schnell bei diesem Anblick. Eine Weile später meldete sich der Flugkapitän mit der Durchsage, dass sie in Kürze landen würden. Mit dem Hinweis, dass die Temperatur in Male 29 Grad betrug und lockere Bewölkung zu erwarten war, wünschte er seinen Gästen einen schönen Aufenthalt auf den Malediven.

Beatrice griff erst einmal nach ihrem Schal wie nach einem Rettungsanker. „Kannst du mir noch ein paar Tropfen Lavendel geben?" Tessa hatte das Fläschchen schon in der Hand. Im Landeanflug auf Male war Beatrice mutig genug, einen Blick aus dem Fenster zu werfen. Draußen war nur Wasser zu sehen, sonst nichts. „Mein Gott", flüsterte sie und schloss die Augen. Nur wenige Minuten später setzte die Maschine mit einem sanften Ruck auf der Landebahn des internationalen Flughafens Hulhule auf. Beatrice machte einen tiefen, langen Atemzug. Tessa schaute zu ihr hinüber und sagte: „Jetzt hast du es geschafft. Und die nächsten beiden Wochen hast du alle Zeit der Welt, dich zu erholen."

„Ja, ab jetzt gibt es nur noch Entspannung", antwortete Beatrice und schlüpfte in ihre Schuhe.

Als sie ausstiegen, lag noch der Geruch von Kerosin in der Luft, aber auch schon der Duft des Meeres. Sie gingen über das Rollfeld in die Ankunftshalle, die eher zweckmäßig und nüchtern eingerichtet war. Sie diente ja auch lediglich dazu, die Formalitäten zu erledigen. Allerdings wunderten sie sich darüber, dass ihr Handgepäck durchleuchtet wurde. Dann fiel ihnen ein, dass sie in ein islamisches Land kamen. Der Zoll suchte nach Alkohol. Und wurde offensichtlich auch bei einigen Mitreisenden fündig. Sie selbst konnten ungehindert passieren.

Am Ausgang erwartete sie ein Angestellter des Resorts, der sie zum nahen Bootshafen begleitete, wo bereits Schnellboot, das sie nach Ihuru bringen würde, auf sie wartete.

Mit ihnen kamen ein älteres Ehepaar und noch zwei Männer an Bord. Man stellte sich vor, gesehen hatten sie sich alle schon flüchtig während des Fluges, denn ihre Plätze waren nur einige Reihen voneinander entfernt gewesen. Herbert und Else Schubert aus Heilbronn. Beide waren etwas beleibt. Herr Schubert schob seine randlose Brille zurecht und ließ sich leise stöhnend auf den Sitz fallen. Sein blasses Gesicht glänzte, ihm war offenbar heiß. Er holte ein Tuch aus seiner Hosentasche und wischte sich über die Stirn. Seine kurzen Haare, die von einem unbestimmbaren blassen braun waren, klebten am Kopf. Seine Frau hielt ihre Handtasche fest auf dem Schoß und schloss die Augen. An ihrem rechten Handgelenk glänzten sechs goldene Armreifen in der Sonne. Nach dem langen Flug war das Ehepaar offensichtlich nicht zum Reden aufgelegt.

Die beiden Männer kamen aus Frankfurt. Martin Leonhardt und Klaus Dittrich. Nach dem ersten Eindruck schienen die Herren recht nett zu sein, registrierte Beatrice, und stellte mit einem unauffälligen Seitenblick fest, dass beide keinen Ehering trugen.

Tessa hatte nach einem kurzen Gruß ihre große dunkle Sonnenbrille zurechtgerückt und schaute übers Wasser.

Die Fahrt durch das Atoll dauerte nur zwanzig Minuten. Sie bekamen einen ersten Eindruck davon, wie viele Nuancen die Farbe Blau haben konnte. An manchen Stellen schimmerte das Wasser intensiv türkisfarben, dann wieder blass und durchsichtig wie Glas, an anderen Stellen schien es dunkelgrün. Als das Boot am Steg von Ihuru anlegte, schien es Tessa und Beatrice, als seien sie im Paradies angekommen. Die Insel war dicht bewachsen mit tropischen Pflanzen. Die mit Palmwedeln gedeckten Villen waren so geschickt über die Insel verteilt, dass man sie vom Wasser aus kaum wahrnahm. Und über all dieser Schönheit spannte sich ein makellos blauer Himmel. Die Luft war warm, es roch nach Meer und nach Sauberkeit.

Als sie über die Jetty gingen, schwamm dicht unter der Wasseroberfläche ein großer, bunter Papageifisch neben ihnen her.

„Das ist ja unglaublich“, sagte Tessa. „Das sieht aus, als ob er uns begrüßen wollte.“

Beatrice ließ ihren Blick über die Palmen und die Bucht wandern. Mit den Worten: „Ich glaube, das ist das schönste und ruhigste Fleckchen Erde, das ich jemals gesehen habe“, betrat sie die Insel.

***** Dienstag *****

Ein Angestellter wies den neuen Gästen den Weg in die nach allen Seiten offene Bar, wo als Willkommensgruß eine kleine mit Kokosnuss-Eis gefüllte Schale serviert wurde. Die Erfrischung schmeckte köstlich. Während an der Rezeption die notwendigen Eintragungen vorgenommen wurden, führte ein freundliches Wesen Tessa und Beatrice direkt zum Spa. Hier wurden sie mit einer kurzen Entspannungsmassage für den Nacken verwöhnt. Nach dem langen Flug war das ein besonderer Genuss.

Tessa schloss für einen Moment die Augen und zeigte mit einem leisen „mmhh" wie gut ihr das tat. Das war wirklich ein besonderer Service. Beatrice sagte leise: „So kann es weitergehen." Danach wurden sie zu ihrer Villa Nummer dreiunddreißig begleitet, die den Namen Faannhaa Fooemburi trug. Alle Villen auf der Insel waren nach Muscheln benannt. Der Boy, der gerade die Koffer brachte, bekam sein Trinkgeld. Als sie alleine waren, schauten sie sich erst einmal um.

„Das ist aber eine nette Art der Begrüßung." Tessa deutete auf das Bett. Der Roomboy hatte aus vielen einzelnen Plamblättern das Wort *welcome* geformt. Der Raum war in sanften Grüntönen gehalten. In drei Wandvertiefungen aus grünem Glas standen kleine Gefäße mit Teelichtern. In einen Wandvorsatz waren vier gleichmäßig angeordnete Vertiefungen eingelassen, in denen grüne Äpfel, die von indirektem rotem Licht angestrahlt wurden, einen ungewöhnlichen

Blickpunkt bildeten. Die Klimaanlage gab dem Raum eine angenehm frische Kühle. Beatrice öffnete die Tür und betrat die überdachte Terrasse.

„Tessa, schau mal, das ist ja fast wie zu Hause", rief sie. Die Veranda hatte einen dunklen Holzboden, war groß und mit bequemen Möbeln eingerichtet. Drei Holzsäulen begrenzten diesen Bereich, der durch zwei Stufen von einem kleinen Garten getrennt war. Dort lud eine Maledivenschaukel zum Ausruhen ein. Tessa und Beatrice wechselten einen kurzen Blick, liefen. fast gleichzeitig los, setzten sich auf die Schaukel und ließen sich hin und her wiegen.

„Hier im Garten oder auf der Veranda kann ich sogar meine Yoga-Übungen machen", sagte Tessa und breitete die Arme aus. „Es ist Platz genug dafür."

„Hast du denn deine Yoga-Matte dabei?"

„Nein, das nicht, aber vielleicht lässt sich ja hier eine auftreiben."

Ein riesiger Funa-Baum ließ seine blassen Blüten auf sie herabregnen. Andere große Sträucher, Palmen und Bäume, deren Namen sie nicht kannten, spendeten Schatten. Durch einen schmalen Durchlass kam man direkt zum hellen Sandstrand. Beatrice umarmte ihre Freundin. „Da hast du aber wirklich das richtige Händchen gehabt, als du letzten Sommer das Los gezogen hast. Und dass du mich mitgenommen hast, das war wirklich nett von dir. Ich danke dir noch mal."

„Lass' gut sein, Bea. Wir haben jetzt zwei Wochen Traumurlaub vor uns, und den werden wir mit allem, was er uns zu bieten hat, ganz einfach genießen."

Im Nachbargarten sagte jemand kurz und knapp: „Ja, das ist in Ordnung." Tessa und Beatrice versuchten, durch die Ahi-Sträucher zu spähen, was nicht ganz einfach war. Die Villen lagen ein Stück voneinander entfernt, die dichten Blätter und ein Sichtschutzzaun schränkten den Blick ein. Aber es war wohl die Stimme von Herrn Schubert, die sie da eben gehört hatten.

„Die beiden werden uns kaum stören", sagte Tessa und stand auf. „Lass uns die Koffer auspacken, und vielleicht reicht die Zeit noch für das Mittagessen." Ihre Sachen hatten sie mit wenigen Handgriffen in den Schränken und Schubladen verstaut.

„Schau dir das an!" Beatrice stand vor der offenen Tür zum Badezimmer und stieß einen leisen Pfiff aus. Neugierig schaute Tessa ihr über die Schulter und kommentierte den Anblick mit einem leisen: „Hui". Der Raum, der sich vor ihnen auftat, war außergewöhnlich. Es gab ein von innen beleuchtetes Waschbecken, das mattgrün schimmerte. Daneben ragte eine dunkle Steinsäule empor, aus der von etwa zwei Metern Höhe Wasser durch eine Rinne über die Wand lief und sich dann in einem Becken aus hellem Marmor sammelte. Aber am besten gefiel ihnen die Dusche, die ebenfalls als Wassersäule aus Stein gestaltet war. Sie stand in einer kleinen Landschaft aus Palmen und Kieselsteinen, darüber nichts als der blaue Himmel.

„Das wird ein Urlaub", flüsterte Beatrice, während Tessa schon dabei war, ihre Fläschchen und Cremetöpfchen, verschiedene Tuben und Sonnencreme fein säuberlich auf der Ablage vor dem Spiegel, der die ganze Breite der Wand einnahm, aufzureihen.

„Hier braucht man nicht lange zum Eingewöhnen", sagte Beatrice. Tessa nickte. Sie stand schon unter der Dusche. Beatrice ging auf die Veranda. Bevor sie sich frisch machte, wollte sie ihrem Thomas noch schnell die versprochene SMS schicken.

Am Mittagsbuffet trafen sie die beiden Herren aus Frankfurt wieder und wechselten im Vorbeigehen ein paar belanglose Worte. Als sie am Tisch saßen sagte Beatrice: „Auf mich macht dieser Herr Leonhardt einen recht netten Eindruck", und schaute Tessa dabei erwartungsvoll an.

„Mag sein." Tessa war mit ihrem Salatteller beschäftigt. „Aber bitte versuche nicht wieder die Vermittlerin zu spielen. Du weißt, dass ich von Urlaubsflirts nicht viel halte."

„Ich dachte ja nur", bemerkte Beatrice kleinlaut. Sie kannte ihre Freundin gut genug, um zu wissen, dass es im Augenblick keinen Sinn machte, weiter an diesem Thema festzuhalten. Aber es war ja auch noch genug Zeit, um eventuelle Bekanntschaften auszubauen. In zwei Wochen konnte unendlich viel passieren.

Die beiden Freundinnen aßen schweigend und schauten aufs Meer, das in der Sonne glitzerte. Nach der langen Reise machte sich jetzt doch die fehlende Nachtruhe bemerkbar.

„Mittagsschlaf?" fragte Beatrice.

„Mittagsschlaf!" nickte Tessa zustimmend.

Als Beatrice ziemlich genau zwei Stunden später aufwachte, hörte sie Geschirrklappern.

„Magst du Kaffee oder lieber Tee? Du hast die Wahl zwischen Earl Grey, Lemon, Erdbeere, Apfel, Mango oder Passionsfrucht." Tessa hantierte mit dem Wasserkocher.

„Das Angebot ist beeindruckend, aber ich nehme trotzdem Kaffee." Beatrice und streckte sich ausgiebig bevor sie aufstand. „Lass uns auf die Veranda gehen." Beatrice stellte die Tassen, aus denen es duftete, auf ein kleines Tablett und trug es nach draußen.

„So ein deck-chair ist eine wunderbare Erfindung." Tessa setzte sich und streckte die Beine aus.

„Ja, hier hat man scheinbar an alles gedacht, um den Gästen ihren Aufenthalt angenehm zu machen."

Die beiden Freundinnen schauten aufs Meer, genossen die Ruhe und fühlten, wie sie innerlich ankamen an diesem Ort. Es war warm. Tessa stand auf und schaltete den großen, altmodischen Deckenventilator ein. Mit einem leisen Summen fächelte er ihnen einen Hauch kühler Luft zu. Beatrice betrachtete versonnen die Flügel aus Holz, die sich langsam drehten und sagte: „Irgendwie muss ich dabei immer an Hemingway denken."

„Bitte?" fragte Tessa. „Warum denn das?"

„Als ich vor zwei Jahren mit Thomas in Florida war, haben wir das Haus in Key West gesehen, in dem Hemingway eine Zeit lang gewohnt hat. Das hatte auch so eine Holzveranda und auch einen Ventilator mit großen Holzflügeln wie der hier."

„Interessant. Außer *Schnee am Kilimandscharo* habe ich noch nie etwas von Hemingway gelesen“, sagt Tessa. „Das sollte ich wohl mal nachholen.“

„Tu das, obwohl ich mich im Moment nicht daran erinnern kann, ob er auch Kriminalgeschichten geschrieben hat.“

Sie unterhielten sich noch eine Weile über dieses Thema. Als ihre Tassen leer waren, machten sie einen Rundgang um die Insel. Außer Strand, Meer und der Nachbarinsel Vabbinfaru gab es nicht viel zu sehen. Die vierzig Villen hier auf Ihuru waren gleichmäßig über die fast kreisrunde Insel verteilt. Jede hatte ihren eigenen, kleinen Garten.

„Wirklich viel privates Ambiente“, meinte Tessa „das gefällt mir. Man begegnet den anderen Gästen eigentlich nur im Restaurant und wahrscheinlich auf dem Tauchboot.“

Im Water Sport Center Maskaraa informierte sie sich über die angebotenen Tauchausflüge. In der Zwischenzeit betrachtete Beatrice interessiert die Tafeln, auf denen die Fische, die am Riff leben, abgebildet waren. Mit den Worten: „Du, schau mal hier. Es gibt nicht nur Haie, sondern sogar Rotfeuerfische. Pass' ja auf beim Tauchen. Nicht, dass dir was passiert“, empfing sie ihre Freundin, die gerade einen Auffrischungstauchgang für den nächsten Morgen vereinbart hatte. Der *scuba review* war zwar nicht zwingend vorgeschrieben, aber sie wollte es so.

„Ach, Bea, ich bin schon vorsichtig. Außerdem bin ich in einer Gruppe und der Tauchlehrer ist auch dabei."

Sie schlenderten noch einmal um die Insel, diesmal nahmen sie die andere Richtung.

„Sieh mal da." Beatrice deutete auf einen Schwarm kleiner Fische, der fast am Ufer schwamm.

„Weißt du was, wir ziehen uns jetzt um und gehen Schnorcheln", sagte Tessa und hatte schon den Weg Richtung Villa eingeschlagen. „Welchen Badeanzug soll ich anziehen?" Tessa wühlte in einer der großen Schubladen. „Den schwarzen oder den blauen?"

„Ich glaube, den Fischen ist das völlig egal", antwortete Beatrice und packte die Schwimmflossen aus.

„Du hast recht, dann nehme ich eben den bunten."

Nur wenig später beeilten sie sich, über den heißen Sand zum Ufer zu kommen und ließen sich in dieses wunderbar klare Wasser gleiten, das sich warm und sanft anfühlte. Sofort waren sie überwältigt von der Schönheit, die sich vor ihnen auftat. Auf der Karte hatten sie gesehen, dass das Riff sich wie ein Ring um die Insel schloss, an fünf Stellen gab es markierte Durchlässe zum Außenriff. Aber allein schon in der Lagune war der Anblick dieser Unterwasserwelt einzigartig. Tessa schaute einer kleinen Gruppe leuchtend blau-gelber Doktorfische nach. Beatrice bestaunte einen violetten Korallenstock. Als zwei kleine Schwarzspitzen Riff-Haie lautlos und schnell an ihnen vorbeiglitten, erschraken sie zuerst ein wenig. Aber es waren nur kleine Exemplare, die hier in der Lagune ihre Kinderstube hatten. Tessa und Beatrice ließen sich mit der leichten Strömung treiben und freuten sich an dem, was sie sahen. Helle Sandbarsche suchten am Boden nach Nahrung und wirbelten dabei den feinen Sand auf. Eine Gruppe von fünf hellgelben Zitronenbarben zog an ihnen vorbei. Beatrice erschrak, als sich plötzlich unter einer Geweihkoralle ein länglicher Körper hervorschob, der eine grünliche Färbung hatte. Zuerst glaubte sie, eine Schlange zu sehen, aber dann erkannte sie, dass es nur eine dicke Seegurke war, die hier friedlich ihren Weg kreuzte. Die Zeit verging schnell.

Noch beeindruckt von diesen ersten Eindrücken der Unterwasserwelt, machten sie sich für das Abendessen im Restaurant *Riveli* zurecht. Jede von ihnen war mit ihrem Spiegelbild zufrieden. Tessa hatte sich für ein einfaches, dunkles Kleid entschieden, Beatrice trug eines mit buntem Blumenmuster.

Die Terrasse des Restaurants, die direkt am Wasser lag, wirkte einladend. Windlichter auf den Tischen schufen eine festliche Atmosphäre und ließen das Blau der Gläser aufleuchten. Die Tischdecken waren von einem tiefen Blau, darüber lagen dunkelrote Tischläufer. Der Sternenhimmel über ihnen schien unendlich zu sein.

„Wäre es Ihnen hier angenehm?“ Saeed, der für die nächsten beiden Wochen ihr Kellner sein würde, hatte sie zu einem der geschmackvoll eingedeckten Tische geführt und rückte schon einen der Stühle zurecht.

Ganz in der Nähe saßen die beiden Herren aus Frankfurt. Die beiden hatten gerade in ihre Richtung gegrüßt, als Tessa sagte: „Nein, ich möchte lieber dort drüben sitzen." Sie deutete zum entgegengesetzten Ende der Terrasse. Beatrice fragte sich, warum ihre Freundin ihre Distanziertheit wieder einmal fast bis zur Unhöflichkeit steigerte, folgte ihr aber schweigend. Martin Leonhardt hatte die Szene beobachtet und warf den beiden Frauen einen langen Blick hinterher. Dann brach er langsam ein Stück Brot auseinander, bevor er sich wieder seinem Teller zuwandte.

„Die Damen sind offenbar wählerisch", sagte sein Freund Klaus und lächelte dabei.

„Scheint so", murmelte Martin.

Tessa und Beatrice redeten nicht viel. Saeed, der gute Geist, servierte ihnen die verschiedenen Gänge des Menus und wunderte sich nicht darüber, dass die beiden Damen so schweigsam waren. Das war bei vielen Gästen so am ersten Abend. Auch diese beiden Damen waren müde. Ein langer Tag mit vielen neuen Eindrücken lag hinter ihnen. Schweigend schauten sie auf die Lichtpunkte am Horizont: die Stadt Male.

Nachts um kurz vor eins wurde Beatrice wach. Tessa flüsterte: „Kannst du auch nicht schlafen?" und schaltete die zwei kleinen Strahler über dem Bett ein.

„Was Thomas jetzt wohl macht?" Beatrice schob mit einem kleinen Seufzer ihre Arme über das Kopfkissen.

„Wahrscheinlich ist er gerade vom Büro nach Hause gekommen, bei uns ist es nämlich jetzt acht Uhr abends. Und ich habe Hunger. Mein Magen sagt mir, dass jetzt Zeit fürs Abendessen ist."

„Wo willst du denn jetzt mitten in der Nacht etwas zu Essen hernehmen?" sagte Beatrice. „Oder glaubst du, der Zimmerservice ist hier darauf eingestellt, seinen Gästen auch noch einen Mitternachtsimbiss anzubieten?"

„Ich denke schon, dass sie uns etwas bringen würden, aber warte." Tessa, stand auf und kramte in ihrer großen, schwarzen Handtasche, die sie auf Reisen immer dabei hatte. „Es muss ja nicht gleich ein mitternächtliches Büfett sein. Es gibt Momente, da ist man auch mit weniger zufrieden. Und jetzt ist genauso ein Moment", sagte sie und holte zwei dick in Folie eingewickelte Butterbrote aus der Tasche. Tessa reiste nie ohne Proviant, das war eines ihrer Prinzipien.

„Hier." Sie reichte Beatrice ein Brot und schenkte jedem ein Glas Wasser ein. „Das ist gut gegen Schlaflosigkeit."

Beatrice packte das Brot aus und setzte sich bequem zurecht. Und dann saßen die beiden Freundinnen im Bett, mitten in der Nacht auf der kleinen Insel Ihuru im Indischen Ozean. Sie kauten Butterbrote von zu Hause und tranken Wasser dazu.

„Das schmeckt wunderbar", sagte Beatrice mit vollem Mund. Als sie die letzten Krümel von der Bettdecke gewischt hatte, sagte sie: „Und du meinst wirklich, dass wir jetzt wieder schlafen können?"

„Glaub mir, es wirkt." So wie Tessa es betonte, klang es wie eine Zauberformel. „Immer", setzte sie noch bekräftigend hinzu und machte das Licht aus.

***** Mittwoch *****

Gegen acht Uhr wurden sie durch das Morgenlicht geweckt, das durch die Jalousien sickerte. Sie fühlten sich ausgeruht und waren guter Laune. Für den ersten Urlaubstag hatten sie sich nichts Besonderes vorgenommen. Sie ließen sich Zeit beim Frühstück, das sie fast alleine auf der großen Terrasse mit Blick über den Ozean einnahmen. Die meisten anderen Gäste waren heute wohl früher dran gewesen. Zwei Delphine zogen in der Bucht vorbei. Ein seltener Anblick.

Ihr Kellner, Saeed, schaute sie lächelnd an und deutete nach draußen. „Das sind Glücksbringer, so sagt man hier."

„Na, dann fängt der Urlaub ja gut an", antwortete Beatrice und erwiderte sein Lächeln so strahlend, als hätte er die Delphine persönlich für sie bestellt.

„Wir könnten mal schauen, was hier im Spa so angeboten wird", meinte Tessa und legte ihre Serviette beiseite.

„Gute Idee." Beatrice und stand auf. Sie schlugen den Weg ein, der durch das Innere der Insel führte. Er war gesäumt von Blütensträuchern, Bäumen und Bananenstauden. Herr Schubert kam ihnen entgegen. Er war offenbar in Eile. Nervös wischte er sich mit dem Taschentuch über die Stirn und ging schnell an ihnen vorbei ohne zu grüßen. Er hatte sie gar nicht wahrgenommen.

„Was ist denn mit Herrn Schubert los?" wunderte sich Tessa. „Der benimmt sich aber merkwürdig."

„Ja, manche Menschen können noch nicht mal im Urlaub abschalten“, sagte Beatrice. Sie roch gerade ausgiebig an einer weißen Blüte und ließ sich dabei nicht stören. Es würde auch Herrn Schubert nicht gelingen, sie zu irgendeiner Form von Hektik zu verleiten.

Der Empfangsbereich des Spa war offen und einladend gestaltet. Kein einziges Sandkorn war auf dem dunklen Fußboden aus Holz zu sehen. Sofern man Schuhe trug, zog man sie aus, bevor man hier eintrat und säuberte seine Füße an dem Wasserbecken, das dafür bereitstand. Tessa und Beatrice setzten sich auf eine bequeme Bank und betrachteten die Pflegeprodukte, die in einer Vitrine ausgestellt waren. Es würde wohl noch dauern, bis sie an der Reihe waren, denn Frau Schubert saß in einem der breiten Stühle vor dem großen Tisch der Anmeldung und ließ sich über die verschiedenen Behandlungen informieren. Sie konnte sich offensichtlich nicht entscheiden zwischen einem *Thai herbal wrap* und *Ibu's secret.* Ihre sechs goldenen Armreifen klirrten leise während sie in der Mappe mit den Angeboten blätterte und die Angestellte um genaue Erklärungen bat. Sie gestikulierte mit ihren etwas dicklichen, aber perfekt manikürten Händen. Mit einem blassrosa lackierten Fingernagel deutete sie schließlich auf den *Thai herbal wrap* und vereinbarte den Termin. Offensichtlich war sie zufrieden mit ihrer Wahl, jedenfalls ging sie mit einem Lächeln davon.

Die Angestellten begrüßten jetzt Tessa und Beatrice mit vor der Brust aneinander gelegten Händen und gesenktem Kopf: Wai. Sie erwiderten den Gruß, der von Herzen kommt und ließen sich ebenfalls beraten.

„Fürs erste nehme ich den *coconut scrub*", sagte Beatrice nach kurzem Überlegen und ließ sich für nachmittags einen Termin geben. Karong würde sie behandeln. Tessa konnte zur gleichen Zeit bei Wannjai eine Kopfmassage buchen. Die Zeit bis dahin vertrieb sich Beatrice mit Schnorcheln in der Lagune, während Tessa ihren Auffrischungstauchgang mit Jeremia vom Water Sport Center absolvierte. Das Hausriff lag nur wenige Meter vom Ufer entfernt und beeindruckte sie schon sehr. Sie kam gut zurecht mit ihrer Tauchausrüstung und hatte offenbar nichts von dem, was sie gelernt hatte, vergessen.

Danach nahmen die beiden Freundinnen ein leichtes Mittagessen zu sich und ruhten sich dann auf der Terrasse ihrer Villa von den Anstrengungen der letzten Stunden aus.

Als sie nachmittags kurz vor ihrem vereinbarten Termin im Spa ankamen, war Frau Schubert gerade dabei, sich zu verabschieden.

„Die Behandlung hat mir sehr gut getan. Ich bin ganz entspannt. Sie haben ein gutes Händchen für so etwas." Frau Schubert ging vollkommen auf in ihrer Zufriedenheit. „Wissen Sie, mein Mann hat in Thailand vor ein paar Jahren mal Urlaub gemacht." Die jungen Angestellten des Spa, von denen die meisten aus Thailand stammten, hörten freundlich lächelnd zu. „Ihr Land hat ihm gut gefallen." Frau Schubert gestikulierte, und ihre goldenen Armreifen schlugen dabei leise aneinander. „Aber wissen Sie, man möchte eben auch mal andere Länder und Sitten kennenlernen. Na ja, die Welt ist ja schließlich groß genug und Möglichkeiten zu reisen gibt es viele. Hier auf Ihuru ist es ja wirklich auch wunderschön. Diese Insel hat das, was ich einen gewissen Stil nenne."

Die jungen Frauen hörten immer noch höflich zu und lächelten, als könnten sie sich nichts Schöneres vorstellen, als den Worten dieser älteren Dame, die aus einem Land kam, das ihnen unbekannt war, zu lauschen. Ob sie tatsächlich alles verstanden, was Frau Schubert ihnen da erzählte, war ihren freundlichen Gesichtern nicht anzusehen. Frau Schubert fand immer noch kein Ende.

Tessa rollte mit den Augen und atmete hörbar durch die Nase. Beatrice sagte leise: „Du, wir haben Zeit. Nimm dir ein Beispiel an der asiatischen Gelassenheit" und deutete mit einer leichten Handbewegung auf das Personal.

Als Frau Schubert endlich gegangen war, wurden sie von Wannjai und Karong unter Verbeugungen in den Behandlungsraum geführt. Der Spa-Bereich war an seinem äußeren Rand durch einen hohen Bambuszaun, der von allerlei tropischen Pflanzen bewachsen war, vom übrigen Teil der Insel abgetrennt. Im Inneren gab es mehrere Räume, die für Einzelanwendungen vorgesehen waren, aber auch Bereiche, in denen zwei Personen gleichzeitig behandelt werden konnten. Eine leichte Brise vom Meer bewegte die dünnen

Stoffbahnen, die die Massageliegen einrahmten. Auf einem kleinen Tisch standen hübsch geformte kleine Gefäße für das Massageöl und andere Utensilien bereit. Das Aroma von Zedernholz lag in der Luft. Leise Meditationsklänge schwangen durch den Raum. Die nächste Stunde genossen die beiden Freundinnen mit allen Sinnen, gaben sich dieser vollkommenen Entspannung hin. Sie ließen sich einhüllen und wegtragen von dieser Atmosphäre, die etwas überaus Sinnliches hatte. Aber irgendwann mussten sie wieder zurückkommen ins Hier und Jetzt. Sie nahmen eine Dusche zwischen Palmen, Bananenstauden und blühendem Hibiskus und schauten dabei in den hellblauen maledivischen Himmel. Eingehüllt in weiße Bademäntel setzten sie sich zur Teezeremonie, die den Abschluss jeder Behandlung bildete. Karong aus Bali reichte jeder von ihnen eine kleine Schale mit Ingwertee, der mit Honig gesüßt war.

„Perfekt. Hier ist alles einfach perfekt", hauchte Beatrice zufrieden.

„Das fühlt sich an, als ob die Zeit ein bisschen still steht", nickte Tessa und trank in kleinen Schlucken bedächtig ihren Tee.

Während des Abendessens schaute Tessa zu dem Tisch, an dem Herr Schubert seiner Frau gerade den Stuhl zurechtgerückt hatte und ihr jetzt ein Glas Wasser einschenkte.

„Ich finde, man kann den meisten Paaren ansehen, wie ihre Ehe ist", sagte sie zu Beatrice. „Und vor allen

Dingen sieht man einer Frau an, ob sie glücklich ist“, fügte sie hinzu und häufte ein wenig Gemüsereis auf ihre Gabel. „Egal, wie alt sie ist.“

„Findest du, dass ich glücklich aussehe?“ fragte Beatrice sofort.

„Ja, dir sieht man dein Glück an. Dein Thomas ist deutlich in deinem Gesicht zu sehen.“ Tessa zwinkerte ihrer Freundin zu.

„Findest du, dass Frau Schubert glücklich aussieht?“ Beatrice schaute zu den beiden hinüber.

„Nein, auf mich macht sie eher einen zufriedenen Eindruck. Als ob sie etwas erreicht hätte in ihrem Leben.“ Tessa zerkrümelte ein Stückchen Brot. „Ich finde, Glück sieht anders aus“, sagte sie ernst. „Aber mit dem Glück ist das so eine Sache. Jede Ehe hat ihre eigenen, manchmal ganz besonderen Gesetze. Und was für den einen ein Glück ist, erscheint einem anderen unerträglich.“

„Das Glück hat eben viele Gesichter, Tessa“, stimmte Beatrice ihrer Freundin zu.

„Ja. Aber oft wird Glück auch nur vorgetäuscht. Viele Menschen halten an etwas fest, das schon lange nicht mehr da ist. Entweder aus Gewohnheit oder aus Angst. Sie reden nicht offen über ihre Probleme. Das heißt aber nicht, dass sie keine haben.“

„Glück kann man aber auch in sich selbst finden. Durch eine innere Harmonie und oft auch durch Zufriedenheit, mit dem was man tut.“ Beatrice hatte ihr Besteck zur Seite gelegt und nippte an ihrem Weinglas.

„Du hast recht, Bea, in der Meditation und beim Yoga finde ich eine Ruhe, bei der ich auch eine Art von Glück spüre. Weißt du, bevor Menschen sich auf den Weg zu einem anderen Menschen machen, sollten sie erst einmal ihre eigene Mitte gefunden haben. Dann gäbe es vielleicht weniger unglückliche Paare." Tessa hatte, während sie das sagte, nachdenklich in die Flamme der Kerze geschaut.

„Ich finde es ist wichtig, dass man zusammen lachen kann", sprach Beatrice weiter. „Thomas und ich, wir lachen oft, auch über Kleinigkeiten. Und denk mal an Gretchen und Bernd. Er bringt sie zum Lachen. Mit was auch immer."

„Und wie viele von den Ehepaaren, die hier zusammensitzen, hörst du lachen?"

„Keiner lacht."

„Siehst du." Tessa nickte, als wolle sie diesem Umstand eine ganz besondere Bedeutung geben. „Und ich warte noch auf den Mann, der mich zum Lachen bringt."

„Na ja, ganz so wörtlich musst du es ja jetzt auch nicht nehmen. Gefühle kann man nicht steuern. Und wir klingen gerade so, als ob wir schon entsetzlich alt wären." Wie immer sah Beatrice diese Dinge eher von der unkomplizierteren Seite.

„Man muss nicht unbedingt alt sein, um Erfahrungen gesammelt zu haben." Tessa dachte an ihre eigene Vergangenheit. Sie philosophierten noch eine Weile über dieses unendliche Thema bevor Beatrice sagte:

„Jetzt lass uns die nächsten Tage erst mal unser Glück hier auf Ihuru genießen.“

Mit dieser Betrachtung machten sie sich auf den kurzen Weg zu ihrer Villa. Der Roomboy hatte frische Blüten auf ihr Bett gestreut, heute Abend war es rosa Hibiskus. Daneben lag ein zusammengerolltes Blatt Papier. Tessa las interessiert den Text eines Gedichts. „Zum Ausklang des Tages ein wenig Lyrik, das ist eine hübsche Idee vom Management.“

„Ach ja, zeig mal.“ Beatrice vertiefte sich in den Text. In der Wasserschale neben dem Sofa schwammen frische Blüten. Sie zündeten ein Räucherstäbchen an, und es dauerte nicht lange, bis sie sanft in ihre Traumwelten schwebten.

***** Donnerstag *****

Am nächsten Morgen war Tessa früh auf, denn sie hatte sich für ihre erste Tauchfahrt angemeldet. Schon vor neun Uhr verstaute die Besatzung der *IHURU XI* Proviant und Sauerstoffflaschen an Bord.

Als das Boot ablegte, stand Beatrice am Strand und winkte Tessa nach. Dabei drehten sich ihre Gedanken wieder einmal um das eher nicht vorhandene Liebesleben ihrer besten Freundin. Im Allgemeinen wirkte Tessa spröde auf Männer. Schon allein ein Blick von ihr konnte so abweisend sein, dass manch einer erst gar nicht den Versuch wagte, ihre Bekanntschaft zu machen. Sie könnte sich doch wenigstens mal umschauen nach einem passenden Mann. Dieser Herr Leonhardt schien recht nett zu sein. Er war mit seinem Freund Klaus jetzt auch an Bord. Vielleicht ...., diese Tauchausflüge boten doch äußerst gute Gelegenheiten. Während sie ihre Gedanken weiter um dieses Thema kreisen ließ, wurde das Boot am Horizont immer kleiner, bevor es sich schließlich ganz ihrem Blick entzog.

Die Tauchgruppe an Bord bestand heute aus sechs Personen. David und Janine kamen von England. Sie wohnten auf Jersey, und jeder beneidete sie um diesen Wohnsitz. Und da waren Martin und Klaus aus Frankfurt, man kannte sich schon. Marianne kam aus Düsseldorf, aber ihr rotblondes Haar und die helle Haut mit den Sommersprossen verrieten die irische Abstammung, auf die sie stolz war. Sie versuchte seit

Jahren vergeblich, ihren Mann Werner zum Tauchen zu animieren. Er blieb hartnäckig bei seiner Meinung, dass er mit seiner Ausrüstung zum Schnorcheln genug von der Unterwasserwelt zu sehen bekäme. Auch in diesem Urlaub würde sich daran nichts ändern. Das hatte er ihr vorhin einmal mehr erklärt, ihr dann noch einen schönen Tauchgang gewünscht und war mit einer Zeitung unter dem Arm Richtung Terrasse verschwunden.

Hussain steuerte das Boot und Serge, der Tauchlehrer, erzählte inzwischen den Gästen etwas über das Zielgebiet, das sie heute ansteuern würden. Es lag nicht ganz zwei Bootsstunden entfernt. Die Fahrt ging Richtung Nordosten durch die Lagune. Der Tauchplatz hieß Stairs. Sie würden am Außenriff tauchen, das stufenförmig abfiel bis auf dreißig Meter Tiefe. Es gab kleine Höhlen dort. Wenn man Glück hatte, sah man Glasfische oder Rochen.

Tessa war schon ein wenig aufgeregt. Sie freute sich auf ihren ersten richtigen Tauchgang nach längerer Zeit. Martin Leonhardt saß wie zufällig neben ihr. Eigentlich ist er ganz nett, dachte sie. Aber am Anfang waren die Männer, die sie kennenlernte, immer alle ganz nett. Man merkte erst später, dass es eben doch nicht so ganz passte. Aber sie war schon seit Jahren keine einseitigen Kompromisse mehr eingegangen und hatte Bekanntschaften beendet, sobald sie ein Ungleichgewicht spürte. Und das wird auch so bleiben, dachte sie und hantierte energisch mit ihren Bleigewichten.

Martin schaute ihr lächelnd zu. Es war ein offenes Lächeln. Es reichte tatsächlich bis zu seinen Augen. Sie hatten eine unbestimmte Farbe, irgendwo zwischen grün und braun. Tessa, sei vorsichtig, ging es ihr durch den Kopf.

„Tessa. Ist das dein richtiger Name oder die Kurzform von irgendetwas?" fragte er.

„Das ist die Abkürzung von Theresia."

„Theresia. Ein schöner Name."

Tessa suchte in seinen Augen nach einer Spur von Ironie, aber er schien es ernst zu meinen und sprach schon weiter. „Tauchst du schon lange?" Er schaute sie erwartungsvoll an Auf dem Boot war jeder per du.

„Den Schein habe ich schon länger. Aber hier ist es das erste Mal. Allzu viel Taucherfahrung habe ich noch nicht."

„Ich war letztes Jahr mit Klaus am Roten Meer, da gibt es auch gute Plätze. Aber hier auf Ihuru, das ist schon Luxusklasse."

„Martin taucht seit seiner Jugendzeit", warf Klaus, der neben ihm saß, dazwischen. Er war damit beschäftigt, seine Filmkamera für den Tauchgang herzurichten. Sorgfältig kontrollierte er das Gehäuse, veränderte noch ein paar Kleinigkeiten an der Einstellung.

„Und ich habe schon so viele Unterwasserfilme zu Hause im Schrank, dass ich die gesamte Verwandtschaft sonntags nachmittags damit in die Flucht schlagen kann. Aber trotzdem gibt es immer noch Aufnahmen, die mich reizen. Vielleicht kommen heute ein paar Mantas vorbei, das wär's!"

„Klaus hat beruflich nur mit Zahlen zu tun“, sagte Martin. „Das erklärt vielleicht seine Begeisterung für all die Lebendigkeit unter Wasser.“

„Na ja, als Steuerberater tue ich den Leuten mit meinen Zahlenkolonnen wenigstens etwas Gutes“, lachte Klaus und polierte bestimmt schon zum dritten Mal sorgfältig das Objektiv. „Aber ab und zu muss ich einfach mal weg vom Schreibtisch und will von all den Tabellen und Vorschriften eine Zeit lang nichts mehr sehen.“

Martin schaute Tessa neugierig an. „Du siehst nicht so aus, als ob du mit Zahlen zu tun hättest.“

„Nein, eher mit Blumen.“

„Was? So wie Eliza mit dem Veilchenkorb in My Fair Lady?“

Tessa musste lachen. „Nein, nicht ganz so. Ich habe einen kleinen Laden.“

„Interessant.“ Martin schaute sie nachdenklich an. „Was sind deine Lieblingsblumen und deine Lieblingsfarbe?“

Tessa musste nicht lange überlegen. Diese Frage wurde ihr immer mal wieder von Kunden und Freunden gestellt. „Maiglöckchen und die Farbe Grün.“

„Maiglöckchen sind sehr schön. Aber ich glaube, sie sind auch sehr giftig.“

„Ja. Und du? Was tust du, wenn du nicht gerade Tauchurlaub machst?“

„Ich treffe die Leute meistens dann, wenn sie sich keine Blumen mehr schenken. Ich bin Rechtsanwalt.“

„Und was ist dein Spezialgebiet?“

„Das ist nicht sehr spektakulär. Ich habe mich auf Wirtschafts- und Vertragsrecht spezialisiert." Nach einer kurzen Pause fragte er: „Und deine Familie? Wollte die nicht mitkommen?"

„Meine Schwester Katharina lebt in Köln und ist mit ihrem Mann und den beiden Kindern vollkommen ausgelastet. Und deine Familie?"

„Mein Sozius in der Frankfurter Kanzlei, er heißt übrigens Michael, betreut jetzt meine Mandanten und wird froh sein, wenn ich wieder zurück bin."

Mit diesem kurzen Gespräch hatten sie also ihre Verhältnisse, jedenfalls soweit es den Familienstand betraf, geklärt.

Bevor sie ihre Unterhaltung fortsetzen konnten, wurden sie von der Besatzung unterbrochen. Es war Zeit, sich auf den Tauchgang vorzubereiten, denn sie waren an ihrem Tauchplatz Stairs angekommen. Wie selbstverständlich blieb Martin an der Seite von Tessa. Noch während sie abtauchten, zog eine Schildkröte an ihnen vorbei. Ohne Eile bewegte sie sich durch das Wasser. Die Korallenformationen, die unter ihnen auftauchten, waren beeindruckend. Stein- und Geweihkorallen bildeten mit ihren interessanten Strukturen Unterschlupf für kleinere Lebewesen. Ein gelber Zwergbarsch suchte eilig Deckung. Ein großer Schwarm Rotzahndrücker, die ihre Flossen wir Flügel bewegten, kam neugierig heran. Ein Kugelfisch hielt lieber Abstand zu den Tauchern, aber Tessa konnte beobachten, dass Klaus seine Kamera auf ihn richtete. Allerdings schwenkte er kurz danach die Kamera auf einen Indischer Buckelkopf, der vorbeischwamm. Der erste Tauchgang der Gruppe war ein schönes Erlebnis. Während der Rückfahrt sprachen sie über das, was sie gesehen hatten, freuten sich gemeinsam daran.

Nachmittags legte Beatrice ihr Buch beiseite und machte einen Rundgang um die Insel. Und dann ging sie noch einmal in die andere Richtung. Und schließlich nahm sie noch einmal den inneren Weg. Ihre Beine brauchten ein bisschen Bewegung, und die Entfernungen hier auf Ihuru waren kurz. Als sie am Spa-Bereich vorbeikam, saß Frau Schubert dort und besprach mit Karong die nächste Kosmetikbehandlung. Frau Schubert war für ihr Alter noch recht attraktiv. Als Beatrice sie jetzt im Profil betrachtete, war allerdings eine Neigung zum Doppelkinn nicht zu übersehen. Auch die kleinen Fältchen am Hals und um die Augen zeigten sich im Sonnenlicht deutlicher als es einer Frau lieb sein konnte. Unwillkürlich hob Beatrice ihr Kinn und strich sich mit den Fingerspitzen am Hals entlang. Gute Pflege war wichtig, um die Anzeichen des Alters wenigstens etwas hinauszuzögern. Sie würde sich für morgen auch noch einen Termin im Spa geben lassen. Aber jetzt wollte sie erst einmal ein paar Einsiedlerkrebsen zuschauen. Sie fand diese Tiere merkwürdig. Einmal liefen sie eilig in die eine Richtung, überlegten es sich dann scheinbar anders, und liefen genauso geschäftig wieder zurück. Aber verhielten manche Menschen sich nicht ganz ähnlich? Sie zumindest hatte es hier und heute nicht so eilig, sie ging gemächlich zurück zur Villa. Auf der Veranda legte sie sich in den bequemen deck-chair und schlug wieder ihren Roman auf. Ab und zu warf sie einen Blick übers Meer und dachte darüber nach, wie herrlich es doch sein konnte, die Zeit so zu vertrödeln. Für heute Abend hatte das Management vor dem Essen zu einem Cocktailempfang am Strand eingeladen. Sie fragte sich, ob der lange grüne Wickelrock mit dem blauen T-Shirt für diesen Anlass das Richtige sein könnte. Oder wäre vielleicht das geblümte kurze Kleid doch besser geeignet? Wenigstens über die Schuhe musste sie sich keine Gedanken machen. Barfuß war man hier modisch immer en vogue.

Während sie noch über die Kleiderfrage nachdachte, kam Tessa zurück, schüttelte sich die letzten Wassertropfen aus den Haaren und wusch sich an dem kleinen Wasserbecken an der Terrasse den Sand von den Füßen. Sie erzählte begeistert von ihrem ersten Tauchgang. Eine Weile hörte Beatrice interessiert zu. Aber dann drängte sie zur Eile.

„Wenn wir noch rechtzeitig zu dem Cocktailempfang nachher kommen wollen, müssen wir uns fertigmachen."

Tessa hatte eigentlich keine Lust auf diese offizielle Einladung und hätte dem Sonnenuntergang lieber in Ruhe von der Maledivenschaukel aus zugeschaut. Aber als sie merkte, wie sehr Beatrice sich auf das Treffen freute, gab sie nach.

Am Strand, in der Nähe des Restaurants, hatte man aus ein paar Tischen eine kleine Bar aufgebaut. Das Personal verteilte freundlich lächelnd kühle Getränke an die Gäste. Small Talk war angesagt. Fast jeder hielt ein Glas in der Hand. Tessa konnte solchen Zusammenkünften noch nie etwas abgewinnen, bei denen sie sich mit Menschen, die sie nicht kannte, über wer weiß was unterhalten sollte. Sie ließ es sich aber nicht anmerken, sondern lächelte ebenfalls freundlich und nichtssagend. Beatrice unterhielt sich angeregt mit Marianne und Werner übers Schnorcheln und Tauchen. Tessa stand etwas gelangweilt dabei, warf nur ab und zu aus Höflichkeit einen Satz dazwischen. Die beiden erzählten von ihrem Leben in Düsseldorf. Er war Abteilungsleiter bei einer großen Versicherung. Die Schäden, die der Tsunami vor einiger Zeit hier im Indischen Ozean angerichtet hatte, betrafen damals auch seine Gesellschaft.

Herr Schmithoff, der Manager der Insel, erzählte, wie man auf Ihuru den Tsunami erlebt hatte. Das Wasser stieg sehr schnell bis zur Rezeption und ging dann weit zurück, sodass das gesamte Riffdach frei lag. Danach stieg es langsam wieder auf seine normale Höhe an. Einige der Villen hatten Wasserschäden abbekommen, aber niemand wurde verletzt. Sie hatten Glück gehabt auf Ihuru.

Seit Herr Schmithoff Tessa am ersten Urlaubstag eine Yogamatte besorgt hatte - sie wusste nicht, wo er so schnell eine hatte auftreiben können - , fand sie ihn äußerst sympathisch. Offensichtlich war es hier der

Hotelleitung wirklich Ernst mit dem Slogan, die Wünsche der Gäste soweit es möglich war, zu erfüllen. Sie schaute Herrn Schmithoff an und hörte ihm aufmerksam zu. Er hatte eine angenehme Stimme und was er erzählte, klang interessant.

Herbert und Else Schubert standen in einer Gruppe, die so weit entfernt war, dass Tessa nicht hören konnte, um was sich dort die Unterhaltung drehte. Herr Schubert schaute sich um. Es war ihm deutlich anzusehen, dass dieser Urlaub keine Erholung für ihn war. Für manche Menschen war es eben schwer, den Alltag hinter sich zu lassen. Seine Frau dagegen plapperte munter drauf los. Wie immer klirrten ihre goldenen Armreifen leise, wenn sie gestikulierte. Diese sechs Armreifen und das damit verbundene Geräusch schien ein Teil von ihr selbst zu sein. So unverwechselbar wie ein Fingerabdruck oder ein Muttermal auf der Haut, das die Natur einem Menschen mitgibt. Tessa hatte den Eindruck, dass Frau Schubert sich schon auf ihren nächsten Termin im Spa freute. Als sie sich noch ein Glas Saft holte und dabei an der Gruppe vorbeikam, hörte sie tatsächlich, dass Frau Schubert von einer speziellen Behandlung am nächsten Morgen erzählte, die zwei Stunden dauern würde. Tessa lächelte vor sich hin. Manche Frauen waren so einfach zufrieden zu stellen. Aber warum auch nicht. Ab und zu würde es ihr auch gut tun, das Leben etwas lockerer zu sehen. Mit diesem Gedanken ging sie durch den warmen

Sand zurück zu ihrer Gruppe, wo sich das Gespräch gerade um die Bebauung einer weiteren Insel drehte.

Kurz darauf kamen Martin und Klaus, jeder mit einem Drink in den Händen, auf sie zu geschlendert. Auf dieser Insel kann man sich wirklich nicht aus dem Weg gehen, dachte Tessa und drehte ihr Glas in der Hand hin und her. Aber warum auch? Dieser Martin Leonhardt war ja recht sympathisch. Mittlerweile sprach man darüber, wie sehr man die Angestellten um ihren Arbeitsplatz in diesem Paradies beneidete. Aber die wehrten bescheiden ab und wiesen wohl nicht zum ersten Mal darauf hin, dass es auch im Paradies festgelegte Arbeitszeiten gab.

Inzwischen war die Zeit zum Abendessen näher gerückt. Tessa gab Beatrice ein Zeichen. „Einen schönen Abend noch", murmelte sie und löste sich aus der Gesellschaft.

Beatrice stellte eilig ihr noch halb volles Glas zurück und lief hinter ihrer Freundin her. „Warum willst du denn jetzt schon gehen?"

„Ich habe Hunger", sagte Tessa und wusste, dass sie nicht ganz ehrlich war. Sie wollte ein gemeinsames Abendessen mit Martin und Klaus vermeiden. Und darauf wäre es hinausgelaufen, wenn sie noch länger zusammengestanden hätten. Sie war einfach noch nicht bereit dazu. Beatrice fragte nicht weiter nach. Sie wandte sich stattdessen mit Interesse den verschiedenen Spezialitäten des mit Sorgfalt aufgebauten Büfetts zu.

Als sie nach einem ausgiebigen Menu zur Villa zurückgingen, kam Martin auf Tessa zu. Er hatte offensichtlich in der Nähe der Bar auf sie gewartet. Beatrice ging nach einem kurzen Gruß schon voraus, ihr war klar, dass sie jetzt nur stören würde.

„Maiglöckchen konnte ich leider nicht auftreiben", sagte Martin leise mit einem Augenzwinkern und reichte Tessa eine rote Hibiskusblüte.

„Danke, die ist sehr schön." Man sah ihr nicht an, wie sehr sie sich über seine Idee freute.

„Möchtest du noch auf einen Drink mit an die Bar kommen?"

„Nein, ich bin müde. Vielleicht an einem anderen Abend. Gute Nacht."

Martin schaute ihr mit hochgezogenen Augenbrauen nach, und in seinem Blick lag so etwas wie Überraschung.

„Was ist denn das?" fragte Beatrice, als Tessa ins Zimmer kam.

„Eine Blüte würde ich sagen."

„Das war eine nette Idee von ihm."

„Ja, das finde ich auch."

„Und?"

„Nichts und, liebe Beatrice."

Tessa legte die Blüte nachdenklich und vorsichtig neben ihr Kopfkissen. Als sie sich etwas später hinlegte, drehte sie sich auf die Seite und schaute die zarten roten Blätter an. Ihre Gedanken begannen zu kreisen.

Um das Wort Glück. Um das Wort Zeit. Und um den Namen Martin.

„Träum schön“, flüsterte Beatrice und löschte das Licht.

***** Freitag *****

Am nächsten Morgen tranken die beiden Freundinnen ihre erste Tasse Tee im Bett. Sie hatten beschlossen, dass heute herumtrödeln angesagt war. Beatrice räkelte sich hin und her.

„Und das Beste ist, dass das jetzt noch tagelang so weitergeht", sagte sie mit schmelzender Stimme und dachte darüber nach, dass sie noch einmal mit Thomas hier herfahren könnte. Ihre Flitterwochen hatten sie damals auf Hawaii verbracht. Ihren nächsten Hochzeitstag könnten sie vielleicht hier verbringen. Die Idee gefiel ihr. Wenn sie wieder zu Hause war, würde sie Thomas fragen, was er davon hielt.

Es war schon kurz nach neun, als die beiden Freundinnen auf dem Weg zum Frühstück waren. An der Rezeption sahen sie Herrn Schubert, der gerade nach einer Möglichkeit fragte, heute früh nach Male zu kommen. Er bestand darauf, ein Wassertaxi anzumieten, und zwar sofort. Seine Frau war nicht zu sehen.

Tessa und Beatrice gingen weiter zum Restaurant. Sie setzten sich auf die Terrasse, ein großer Baum spendete lichten Schatten. Sie genossen ihre erste Tasse Kaffee, und das Büfett ließ keinen ihrer Wünsche offen.

„Ist das nicht herrlich, vor einer solchen Kulisse zu frühstücken?" Beatrice beschrieb mit beiden Armen einen Bogen, der den gesamten Indischen Ozean einschloss.

„Ja", sagte Tessa und schaute auf ihren Teller. „Zu Hause würde ich mir das nie erlauben, aber im Urlaub muss es einfach sein." Mit Genuss biss sie in ein Croissant, auf das sie vorher einen dicken Klecks Maracujakonfitüre getupft hatte.

„Bei uns gibt es höchstens sonntags mal ein großes Frühstück mit Ei und allem", meinte Beatrice und rührte in ihrer Schale mit Joghurt und frischer Ananas. „Klaus hat mir erzählt, dass Martin heute am Hausriff tauchen geht." Sie schaute Tessa erwartungsvoll an.

„Ach, ja." Mehr hatte ihre Freundin nicht dazu zu sagen. Beatrice seufzte innerlich. Aber dann dachte sie, dass ja noch ein paar Tage Zeit waren, der Urlaub hatte ja gerade erst angefangen. Irgendwann würde der richtige Moment schon kommen für Martin und Tessa. Herr Schmithoff ging in einiger Entfernung vorbei und winkte ihnen einen Gruß zu. Sie winkten zurück.

„Er hat immer so modische Hemden an." Tessa griff nach ihrer Kaffeetasse.

„Bitte?" Beatrice konnte den Gedanken ihrer Freundin offensichtlich nicht folgen.

„Ja, die Hemden, die er trägt, sind ausgesprochen chic." Tessa schaute Herrn Schmithoff hinterher. Beatrice war dem Blick ihrer Freundin gefolgt und fragte ungläubig: „Die Hemden von Herrn Schmithoff?"

„Ja, natürlich die von Herrn Schmithoff, von wem denn sonst", sagte Tessa ungeduldig und schaute Beatrice irritiert an.

„Ja, klar." Mehr fiel Beatrice im Moment nicht dazu ein. Manchmal bewegten sich Tessas Gedanken wirklich in merkwürdigen Bahnen. Aber sie ging nicht weiter auf das Thema ein, sondern schenkte sich noch etwas Kaffee nach.

Auf dem Weg zurück zu ihrer Villa fragte sie: „Warum sind wir eigentlich nicht in einer Villa mit Jacuzzi untergebracht?"

„Jetzt übertreib mal nicht. Die ganze Lagune ist ein einziger Jacuzzi", sagte Tessa lachend. „Und da kann man sogar Schnorcheln. Und genau das machen wir jetzt auch. Oder meinst du, dass man hier etwas Besseres vorhaben kann?"

In der Lagune trafen sie Klaus, der mit Schnorchel und Unterwasserkamera unterwegs war. „Da vorne habe ich gerade eine wunderbare Aufnahme von einer Karettschildkröte machen können", sagte er. „Die Sonne steht im richtigen Winkel, und sie ist eine ganze Weile neben mir hergeschwommen, die Szene habe ich in Großaufnahme bekommen. Einfach toll. Und hinter dem Steg hält sich ein großer Schwarm Fledermausfische auf. Schaut euch das mal an, es lohnt sich."

Aber bevor sie antworten konnten, hatte er seine Maske schon wieder zurechtgerückt und schwamm mit ein paar Flossenschlägen davon. Irgendwie war er immer auf dem Weg zum nächsten Motiv, fokussiert auf die Schönheiten, die ihm die Welt unter Wasser bot.

Nach dem Mittagessen holte sich Tessa ein Stück *Apple-Butter-Pumkin-Pie*. Sie konnte diesen Köstlichkeiten, die man hier in der Küche zauberte, einfach nicht widerstehen. Sie hatte gerade noch ein Schüsselchen *Creme Brulee Tarte* für Beatrice genommen, als plötzlich Martin neben ihr stand. Er war wohl gerade von seinem Tauchgang am Hausriff zurückgekommen, in seinen Haaren glänzten noch Wassertropfen.

„Hallo."

„Hallo." Über die Teller hinweg lächelten sie sich zu. Einen Moment lang schwiegen beide.

„Hättest du Lust, später an die Bar zu kommen auf einen Sundowner?"

„Ja, gern", antwortete Tessa und wunderte sich, dass sie nicht einen Augenblick über ihre Antwort nachdenken musste.

„Also, um sechs an der Bar", verabschiedete sich Martin mit einem Lächeln, und Tessa fiel auf, dass es auch diesmal wieder bis in seine Augen reichte.

„Na, also." Beatrice lächelte leise vor sich hin als Tessa wieder am Tisch saß und ihr von der Verabredung, die sie gerade getroffen hatte, erzählte.

„Bea, sag jetzt bitte kein weiteres Wort mehr dazu."

„Nein, nein. Worüber auch?" Beatrice wurde wieder ernst. „Ich nehme an, du wirst dich heute Nachmittag ein bisschen ausruhen wollen."

„Ja, ein bisschen Lesen, mal überhaupt nichts Besonderes tun. Eben einfach Urlaub machen."

„Ich gehe zum Spa. Ich habe Lust auf eine Massage. Vielleicht nehme ich heute mal *Ibu's secret.*"

„Das hört sich wirklich geheimnisvoll an. Lass dir lieber vorher erklären lassen, was es bedeutet, bevor du womöglich eine unangenehme Überraschung erlebst, wenn das Geheimnis gelüftet wird."

„Danke für deinen Tipp, ich werde ihn beherzigen", verabschiedete sich Beatrice.

Als sie ein paar Stunden später entspannt und vollkommen zufrieden mit sich und der Welt und besonders mit diesem Tag von der Massage zurückkam, stand Tessa vor dem Kleiderschrank.

„Hallo Tessa, machst du dich schon fertig? Es ist doch gerade mal erst fünf Uhr."

„Ich brauche eben etwas Zeit, Bea."

„Ach ja." Beatrice machte es sich auf dem Sofa bequem. „*Ibu's secret* war übrigens toll", sagte sie und strich den Bademantel über ihren Knien glatt.

"Ja?" Tessa schob ein paar Kleiderbügel hin und her. „Was ist es denn?"

„Das verrate ich dir nicht, sonst wäre es ja kein Geheimnis mehr. Du hast ja noch genug Gelegenheit, es selbst zu ergründen."

Tessa hatte ihr nicht so recht zugehört, sie war im Augenblick mit wichtigeren Dingen beschäftigt. Natürlich wollte sie nicht viel Aufwand für ihre Verabredung treiben. Trotzdem probierte sie drei Kleider und vier Röcke mit verschiedenen T-Shirts an. Sie konnte sich einfach nicht entscheiden und ging erst einmal ins

Bad, um sich die Haare hoch zu stecken. In dem feuchten Klima hier waren ihre Locken noch widerspenstiger als sonst. Es dauerte eine Weile, bis sie mit dem Ergebnis zufrieden war. Nach einem weiteren prüfenden Blick griff sie zum Kajalstift, ein wenig Kontur um die Augen konnte nicht schaden. Und noch ein Hauch von Lippenstift, das musste genügen. Eine Haarsträhne hatte sich inzwischen schon wieder gelöst und war ihr übers Auge gerutscht, was ihr ein etwas verwegenes Aussehen gab. Obwohl das ganz und gar nicht ihrer momentanen Gemütslage entsprach, ließ sie die Strähne wo sie war. Dann stand sie wieder vor dem Kleiderschrank. Schließlich entschied sie sich für ein einfaches dunkelgrünes Seidenkleid mit schmalen Trägern. Sie betrachtete sich im Spiegel. Barfuß wirkte so ein Kleid ganz anders.

Beatrice schaute ihr schon die ganze Zeit zu und sagte jetzt: „Ich habe dir doch gesagt, dass du die Sandaletten mit den Riemchen hier nicht brauchst.“ Sie deutete auf Tessas Füße. „Das sieht sehr gut aus so. Es hat so etwas Natives.“

„Bea, manchmal findest du wirklich die passenden Worte.“ Tessa war schon an der Tür.

„Nicht nur manchmal, liebe Tessa. Hab Spaß und bis später“, rief sie ihrer Freundin hinterher.

Martin erwartete Tessa schon. Ihr fiel auf, dass er seine Garderobe wohl ebenso sorgfältig ausgesucht hatte wie sie selbst. Die Farbe des Hemdes vertiefte das Grün seiner Augen.

Von der Terrasse der *Velaavani*-Bar aus hatte man einen herrlichen Blick über das Meer in all seinen Schattierungen während der Dämmerung. „Das ist doch genau der richtige Ort zum Entspannen und zum Genießen“, sagte er und rückte Tessa einen Sessel zurecht. Die Terrasse war um diese Zeit gut besucht. Für die meisten Gäste gehörte dieser Moment des Tages, wenn Hitze nachließ und überging in eine angenehme Wärme, zu den Besten.

„Gibt es einen Drink, den du besonders magst oder was hältst du von einem *Champagner Cocktail*?“ Martin reichte ihr die Karte.

„Ja, das klingt gut“, antwortete Tessa und bedeutete mit einer Handbewegung, dass sie die Karte nicht brauchte. Martin bestellte zwei *Lime Mimosa*. Der Barkeeper war gerade mit der Zubereitung ihrer Getränke beschäftigt, als Herr und Frau Schubert in die Bar kamen und sich einen Tisch nicht weit von ihrem aussuchten. Er bestellte einen *Gin Tonic* für sich und einen *Mai Tai* für seine Frau.

Martin und Tessa unterhielten sich über den Tauchgang, den Martin heute am Hausriff unternommen hatte. Unter anderem waren ihm zwei Dornenkronen-Seesterne aufgefallen. Der Tauchlehrer war später an der Stelle getaucht und hatte sie vom Riff entfernt.

„Ich wusste gar nicht, dass es hier auch Dornenkronen gibt“, sagte Tessa.

„Ja, die sind wohl überall an den Riffen zur Plage geworden.“

„Und die Schönheit ihrer Farbe täuscht über ihre Gefährlichkeit hinweg.“ Als er nicht antwortete, sprach sie weiter. „Der Cocktail ist gut.“ Sie hielt ihr Glas in der Hand und schaute Martin an. Ihr wurde bewusst, dass das Leben Momente wie diesen öfter bereithalten könnte, und sie lehnte sich entspannt zurück. Während sie noch darüber nachdachte, ob das am Prickeln des Champagners oder an der romantischen Atmosphäre, in die sich die Insel hüllte, lag, ging ihr Blick zufällig hinüber zu dem Tisch, an dem das Ehepaar Schubert saß. Der Kellner übergab Herrn Schubert gerade die Quittung für seine Drinks zur Unterschrift. Ihr fiel auf, dass es ein ganz besonderer Kugelschreiber war, den Herr Schubert aus seiner Brusttasche holte. Tessa kannte diese Serie von *Mont Blanc*, ein kleines Meisterstück. Es war auffällig in seiner Farbe, sehr elegant und entsprechend teuer. Aber dann schaute sie wieder Martin an, hörte ihm zu und dachte darüber nach, wie angenehm sie es fand, mit ihm hier zu sitzen. In den nächsten Minuten erlebten sie einen himmlischen Sonnenuntergang, der sogar noch die schönsten Postkartenbilder übertraf. Ringsherum hörte man das Klicken der Fotoapparate.

„Warum hat man eigentlich immer wieder das Bedürfnis, Sonnenuntergänge zu fotografieren?“ Martin schaute sie an. „Manche Menschen müssen ganze Serien solcher Motive zu Hause haben.“

„Ich weiß es auch nicht. Vielleicht, weil der Mensch im Grunde seines Herzens eine romantische Sehnsucht nach Schönheit hat." Tessa dreht ihren Strohhalm zwischen den Fingern.

„Wer ist hier romantisch veranlagt?" fragte Klaus, der mit Beatrice gerade dazukam.

„Die Menschen im allgemeinen."

„Mag sein. Aber bei aller Romantik meldet sich bei mir jetzt so etwas wie Hunger. Ich würde sagen, wir gehen zum Abendessen."

„Lasst uns wenigstens noch in Ruhe die Gläser austrinken", sagte Martin.

Wenig später empfing der Kellner Saeed die kleine Gruppe mit ein paar netten Begrüßungsworten. Dabei legte er jedem mit einem Lächeln eine Serviette auf den Schoß.

„Ich finde, das ist eine schöne Sitte", sagte Tessa. „Das sollte man bei uns zu Hause in den Restaurants auch einführen."

Dann reichte Saeed ihnen wie üblich auf einer Holzschale die feuchten Tücher, mit denen sie sich vor dem Essen die Hände säubern konnten. Es war eine fröhliche Runde, die heute Abend hier zusammensaß. Das Essen war wieder vorzüglich. Die Gespräche drehten sich natürlich hauptsächlich ums Tauchen. Klaus hatte Besonderes zu berichten: Er konnte heute in der Lagune einen *Monotaxis grandoculus* filmen. Und das nicht nur einfach so. Das Auge dieses Fisches, das ohnehin schon groß ist, konnte er mit Zoom aufnehmen! Man stelle sich vor, wie das zu Hause auf dem HD-

Bildschirm rüberkommen würde. Klaus war schlichtweg begeistert.

„Ein *Monotaxis Grandoculus*, das klingt, als ob es sich um ein Seeungeheuer handelt“, sagte Beatrice.

„Nein, das ist ein ganz wunderbares Exemplar von Fisch aus der Familie der *Lethriniden*“, erklärte Klaus. Es ging noch eine ganze Weile so weiter. Sie alberten herum, jeder wusste eine Geschichte zu erzählen, wie das eben so ist, wenn Menschen sich auf Reisen kennenlernen und gemütlich zusammensitzen.

Der Mond hatte schon eine weite Bahn über den Himmel gezogen, als die beiden Freundinnen an ihrer Villa ankamen.

„Schau mal“, sagte Beatrice und deutete auf die Wand über der Eingangstür. Im Lichtschein hatten sich dort ein paar Geckos versammelt und lauerten auf kleine Insekten. „Man sagt, sie bringen Glück.“

„Glaubst du daran?“ Tessa klang skeptisch, während sie die Tür öffnete.

„Immerhin ist es doch möglich. Also freuen wir uns einfach, dass sie da sind. Und manchmal lachen sie sogar“, sagte Beatrice während sie hineingingen. Dann schaute sie sich noch einmal um und schloss die Tür.

„Sie lachen?“

„Ja, es hört sich jedenfalls so an. Du musst mal aufpassen. Irgendwann wirst du es hören. Es klingt wie ein kurzes Kichern.“

***** Samstag *****

Tessa war heute Morgen schon so früh mit dem Tauchboot unterwegs, dass Beatrice den Weg zum Frühstück alleine antrat. Werner kam ihr entgegen, in der Hand einen Teller, auf dem frisch getoastete Brotscheiben lagen. „Guten Morgen, Beatrice", begrüßte er sie mit einem freundlichen Lächeln.

„Guten Morgen."

„Bist du auch allein?"

„Ja, Tessa ist schon wieder unterwegs zu irgendeinem *Thila*, ich habe den Namen vergessen."

„Marianne auch. Die Leidenschaft fürs Tauchen ist bei ihr ebenfalls größer als der Wunsch nach einem geruhsamen Frühstück mit mir." Er schien darüber nicht sehr erfreut zu sein. Dann fügte er noch hinzu: „Wir beide könnten doch zusammen frühstücken, wenn du magst" und deutete zu seinem Tisch.

„Ja, gerne", sagte Beatrice und war dankbar dafür, dass sie den Tag nicht alleine beginnen musste. Sie hatte gern ein bisschen Unterhaltung. Er rückte ihr einen Stuhl zurecht und winkte dem Kellner.

„Nimmst du auch Kaffee?"

„Ja, gerne." Werner gab die Bestellung auf.

„Wie wär's mit einem Omelett?"

Nach einem kurzen Zögern sagte sie: „Ja." Sie wollte sich heute eigentlich wieder mal auf eine Schale Müsli beschränken, aber in angenehmer Gesellschaft verspürte sie plötzlich doch Lust auf die Verwöhn-Frühstücks-Version, wie sie es nannte.

„Dann lass uns gehen."

Mosche, der Koch, der morgens die warmen Speisen frisch zubereitete, erinnerte sich an ihre Wünsche und sagte zu Beatrice: „Guten Morgen, Madame. Darf es ein Omelett von einem Ei mit Thymian sein?"

„Ja, bitte", sagte Beatrice und war beeindruckt von so viel Aufmerksamkeit.

Mosche wusste auch, dass Werner sein Omelett am liebsten mit Pilzen und Tomaten nahm. Sie schauten zu, wie er geschickt mit Bratpfannen und Zutaten hantierte. Der Duft, der sich verbreitete, war köstlich. Sie ließen sich ihr Frühstück schmecken und nahmen sich viel Zeit dafür.

Als Beatrice nach fast einer Stunde ihre leere Kaffeetasse zurückschob, fragte Werner: „Gehst du jetzt Schnorcheln?"

„Ich glaube schon."

„Wir könnten zusammen gehen, wenn es dir recht ist." Werner schaute sie freundlich an. Beatrice fiel auf, dass seine Augen das gleiche Grün hatten wie das Wasser in der Lagune an manchen Stellen.

„Ja, abgemacht", sagte sie. „Treffen wir uns am Steg?"

„Ja. Bis gleich."

Beatrice entschied sich heute für den weißen Badeanzug mit der Mohnblüte an der Hüfte, den sie vor ein paar Wochen in Frankfurt gekauft hatte. Sie betrachtete sich im Spiegel, drehte sich hin und her. Sie war zufrieden mit sich. Ihre regelmäßigen Besuche im

Fitness-Studio zahlten sich aus. Mit Schwung drehte sie sich noch einmal um die eigene Achse.

Werner wartete am Steg schon auf sie. Als sie über die Leiter in die Lagune gestiegen waren und die Schwimmflossen anlegten, schwamm gerade ein Flötenfisch vorbei. Wie ein schmaler Silberstreifen zeichnete sich sein schlanker Körper im Wasser ab.

„Wir könnten einmal rund um die Insel schwimmen“, schlug Beatrice vor.

„Ja, wenn die Strömung nicht zu stark ist. Ich habe es schon einmal versucht, aber nicht ganz geschafft.“

„Na, schauen wir mal was geht“, sagte Beatrice und schwamm mit zwei kräftigen Flossenschlägen voraus. Werner holte sie schnell ein, schwamm ruhig neben ihr. Plötzlich berührte er Beatrice vorsichtig am Arm und deutete nach unten. Im Sand bewegte sich etwas, Konturen zeichneten sich ab. Langsam hob ein Stachelrochen seinen flachen Körper aus dem Meeresboden. Wie mit leichten Flügelschlägen stieg er auf, glitt lautlos durchs Wasser und war bald im dunklen Blau des Ozeans verschwunden.

Tessa, Martin und Klaus waren währenddessen wieder auf Tauchfahrt. Es waren die gleichen Teilnehmer wie zwei Tage zuvor. Dazugekommen waren noch Gerda und Rudi aus Linz und Verena und Rene aus der Nähe von Solothurn. Für die vier war es schon der dritte Urlaub hier auf Ihuru. Für Laura und Giovanni aus Mailand war es der erste Tauchausflug, und die beiden ließen ihrer Begeisterung mit italienischem

Temperament freien Lauf. Die Insel war beliebt bei Gästen aus der Schweiz, Italien und aus Österreich. Man tauschte Erfahrungen aus, während das Boot Kurs auf das *Nassimo Thila* nahm, einem Platz, der in Taucherkreisen zu den schönsten im Nord-Male-Atoll zählte.

Sobald sie eintauchten, waren sie tief beeindruckt von dieser Korallenlandschaft, von ihrer Vielfalt und Farbenpracht. Das Riff stand unter Naturschutz und war deshalb in seinem Wachstum bevorzugt. Wie zur Begrüßung leuchtete ihnen ein roter Seestern entgegen. Gleich auf dem Riffdach begegneten sie einer Gruppe Zackenbarsche von imposanter Größe, die sich bei der Suche nach kleinen Beutefischen nicht von den Tauchern stören ließen. Eine Seeanemone hielt ihre Tentakel in die sanfte Strömung und filterte Plankton. Als sie weiter abtauchten, schwamm aus dem Hintergrund ein Stachelrochen heran und zog mit seinen eleganten, wellenförmigen Bewegungen vorbei. Klaus bekam heute genug lohnenswerte Motive vor seine Kamera. Unter einem Überhang entdeckten sie einen Ammenhai, der sich dort einen Ruheplatz gesucht hatte. Ein riesiger Schwarm Großaugenmakrelen bildete eine Wand aus Fischleibern, die sich teilte, sobald sie darauf zu schwammen. Die Taucher ließen sich gerne faszinieren von all der Schönheit. Eine Riesenmuschel mit lila gewelltem Rand kam ins Blickfeld, bevor sich ein zerbrechlich scheinender Haarstern langsam über das Riff bewegte. Die Zeit verging schnell. Alle hatten das Gefühl, dass sie viel zu bald wieder auftauchen mussten aus dieser phantastischen Welt.

Beim Abendessen saßen Tessa und Beatrice wieder mit Klaus und Martin zusammen an einem Tisch. Man hatte sich, ohne dass direkt darüber gesprochen wurde, zusammengetan. Sie sprachen über das, was sie an diesem Tag unter Wasser erlebt hatten, beschrieben Beatrice die Farbenpracht der Weichkorallen, die es dort in hellblau, rosa und weiß gab und erzählten von den großen Fischschwärmen.

Als Saeed die leeren Teller abräumte, auf denen sich gerade noch *Profiterole, Vanilla Bean Ice Cream* und *Sauce Anglaise* befunden hatten, sagte Martin: „Tessa, willst du nicht doch mitkommen zu dem Vortrag der Meeresbiologen?“ Er schaute auf die Uhr. „Der fängt jetzt gleich an.“

„Nein, ich bin müde“, antwortete sie. „Die Tour heute hat mich mehr angestrengt als ich dachte.“

„Schade. Dann schlaf gut, bis morgen.“ In seiner Stimme war so etwas wie ein leichtes Bedauern zu hören.

Beatrice hatte schon während des Essens gesagt, dass sie sich Martin und Klaus anschließen wollte.

„Bis später“, rief sie ihrer Freundin zu. „Gute Nacht.“

Klaus hoffte auf weitere Informationen, die ihm für seinen Unterwasserfilm nützlich sein konnten. Tessa hörte im Weggehen noch wie er sagte: „Ich muss unbedingt fragen, wie - .“ Der Rest des Satzes ging im allgemeinen Aufbruch unter. Die meisten Gäste hatten inzwischen ihr Abendessen beendet und machten sich auf den Weg zu dem Vortrag.

Tessa zog es vor, diesen Abend alleine zu verbringen. Sie hatte das Gefühl, dass sie ihre Gedanken ein wenig ordnen musste. Vielleicht waren es auch ihre Gefühle. So genau konnte sie das im Moment nicht trennen, und genau das machte ihr Sorgen. Langsam ging sie zurück zur Villa. Sie schaltete die kleine Beleuchtung auf der Terrasse ein und setzte sich. Eine Weile schaute sie den Geckos zu, die in dem engen Lichtkreis der Lampe hin- und her huschten. Aber sie fand keine Ruhe. Deshalb entschloss sie sich zu einem Spaziergang über die Insel. Sie löschte das Licht und verließ die Villa. Ringsherum war alles still, nur das leise Plätschern der Wellen am Ufer war zu hören. Sie ging zum Strand, lief am Wasser entlang. In regelmäßigem Rhythmus umspülten die flachen Wellen ihre Füße. Sie spürte den feuchten Sand, die Luft war warm, von irgendwo her wehte Blütenduft. Auf einmal glaubte sie, eine Bewegung in einem der Gärten wahrgenommen zu haben. Sie versuchte angestrengt, durch die Sträucher etwas zu erkennen. Dort drüben war ihre Villa, da war alles ruhig. Nebenan rechts und links war es auch dunkel und still. Ich muss mich verhört haben, dachte sie, vielleicht war es nur ein Flughund auf seinem nächtlichen Weg. Sie ging weiter, dachte an Martin und schaute zum Himmel. Aber der helle Mond dort oben konnte ihr die tausend Fragen, die sie hatte, auch nicht beantworten. Sie entschloss sich, zur Villa zurückzugehen und nahm den inneren Weg der Insel am Spa vorbei. Auch hier herrschte tiefe Stille, genau wie im Zimmer. Beatrice war noch nicht zurück. Tessa blätterte in ihrem Krimi, begann zu lesen, aber ihre Gedanken waren einfach zu unruhig. Sie konnte sich nicht auf die Handlung konzentrieren. Nach ein paar Seiten legte sie das Buch wieder weg. Sie nahm eine CD und schob sie in das Gerät. Die leisen Klänge wirkten beruhigend. Sie schaute auf den Titel: *Wrapped in Stillness.* Eine Weile lag sie so auf dem Bett, hörte der sanften Musik zu.

Sie überlegte gerade, ob sie sich aus der Minibar einen Drink nehmen sollte oder vielleicht doch einem Kamillentee den Vorzug geben sollte, als plötzlich laute Schreie zu hören waren. Eine Frau rief hysterisch unverständliche Worte. Ohne lange zu überlegen, verließ Tessa die Villa und lief Richtung Front Desk. Einige andere Gäste waren ebenfalls gekommen, um zu sehen was passiert war. Neben dem Schreibtisch stand weinend eine der Angestellten aus dem Spa, Tessa konnte sich daran erinnern, dass sie die junge Frau dort gesehen hatte. Sie schien völlig auflöst und drückte ein Taschentuch vor ihr Gesicht. Mustafa, der heute Abend an der Rezeption Dienst hatte, stand hilflos dabei. Tessa legte den Arm um die junge Frau und redete beruhigend auf sie ein, obwohl sie sicher war, dass sie ihre Sprache nicht verstand. Herr Schmithoff, den man telefonisch benachrichtigt hatte, kam eilig angelaufen.

„Was ist los?“ fragte er die junge Frau.

„Im Spa", flüsterte sie „im Spa, ..."

„Was ist im Spa?" fragte Herr Schmithoff und packte die junge Frau ungeduldig am Arm. Einen Augenblick lang sah es so aus, als wolle er sie schütteln, damit sie weitersprach. In dem Moment sagte sie: „Da liegt Wannjai, ... ich glaube, sie ist tot." Sie hatte so leise gesprochen, dass die anderen Gäste, die neugierig um sie herumstanden, es nicht hören konnten. Tessa schaute Herrn Schmithoff an, ihre Augen waren weit geöffnet.

„Bleiben Sie hier, ich gehe nachschauen", sagte er leise zu Tessa, während er die junge Frau zu einem Stuhl führte. Ein Mitarbeiter kam gerade mit einem Glas Wasser.

„Nein, ich komme mit", sagte Tessa und lief hinter Herrn Schmithoff her. Am Eingang des Spa-Bereichs war alles ruhig. Niemand war zu sehen. Die beiden großen naturfarbenen Bastmatten, die tagsüber aufgerollt und mit dunklen Stoffbändern befestigt waren, hingen wie zwei Vorhänge herunter und zeigten an, dass der Spa-Bereich geschlossen war. Allerdings konnte man mit einer leichten Handbewegung diesen Vorhang teilen und hindurchgehen. Außerdem gab es rechts davon einen schmalen Sandweg, der ebenfalls zu den Behandlungsräumen führte. Es war also auch abends kein Problem, sich Zugang zu diesem Bereich zu verschaffen. Herr Schmithoff schob einen der Bastvorhänge für Tessa ein wenig zur Seite. Sie gingen weiter den schmalen mit Trittplatten belegten Weg zwischen Sträuchern und Kieselsteinen entlang. Der erste Raum gleich rechts mit dem Namen *Thoraa* war abgeschlossen. Ebenso die folgenden beiden. Links befand sich die Tür zum Raum *In'Guru*. Sie war ebenfalls verschlossen.

Tessa deutete stumm zum Ende des Weges. Die Tür zum Raum *Habarugas* stand offen. Dort fanden sie Wannjai. Sie lag auf dem Boden. Herr Schmithoff beugte sich zu ihr hinunter und fühlte den Puls. „Sie ist tot“, sagte Tessa leise. Die Augen von Wannjai blickten starr und leer in den Nachthimmel. An ihrem Hals konnte Tessa einen Fleck erkennen. Wannjai hatte den linken Arm leicht angewinkelt, die offene Handfläche zeigte nach oben. Es hätte die Stellung sein können, in der sie für gewöhnlich abends einschlief. Sie trug keine Schuhe. Ihr Rock war an der Seite etwas hochgerutscht, lag aber ansonsten in ordentlichen Falten um ihre Beine. Das rosa T-Shirt schien makellos, und dieser Farbton gab ihr etwas Kindliches. Ihr Gesicht war zur Seite gedreht. Ihre langen, dunklen Haare hatte sie an diesem Abend zu einem Knoten geschlungen. Nicht eine Strähne hatte sich gelöst.

„Es sieht aus, als ob sie erwürgt worden sei“, sagte Herr Schmithoff leise. Auf einmal fühlte Tessa, dass ihre Beine nachgaben. Der Hotelmanager legte sofort den Arm um sie und hielt sie fest. Mit der anderen Hand holte er sein Handy hervor und drückte die Ziffern 119. Als sich die Polizeistation in Male meldete, berichtete er kurz was gerade geschehen war.

„Es wird ein bisschen dauern, bis die Beamten mit dem Boot hier sind“, sagte er zu Tessa. „Bis dahin werde ich den Raum abschließen.“ Tessa hatte ihm kaum zugehört. Sie schaute auf die dünnen Stoffbahnen, die sich leicht im Wind hin und her bewegten und dabei jedes Mal ein wenig den toten Körper von Wannjai berührten. Es wirkte wie ein Streicheln, und es sah grotesk aus.

„Wer kann ihr das angetan haben?“ flüsterte sie.

„Ich weiß es nicht, aber die Polizei wird das herausfinden“, antwortete Herr Schmithoff, der immer noch fest seinen Arm um sie gelegt hatte. „Kommen Sie“, sanft schob er Tessa vor sich her, fort von diesem Platz und zurück zum Front Desk.

Für die Gäste, die sich immer noch in der Nähe aufhielten, gab er nur ein kurzes Statement ab: „Es hat einen Unglücksfall gegeben, aber es besteht kein Grund zur Sorge für Sie. Bitte lassen Sie sich nicht weiter stören.“

Die Gäste, die an dem Vortrag der Meeresbiologen teilgenommen hatten, kamen inzwischen nacheinander zurück. Sie hatten von all der Aufregung, die hier gerade noch herrschte, nichts bemerkt. Die Veranstaltung war eben erst zu Ende gegangen. Beatrice ging auf Tessa zu und sagte: „Du, das war wirklich interessant, du hättest doch mitkommen sollen.“

Einige der Gäste gingen wieder zurück an die Bar zu ihren Drinks, andere kamen dazu, gaben beim Barkeeper ihre Bestellungen auf. Herr Gerhard Neuhauser hatte sich gerade an einigen Leuten vorbeigedrängt und rief lauter als es nötig gewesen wäre: „Noch zwei Cosmopolitan für mich und meine Frau." Sein dunkles Haar fiel auch an diesem Abend in sanft unordentlichen Wellen fast bis zum Hemdkragen. Das schmale Oberlippenbärtchen dagegen war akkurat geschnitten. Seine Haut war durch den Aufenthalt am Strand schon gebräunt, das offene Hemd zeigte seine Brust, auf der drei Goldketten in unterschiedlicher Länge glänzten. An seinem rechten Ringfinger trug er einen auffälligen Siegelring, und in seinem linken Ohr funkelte ein kleiner Brillant. Eine helle Leinenhose und schwarze Sandalen vervollständigten seine Erscheinung. Er zog viele Blicke auf sich, und er schien die Aufmerksamkeit zu genießen. Seine Frau Barbara ergänzte sozusagen das Bild, das ihr Mann bot. Ihr langes Haar war von einem intensiven Blond, das grellrote Top war farblich dazu sicherlich nicht die beste Wahl, aber immerhin auffallend. Allerdings war ihre Oberweite bemerkenswert. Bei dem, was sie da zu bieten hatte, schaute kaum noch jemand auf den Rock im Paisley Muster, obwohl er viel von ihren Beinen sehen ließ.

„Puppa, komm, wir setzen uns jetzt hierher, da sehen wir besser." Gerhard Neuhauser hatte einen der Tische ausgesucht, an denen jeder vorbeigehen musste, der in die Bar wollte. Zu Beginn des Abends hatten sie an einem Tisch, der fast vorne am Strand lag gesessen. Puppa nickte. Mit den Worten: „Ja, mein Bärchen" ließ sich mit einer eleganten Bewegung in den weichen Sessel gleiten und schlug ihre langen Beine übereinander. Zwischen den anderen Gästen wirkten die beiden wie ein Paradiesvogelpaar.

„Beatrice, warte mal“, Tessa streckte die Hand nach ihrer Freundin aus.

Als Beatrice das Gesicht von Tessa sah, sagte sie sofort: „Stimmt etwas nicht?“

Bevor Tessa antworten konnte, waren Martin und Klaus herangekommen.

„Was ist passiert?“ Martin schaute Tessa an. „Du siehst blass aus. Und wieso bist du überhaupt hier draußen? Du warst doch müde und wolltest schlafen gehen.“

Beatrice hob mit einer fragenden Geste die Hand.

„Lasst uns an die Bar gehen“, sagte Tessa „ich muss mich setzen.“

Als vor jedem ein Glas Calvados stand, wurde Beatrice ungeduldig. „Jetzt sag schon was los ist.“ Tessa räusperte sich und flüsterte:

„Es hat einen Mord gegeben.“ Nach einem kurzen Moment der absoluten Stille redeten auf einmal alle durcheinander. Als sich die erste Aufregung über diese Mitteilung etwas legte, schilderte Tessa leise, was sie in der letzten Stunde erlebt hatte.

„Wer kann ein Interesse daran haben, eine junge Frau, die im Spa arbeitet, umzubringen?“ Klaus schüttelte ungläubig den Kopf.

Martin lehnte sich zurück. „Das ist ja wirklich eine ganz ungeheuerliche Geschichte.“

„Ob der Mörder noch auf der Insel ist?“ Beatrice schaute sich ängstlich um. „Wie soll man da heute Nacht ruhig schlafen?“

„Die Polizei ist schon unterwegs.“ Tessa war müde, man konnte es an ihrer Stimme hören.

Sie saßen trotzdem noch eine Weile zusammen und stellten Mutmaßungen darüber an, was geschehen sein konnte.

Klaus beendete das Gespräch, indem er sagte: „Lasst uns schlafen gehen. Morgen früh wird die Polizei mit ihrer Arbeit beginnen, und das wird sicher noch aufregend genug.“

Die vier verabschiedeten sich leise. Jeder war in Gedanken mit diesem entsetzlichen Vorfall beschäftigt.

Chief Inspector Abdullah Waheed bewohnte ein kleines Haus in einer ruhigen Seitenstraße der *Chandhanee Magu.* Die beiden Räume, Wohnzimmer und Schlafzimmer, waren einfach eingerichtet. Zweckmäßig eben, wie es für einen Junggesellen angenehm war. Er machte sich nicht allzu viele Gedanken um Gemütlichkeit. Ihm genügte es, wenn er seine Sachen an dem Platz fand, wo er sie suchte. Und es schimpfte auch niemand mit ihm, weil Seifenschaum oder Reste von Zahnpasta im Waschbecken klebten. Und die Krümel, die sich regelmäßig nach dem Frühstück auf dem Tischtuch sammelten, störten ebenfalls keinen. Als er jung gewesen war, da hatte es einmal eine Frau in seinem Leben gegeben. Sie war wunderschön und fast noch ein Mädchen damals. Warum am Ende doch nichts aus der Verbindung wurde, hatte nie jemand erfahren, denn er hatte nie darüber gesprochen. Freitags und an den Feiertagen besuchte er seinen Bruder Jindha. Er war verheiratet, hatte drei Söhne und eine Tochter und lebte zufrieden mit seiner Frau und den Kindern in einem schönen Haus im Stadtteil *Galolhu.* Die Kinder freuten sich, wenn Onkel Addhu, wie sie ihn liebevoll nannten, kam und stürmten ihm lachend entgegen. Natürlich wussten sie, dass er ihnen immer eine Kleinigkeit mitbrachte, ein kleines Spielzeug oder etwas Süßes. Diese Besuche ersetzten ihm weitgehend die eigene Familie, die er nicht hatte. In letzter Zeit hatte er öfter darüber nachgedacht, ob er seinem Leben noch einmal eine andere Richtung geben sollte. Bis jetzt hatte er sich noch nicht zu einer Veränderung entschließen können. Vielleicht, eines schönen Tages, würde ihm das Schicksal einen Weg zeigen, an den er jetzt noch gar nicht dachte.

Chief Inspector Waheed war gerade nach Hause gekommen. Der Tag heute im Büro war so verlaufen, wie die meisten anderen, nämlich ohne besondere Vorkommnisse. Die Kollegen hatten einen Jungen beim Stehlen in der Markthalle erwischt. Es war schon das zweite Mal. Die Eltern waren nicht zu beneiden. Nach dem Dienst hatte er noch einen kleinen Spaziergang durch die Stadt gemacht, um unterwegs in einem der kleinen Läden etwas Obst zu kaufen. Danach hatte er wie meistens bei seinem Freund Mohamed zu Abend gegessen. Der betrieb ein nettes Lokal, das in der Nähe seiner Wohnung in der *Fareedhee Magu* lag.

Das Essen dort schmeckte ihm, außerdem mochte er nicht selbst kochen. Er war der Meinung, dass der Aufwand in der Küche für ihn alleine nicht lohnte. Und eine Begabung fürs Kochen hatte er auch nicht. Außerdem unterhielt er sich gern mit Mohamed, sie fanden immer ein Thema, über das sie reden konnten. Heute Abend zum Beispiel hatten sie darüber gesprochen, dass die Preise in letzter Zeit gestiegen waren. Noch vor kurzem hatte man für ein Kilo Thunfisch wesentlich weniger tief in die Tasche greifen müssen. Aber so war das eben nun mal. Die Nachfrage stieg, also stiegen auch die Preise.

Er goss gerade das heiße Wasser für seinen Tee in die helle Porzellankanne, als das Telefon auf dem kleinen Tisch neben dem Sofa klingelte. Er nahm ab und nannte seinen Namen.

„Chief Inspector, wir hatten da vorhin einen Anruf von Ihuru“, meldete sich der diensthabende Officer, Ismail Schareef, aus dem Hauptquartier. „Der Manager, ein Herr Schmithoff, sagte, dass es da eine Tote gibt. Ich habe schon mehrmals versucht, Sie zu erreichen, aber Sie waren nicht zu Hause“, setzte er hinzu. „Auch ihr Handy war abgeschaltet.“ Der Vorwurf in seinem Tonfall war deutlich zu hören. Chief Inspector Waheed überging diese Anmaßung seines Kollegen und schaute hinüber auf das Bücherbord, wo sein Handy lag. Das Verhältnis zwischen ihm und Officer Schareef war noch nie über das kollegial Notwendige hinausgegangen. Deshalb klang seine Stimme rein dienstlich, als er jetzt fragte: „Hat er irgendwelche Einzelheiten erwähnt?“

„Nein, er hat nur gesagt, dass eine Frau tot ist.“

„Dann besorgen Sie mir ein Boot zur Jetty 2. Und verständigen Sie Riyaz, Rangha und den Arzt, der heute Abend Dienst hat. Treffpunkt in einer halben Stunde.“

„Ja, geht in Ordnung“, antwortet Officer Schareef und legte auf.

Chief Inspector Waheed schaute auf seine Uhr. Ihm blieb gerade noch Zeit, seinen Tee zu trinken der inzwischen lange genug gezogen hatte. Er goss sich eine Tasse ein. Die Stimme des Kollegen hatte etwas aufgeregt geklungen. Mit Gewaltverbrechen bekamen sie es hier auf den Malediven äußerst selten zu tun. Diebstahl gab es häufiger, auch ab und zu Betrugsdelikte, das war ihre tägliche Arbeit. Aber Mord -, das war tatsächlich der schlimmste Fall. Genauer gesagt, es war das erste Mal, dass er es hier mit einem Mordfall zu tun bekam. Nachdenklich ging er ins Schlafzimmer und nahm seine Uniform, die er vorhin ordentlich auf einen Bügel gehängt hatte, wieder herunter und zog sie an. Dann trank er hastig ein kleines Glas Sai. Bevor er die Wohnung verließ, schaute er nach, ob die Fenster geschlossen und der Gasherd abgeschaltet war. Er nahm es sehr genau mit solchen Dingen. Dann machte er sich eilig auf den Weg.

Er brauchte zu Fuß nur ein paar Minuten zur Jetty 2, die direkt neben dem President’s Pier lag. Auf dem Boot, das sich im ruhigen Wasser hob und senkte, warteten schon seine beiden Kollegen und Doktor Ahmed Munavvar auf ihn. Die Männer begrüßten sich ohne viele Worte. Jeder von ihnen hatte sich seinen freien Abend heute anders vorgestellt und war entsprechend wortkarg.

„Ich wollte mir gerade mit meiner Frau einen Film ansehen“, sagte Assistent Commissioner Makawao Rangha. Er und Chief Inspector Waheed kannten sich schon lange. Ihre Büros im Shaheed Hussain Adam Building in der *Bodhuthakurufaanu Magu*, gleich vorne am Hafen, lagen nebeneinander im siebten Stock. Das zehnstöckige Gebäude aus hellem Stein mit dunkler Glasfront, in der sich am Tag das Blau des Himmels widerspiegelte. Die abgerundeten Seitenteile machten das Haus zu einer architektonischen Besonderheit im Hafenviertel. Es hatte vor nicht allzu langer Zeit den alten Bau, der rein zweckmäßig gewesen war, ersetzt.

Officer Ahmed Riyaz schwieg und rieb nervös seine Hände aneinander. Dass er zufällig den gleichen Vornamen wie der Doktor hatte, war ihm etwas peinlich. Außerdem war es das erste Mal, dass er bei einem wichtigen Einsatz dabei war, und dass es sich dabei auch noch um einen Mord handelte, ließ ihn mit einigem Unbehagen in die Nacht schauen. Ihm war etwas kalt, auch wenn die Temperatur um diese Tageszeit immer noch bei weit über zwanzig Grad lag.

„Ausgerechnet heute, wo ich mal einen freien Tag in der Klinik habe, muss so etwas passieren“, sagte Doktor Munavvar, schob seine Tasche ein Stück zur Seite und setzte sich auf die schmale mit hellem Kunststoff bezogene Sitzbank. Assistent Rangha hatte neben ihm Platz genommen. Officer Riyaz wartete, bis sein Vorgesetzter sich gesetzt hatte und nahm den Platz ein, der übrig geblieben war.

„Ich konnte noch nicht mal meinen Tee in Ruhe austrinken. Und irgendwie habe ich das Gefühl, dass das ein unangenehmer Einsatz wird, der da auf uns wartet." Chief Inspector Waheed atmete tief ein als er das sagte und gab dem Bootsführer ein Zeichen, dass er losfahren könne. Er schaute in die dunkle Nacht, während der Motor des Polizeibootes laut aufheulte und Wasser an die mit Moos besetzte Hafenmauer spritzte.

Als das Polizeiboot etwa eine halbe Stunde später mit einem leisen Plätschern am Steg von Ihuru anlegte, waren nur noch wenige Gäste in der Bar. Die meisten hatten sich müde vom Tag und ihren jeweiligen Aktivitäten in ihre Villen zurückgezogen. Die, die jetzt noch hier saßen, konnten sehen, wie Chief Inspector Waheed, sein Assistent Commissioner Rangha, Officer Riyaz und Doktor Munavvar an Land gingen.

Chief Inspector Waheed hatte die schlanke Statur der Malediver. Das Blau der Uniform passte gut zu seiner Hautfarbe, die stets nach Urlaubsbräune aussah. Seine Karriere im Polizeidienst war zügig verlaufen, und auf die drei Sterne, die seine Schulterklappen zierten, war er stolz.

Sein Assistent Rangha hingegen hatte für hiesige Verhältnisse eine recht kräftige Figur. Seine Vorfahren waren irgendwann einmal aus der Südsee gekommen und hatten sich auf der Insel niedergelassen. Die Gene für den kompakten Körperbau hatten sich über Generationen durchgesetzt.

Officer Riyaz war noch sehr jung und hielt sich still im Hintergrund.

Herr Schmithoff kam der kleinen Gruppe entgegen und begrüßte sie. Chief Inspector Waheed wechselte mit dem Hotelmanager ein paar Worte, bevor sich die kleine Gruppe auf den Weg zum Tatort begab.

Im Behandlungsraum *Habarugas* war alles unverändert. Die Beamten schauten sich um. Außer der Toten, die dort auf dem Boden lag, deutete nichts darauf hin, dass sich vor wenigen Stunden hier ein Drama abgespielt haben musste. Alles war ordentlich aufgeräumt, alles schien am richtigen Platz zu sein. Keines der Fläschchen war umgestoßen, jeder der kleinen Tische stand in exaktem Winkel zu der übrigen Möblierung. Den größten Teil des Raumes nahm ein Pavillon ein, der etwas erhöht stand und dessen Dach aus Bambusblättern von sechs Säulen getragen wurde. Vierzehn hauchdünne Stoffbahnen in einem warmen Orangeton mit schwarzen Rändern rahmten die beiden Massageliegen ein. Der Fußboden war aus rötlichem Holz. Auf zwei kleinen Tischen standen verschieden große Gefäße mit Ölen und Essenzen bereit, die für die Behandlungen benötigt wurden. Dazu Räucherstäbchen in unterschiedlichen Duftnoten und Kosmetiktücher. Die Tische standen auf Säulen, die in einem rechteckigen Fuß endeten, der wiederum an seinen Ecken verziert war. Die beiden Massageliegen waren akkurat eingedeckt mit weißen Laken und schwarzen Überwürfen. Die dunkelgrünen Auflagen waren mit schwarzen Perlen bestickt und wirkten edel. Ein grün-schwarzes Kissen lag auf einem orangefarbenen Band jeweils am Kopfende der beiden Liegen. Für die Behandlungen wurden gelbe Handtücher benutzt, die unter den Liegen ihren Platz hatten. Die gesamte Einrichtung strahlte eine angenehme Atmosphäre aus.

Assistent Rangha schaute hinauf in den Sternenhimmel. Die Palmblätter bewegten sich leicht im Wind. „Ein schöner Ort zum Sterben“, murmelte er vor sich hin.

Chief Inspector Waheed beugte sich zu der toten jungen Frau hinunter und betrachtete sie. Als er sich wieder erhob sagte er leise: „Ein junger Mensch sollte nicht so aus der Welt gehen. Nicht auf diese gewaltsame Art.“

Für einen Moment schwiegen die Männer, betroffen von diesem Verbrechen, dessen Gewalt in krassem Gegensatz zu diesem Raum stand.

„Schauen Sie mal da, Chef.“ Assistent Rangha unterbrach die Stille und deutete auf einen Gegenstand, der zwischen den beiden Tischen mit den Essenzen lag. Er holte eine Plastiktüte aus seiner Tasche und nahm mit einem Tuch vorsichtig einen Kugelschreiber vom Boden auf.

„Den nehmen wir mal mit.“ Mit einem leisen Geräusch fiel der Kugelschreiber in die Tüte.

Officer Riyaz sah blass aus. Das elektrische Licht zeichnete harte Schatten auf sein Gesicht.

„Ist Ihnen nicht gut?" Chief Inspector Waheed schaute den jungen Beamten mit einem Stirnrunzeln an.

„Nein, Chef. Es geht schon, ich finde es hier nur etwas unheimlich." Während er sprach, versuchte er, möglichst nicht in Richtung der Toten zu schauen, neben der Doktor Munavvar kniete und gerade vorsichtig mit der ersten Untersuchung der Toten begann.

„Na, das hier ist zwar unser erster Mordfall, Riyaz, aber so empfindlich dürfen Sie nun auch wieder nicht sein."

Chief Inspector Waheed wandte sich wieder an seinen Assistenten. „Rangha, schauen Sie sich mit Riyaz hier noch weiter um. Ich spreche in der Zwischenzeit schon mal mit Herrn Schmithoff."

„In Ordnung, Chef."

Viel konnte der Hotelmanager ihm allerdings nicht erzählen. Seine Hinweise beschränkten sich auf wenige Fakten.

„Falls Sie mich brauchen, erreichen Sie mich jederzeit unter dieser Nummer." Herr Schmithoff reichte dem Inspector eine Visitenkarte, auf der die Nummer seines Handys vermerkt war und verabschiedete sich.

Es dauerte nicht lange, bis Assistent Rangha und Officer Riyaz wieder zurückkamen. Herr Schmithoff hatte für die ersten Gespräche, die die Beamten mit den Angestellten noch in dieser Nacht führen wollten, sein eigenes Büro, das direkt neben dem Front Desk lag, zur Verfügung gestellt.

„Außer dem Kugelschreiber haben wir nichts mehr gefunden, Chef." Assistent Rangha kam herein und legte die Plastiktüte auf den Tisch.

„Das ist nicht gerade viel. Am besten spreche ich jetzt erst einmal mit der jungen Frau, die die Tote gefunden hat."

Er wandte sich an den jungen Officer: „Riyaz, holen Sie sie bitte her."

Es dauerte keine zwei Minuten, bis Frau Saichai hereinkam. Man sah ihr an, dass sie geweint hatte. Ihre Augen waren gerötet, das Gesicht fleckig. Während ihrer Aussage, drehte sie ihr Taschentuch in den Händen. Stockend und immer noch fassungslos über das, was sie gesehen hatte, berichtete sie den Beamten von diesem Abend. Etwa um neun Uhr, vielleicht auch etwas früher oder später, war ihr eingefallen, dass sie die gebrauchten Handtücher von der letzten Massage im Raum *Habarugas* nicht eingesammelt hatte. Es waren viele Termine an diesem Nachmittag im Spa gewesen, und sie hatte es dann bei Dienstende einfach vergessen. Sie wusste, dass es am nächsten Morgen deshalb Ärger mit ihrer Chefin geben würde. So war sie von ihrem Zimmer, das sie mit Wannjai teilte und das über dem Marine-Center lag, noch einmal hinübergegangen zum Spa. Sie hatte sich gewundert, dass der Schlüssel zum Behandlungsraum nicht wie gewöhnlich an seinem üblichen Platz hing. Normalerweise waren die Räume des Spa um diese Uhrzeit abgeschlossen. Als sie dorthin kam, war die Tür offen. Dann hatte sie ihre tote Kollegin gefunden. Nein, auf dem Weg war ihr nichts aufgefallen, und es war ihr auch niemand begegnet. An diesem Abend war es sehr ruhig, weil die meisten Gäste bei dem Vortrag waren. Nachdem sie Wannjai leblos auf dem Boden gefunden hatte, war sie direkt zur Rezeption gelaufen. Als sie mit ihren Kolleginnen an diesem Abend um kurz vor acht Uhr den Spa-Bereich verlassen hatte, war alles wie immer. Die Bambusmatten am Eingangsbereich waren heruntergelassen, die Terminbücher und der Computer weggeschlossen.

„Hat Frau Wannjai, als Sie sie zuletzt gesehen haben, darüber gesprochen, was sie heute Abend vorhatte?" Chief Inspector Waheed hatte seiner Stimme einen sanften Klang gegeben. Die junge Frau, die da vor ihm saß, machte auf ihn den Eindruck, dass sie nicht viel mehr an Aufregung vertragen würde. Er musste behutsam mit ihr umgehen, wenn er eine halbwegs vernünftige Aussage von ihr bekommen wollte.

„Nein, sie ist so ungefähr um acht Uhr aus dem Zimmer gegangen, ich habe nicht auf die Uhr geschaut, deshalb bin ich nicht sicher, ob die Uhrzeit genau stimmt. Sie hat nicht gesagt, wo sie hingehen wollte. Mehr weiß ich nicht." Frau Saichai wirkte erschöpft.

Chief Inspector Waheed nickte. "Gut. Fürs erste genügt das. Wenn wir noch Fragen haben, melden wir uns bei Ihnen."

Leise verließ Frau Saichai den Raum.

Assistent Rangha hatte die Aussage protokolliert und blätterte in seinem Block, als Chief Inpsector Waheed sagte: „Der Mord muss also etwa in der Zeit zwischen acht und neun Uhr am Abend geschehen sein. Damit können wir eine große Anzahl von Gästen von unserer Liste der Verdächtigen streichen." Es hörte sich an, als ob er zu sich selbst sprechen würde. Aber sein Assistent nahm den Gedanken auf.

„Die meisten haben ein Alibi durch den Vortrag. Das habe ich schon überprüft, Chef. Hier ist die Liste mit den Namen der Gäste, die an dem Vortrag teilgenommen haben. Und ein Teil war an der Bar, die scheiden somit auch aus." Assistent Rangha unterdrückte ein Gähnen.

Doktor Munavvar kam herein und unterbrach das Gespräch der beiden.

„Chief, so wie es aussieht, ist die junge Frau wohl erwürgt worden. Aber ich kann keine Spuren finden, die auf einen Kampf schließen lassen. Es muss alles sehr schnell gegangen sein. Mehr kann ich im Moment nicht sagen. Ich bringe die Tote jetzt nach Male ins Indira Ghandi Memorial Hospital."

„Deutet etwas darauf hin, dass ein Sexualdelikt vorliegt, Doktor?"

„Im Moment gibt es keinerlei Hinweis in diese Richtung, Inspector. Aber genau kann ich das natürlich erst nach der Untersuchung sagen.

„Gibt es Abwehrverletzungen?"

„Auf den ersten Blick deutet nichts darauf hin. Wie gesagt, ich gebe Ihnen dann Bescheid."

„Ja, Doktor, danke. Und die Kleider der Toten sollen im Labor auf DNA-Spuren untersucht werden."

„Geht in Ordnung."

Chief Inspector Waheed schaute zu seinem jungen Officer, der sich still im Hintergrund gehalten hatte.

„Riyaz, Sie können dann mit Doktor Munavvar zurückfahren. Im Moment brauche ich Sie hier nicht mehr."

Officer Riyaz war über die Aussicht sichtlich erleichtert, dass er wieder zurück ins Hauptquartier konnte. Ihm waren die Fremden auf der Insel nicht geheuer, er verstand noch nicht einmal ihre Sprache. Und ein Mord war ein besonders schweres Verbrechen. Wer konnte schon wissen, was hier noch passieren würde. Er war davon überzeugt, dass er in seiner gewohnten Umgebung im Büro seinem Chef bessere Dienste leisten konnte als hier. Es hatte ihn vorhin viel Überwindung gekostet, die Tote anzufassen. Einen Moment lang hatte er geglaubt, er müsse sich übergeben, aber er hatte tapfer gegen das Würgen angekämpft. In dem Augenblick hatte Doktor Munavvar ihm verständnisvoll auf die Schulter geklopft und gesagt: „Junge, das geht gleich vorbei." Dann hatte er in das Gesicht von Wannjai geschaut. Sie war hübsch und kaum so alt wie er selbst. In diesem Moment empfand er Mitleid und Bedauern mit diesem Mädchen und sein Magen beruhigte sich wieder. Er hob ihre Beine an, Doktor Munavvar hatte die Tote an den Schultern gefasst. Vorsichtig legten sie Wannjai in den einfachen Blechsarg. Das kalte metallische Geräusch, das der Deckel beim Schließen verursachte, ließ Officer Riyaz kurz erschauern. Doktor Munavvar deutete ihm mit einem kurzen aufmunternden Nicken an, dass er es geschafft hatte. Inzwischen hatten sie den Sarg zum Polizeiboot getragen.

Chief Inspector Waheed und sein Assistent Rangha waren zum Anleger gekommen. Jeder hob kurz die Hand als Gruß für die Kollegen an Bord. Dann schauten sie zu, wie das Boot mit der toten Frau Wannjai an Bord ablegte und über die Wellen schaukelte. So wie die beiden Männer dastanden, sah es aus, als ob sie der jungen Frau die letzte Ehre erweisen wollten. Als die Bordlichter im Dunkel der Nacht verschwunden waren, setzte Assistent Rangha das unterbrochene Gespräch mit seinem Chef fort.

„Im Zimmer der Toten haben Officer Riyaz und ich nichts gefunden, was uns weiterhelfen könnte, und wir haben gründlich gesucht."

Sie gingen langsam zurück zum Büro von Herrn Schmithoff, das für diese Nacht ihres war.

„Übrigens, den Schlüssel zu dem Raum *Habarugas* haben wir in einer Tasche ihres Rockes gefunden."

„Das deutet also darauf hin, dass sie die Tür selbst aufgeschlossen hat."

„Es scheint so." Assistent Rangha hielt seinem Chef ein Blatt Papier mit den Daten der Toten hin. Wannjai, achtundzwanzig Jahre alt, geboren in Ban Na Nai, einem kleinen Dorf in Thailand, ledig, stand da. So kurz ließ sich das Leben eines Menschen zusammenfassen. Nachdenklich faltete Chief Inspector Waheed das Blatt Papier zusammen. Die junge Frau Wannjai hatte also nichts hinterlassen, was ihnen Aufschluss darüber hätte geben können über das, was in dieser Nacht geschehen war.

„Was ist mit den Angestellten, Rangha?"

„Alle haben ein Alibi, so scheint es jedenfalls, nach dem, was wir auf die Schnelle ermitteln konnten. Jeder war mit irgendwelchen Kollegen zusammen. Entweder beim Essen oder sie haben auf den Zimmern zusammengesessen und Karten gespielt. Manche saßen auch im Hof, der sich vor den Unterkünften der Angestellten befindet, und haben sich unterhalten. Und ein Teil der Angestellten war schon früher am Abend mit dem Boot nach Male gebracht worden. So wie jeden Tag, wenn ihre Arbeitszeit auf der Insel beendet ist."

„Nur der Form halber, Rangha, wo war Herr Schmithoff?"

„Er war mit seinem Küchenchef Ibrahim Rasheed zusammen. Sie hatten gerade eine Partie Schach begonnen, was sie wohl öfter abends tun. Glauben Sie, er könnte etwas mit der Sache zu tun haben?"

„Na ja." Chief Inspector Waheed machte eine ausholende Handbewegung, bevor er weitersprach. „Eine attraktive junge Frau und ein erfolgreicher Mann. Es wäre doch immerhin möglich, dass daraus eine Beziehung entstanden ist, die über ein Arbeitsverhältnis hinausging."

„Aber dafür haben wir bisher keinen Anhaltspunkt."

„Dann sieht es ja doch nach einem einfachen Fall mit einer schnellen Lösung aus. Wir müssen nur noch schauen, welcher Name auf der Liste unserer Verdächtigen jetzt übrig bleibt. Aber irgendwie scheint mir das zu leicht, Rangha. Da geschieht ein Mord auf einer belebten Hotelinsel und fast alle haben ein Alibi."

„Ja, das ist schon merkwürdig. Außerdem müssen wir noch herausfinden, wem dieser Kugelschreiber gehört."

„Das ist tatsächlich ein besonders schönes Stück", sagte Chief Inspector Waheed. „So etwas hat nicht jeder." Er betrachtete den *Mont blanc* in der Plastiktüte von allen Seiten. „Das ist eine Spur, der wir nachgehen müssen. Morgen, gleich morgen früh, Rangha. Aber jetzt gehen wir erst mal schlafen."

Chief Inspector Waheed schaute auf seine Uhr. „Es ist schon drei Uhr vorbei, da dürfen auch Polizisten mal Feierabend machen."

Herr Schmithoff hatte den Beamten Villa eins und Villa drei zur Verfügung gestellt. Die beiden machten sich auf den kurzen Weg am Restaurant vorbei.

„Wie gut, dass die Insel ausnahmsweise mal nicht ganz ausgebucht ist, sonst hätten wir noch den ganzen Weg nach Male machen müssen. Stellen Sie sich das vor, Rangha."

„Das möchte ich mir lieber nicht vorstellen, Chef. Ich bin so müde, dass ich kaum noch die Augen offen halten kann. Gute Nacht." Assistent Rangha unterdrückte nur mit Mühe ein weiteres Gähnen und hatte schon die Tür seiner Villa hinter sich geschlossen.

Als Chief Inspector Waheed die Jalousien herabließ, dachte er darüber nach, dass dieser Fall ihm jetzt schon mehr Kopfzerbrechen bereitete als er noch vor wenigen Stunden geglaubt hatte.

***** Sonntag *****

Herr Schmithoff sah übernächtigt aus, als er morgens mit seiner üblichen Arbeit begann. Als der Inspector und seine Begleitung gestern am späten Abend auf der Insel ankamen, hielten sich die meisten Gäste zum Glück schon in ihren Villen auf. Die Beamten hatten nach Spuren am Tatort gesucht. Noch in der Nacht hatte er ihnen eine Liste mit den Namen aller Gäste und eine mit denen seiner Mitarbeiter zusammengestellt. Und er war es auch, der die tote Wannjai offiziell identifizieren musste. Er war der Einzige, der diese Aufgabe übernehmen konnte, und ihm war nicht wohl dabei gewesen.

„Sorgen Sie dafür, dass ihre Angehörigen informiert werden?“ hatte er den Chief Inspector gefragt. Er hatte ihm zugesagt, dass er mit den Kollegen in Thailand Verbindung aufnehmen würde. Diese sollten dann die Familie in Ban Na Nai benachrichtigen. Herr Schmithoff versuchte, sich ihre Trauer vorzustellen. Es musste schrecklich für sie sein, die einzige Tochter auf diese Weise zu verlieren. Irgendwie fühlte er sich ein Stück weit verantwortlich, auch wenn ihn natürlich keine Schuld an diesem schrecklichen Ereignis traf. Er nahm sich vor, den Eltern ein persönlich abgefasstes Beileidsschreiben zu schicken.

Ebenfalls noch in der Nacht waren die Angestellten des Ressorts von den Beamten befragt worden. Saichai hatte er heute Vormittag frei gegeben. Immerhin hatte sie ihre Zimmergenossin verloren, der Schock saß tief bei ihr, man musste sie etwas zur Ruhe kommen lassen. Sie hatte darum gebeten, in ein anderes Zimmer umzuziehen, und er hatte sie daraufhin bei einer Kollegin untergebracht.

Als das Telefon auf seinem Schreibtisch klingelte, kehrten die Gedanken von Herrn Schmithoff zu seiner Tagesarbeit zurück, und er griff nach dem Hörer. Sein Chef aus Singapore war in der Leitung und verlangte Auskunft.

„*'Mord im Urlaubsparadies'*. Ich weiß, dass wir diese Schlagzeile nicht gebrauchen können“, sagte Herr Schmithoff ins Telefon und lief nervös in seinem Büro auf und ab. „Ja, die Polizei versucht natürlich, die Sache möglichst diskret und schnell aufzuklären. Nein. Es gibt keinerlei Hinweise auf die Hintergründe.“ Viel mehr konnte er ihm heute Morgen nicht sagen. Vor allen Dingen konnte er ihm nicht sagen, wie charmant und attraktiv er die Hauptverdächtige fand. „Ja, selbstverständlich werde ich Sie informieren. Sobald sich etwas Neues ergibt, melde ich mich bei Ihnen.“ Als er das Gespräch beendet hatte, setzte er sich wieder an seinen Schreibtisch. Er schob seinen Stuhl ein wenig zurück und schaute aus dem Fenster. Aber sein Blick verlor sich irgendwo da draußen. In Gedanken war er mit etwas anderem beschäftigt. Der Inspector hatte ihn noch letzte Nacht über die ersten Ergebnisse seiner Ermittlungen informiert. Konnte es wirklich sein, dass Theresia Bach eine Mörderin war? Nein, das wollte er einfach nicht glauben. Er hatte gestern Abend keine Spur von Unsicherheit in ihrem Blick entdecken können. Ihre Augen hatten die Farbe von dunklem Bernstein. Als sie sich an ihn gelehnt hatte, war ihm aufgefallen, dass ihr Haar einen besonderen Duft verströmte. An was hatte ihn dieser Duft nur erinnert? Er dachte darüber nach, aber es dauerte eine ganze Weile, bis es ihm einfiel. Es war der Duft von reifen Aprikosen gewesen. Konnte eine solche Frau einen Mord auf dem Gewissen haben? An diesem Punkt seiner Überlegungen wurde er unsicher. In seinem Beruf hatte er schon seit vielen Jahren mit Menschen aus allen sozialen Schichten und von unterschiedlicher Bildung zu tun. Seine Erfahrung sagte ihm, dass manches, was unvorstellbar schien, durchaus möglich war. Schade, dachte er, das war wirklich schade, und griff nach den Unterlagen mit der letzten Quartalsstatistik. Zahlen waren eindeutig und exakt berechenbar, Menschen offenbar nicht.

Für die Dauer der Ermittlungen hatte er den Raum, den seine Mitarbeiter üblicherweise für Besprechungen nutzten, Chief Inspector Waheed und seinem Assistenten als provisorisches Büro zur Verfügung gestellt. Gestern Abend hatte hier noch der Vortrag der Meeresbiologen stattgefunden. Er hoffte, dass dieser schreckliche Fall bald aufgeklärt sein würde. Seine Gäste, die hier ihren Urlaub verbrachten, durften unter keinen Umständen durch die Ermittlungen der Polizei belästigt werden. Noch in der Nacht hatte er die Beamten um größtmögliche Diskretion gebeten. Und er hatte erleichtert aufgeatmet, als er auf Verständnis stieß. So hatte man am frühen Morgen, noch in der

Dämmerung, einen Mitarbeiter vom Hauptquartier herübergeschickt, der Zivilkleidung für die beiden Beamten brachte. Jetzt sahen die Herren in ihren hellen Hosen und den bunten Hemden aus, als würden sie ebenfalls hier Urlaub machen. Nur ihre wachsamen Blicke würden vielleicht dem einen oder anderen Gast auffallen.

Chief Inspector Waheed schaute sich in dem nüchternen Raum um, den er gerade betreten hatte. Die Wände und der Boden waren in einem hellen Grau gehalten. Die Tischplatte war blank geputzt, selbst in dem schräg hereinfallenden Sonnenlicht war kein Staubkorn zu sehen. Auch das Telefon schien jemand abgewischt zu haben. Man hatte sogar daran gedacht Schreibblöcke, verschiedene Stifte und ein Tablett mit Gläsern und mehreren Flaschen Mineralwasser bereitzustellen. Zwei bequeme Stühle, deren Polster farblich zur Einrichtung passten, rundeten den Eindruck eines zweckmäßigen Büroraumes ab. Hier würden sie also jetzt mit ihren Ermittlungen beginnen und die notwendigen Befragungen durchführen. Er hoffte, dass er und sein Assistent diese besondere Art der Gastfreundschaft nicht allzu lange in Anspruch nehmen mussten.

„Rangha, wir müssen uns als erstes diese ...", Chief Inspector Waheed schaute auf die Liste, die vor ihm lag, „ ... Theresia Bach zu einem Gespräch holen. So wie es aussieht, ist sie im Moment unsere Hauptverdächtige. Sie finden Sie in Villa Nummer dreiunddreißig."

„Bin schon unterwegs, Chef."

Tessa und Beatrice hatten in der letzten Nacht nicht gut geschlafen. Sie waren immer wieder aufgewacht, hatten angestrengt nach ungewöhnlichen Geräuschen gelauscht, jedes Rascheln draußen wahrgenommen. Sie hatten sich flüsternd unterhalten, und einander ihre Gedanken über das schreckliche Ereignis anvertraut.

Jetzt war es Morgen, aber sie fühlten sich nicht ausgeruht.

„Lass uns erst mal frühstücken gehen", sagte Beatrice. Noch bevor sie sich auf den Weg machen konnten, klopfte es an der Tür ihrer Villa. Beatrice öffnete. Mit einer höflichen Verbeugung teilte Assistent Commissioner Rangha mit, dass Chief Inspector Waheed Frau Bach zu einer Befragung bitten ließ.

„Ja, ich komme", sagte Tessa mit ruhiger Stimme.

„Ich gehe schon mal ins Restaurant und warte dort auf dich." Beatrice und drückte ihre Freundin kurz an sich.

Tessa nickte ihr zu und folgte schweigend Assistent Rangha.

„Guten Morgen, Frau Bach, bitte setzen sie sich." Höflich deutete Chief Inspector Waheed auf einen der Stühle. „Ich bin Chief Inspector Abdullah Waheed und untersuche die Umstände, die den Tod von Frau Wannjai verursacht haben", stellte er sich vor. „Sie wundern sich bestimmt, dass ich so gut ihre Sprache spreche“, fügte er lächelnd hinzu. „Ich habe in Deutschland studiert und habe einige Jahre in Stuttgart verbracht. Deutschland ist ein schönes Land, es hat mir gut gefallen dort.“ Seine Aussprache hatte bei manchen Wörtern sogar einen leicht schwäbischen Akzent. In einer anderen Situation hätte Tessa dieser Umstand ein Lächeln entlockt, aber jetzt war sie nervös. Sie versuchte, ihren Rücken der geraden Lehne des Stuhles anzupassen. Ihre Hände hatte sie im Schoß ineinander verschränkt. Der Inspector lächelte ihr zu und sprach weiter.

„Dies ist mein Assistent, Commissioner Rangha. Er spricht ebenfalls ausreichend deutsch.“ Wie viel Zeit sie beide über Grammatik- und Lesebüchern verbracht hatten, erwähnte er nicht. Manchmal waren sie völlig erschöpft gewesen, wenn sie nach Stunden des konzentrierten Lernens die Bücher beiseitegelegt hatten. Aber das Beherrschen einer fremden Sprache brachte ihm ein gutes Maß an Befriedigung ein, natürlich besonders an einem Tag wie heute, wo er sein Wissen nutzen konnte.

Assistent Rangha nickte bei der Vorstellung Tessa einen Gruß zu und nahm seinen Notizblock zur Hand. Die Situation bekam damit eine offizielle Note.

„Also, Frau Bach, erzählen Sie uns bitte, wie Sie den gestrigen Abend verbracht haben.“ Die Mimik von Chief Inspector Waheed hatte sich, während er ihr diese Frage stellte, verändert. Sein Lächeln war wie weggewischt. Jetzt schaute er Tessa mit ernstem Gesicht an. Sein Blick jedoch war fast teilnahmslos, jedenfalls schien es ihr so.

Sie begann leise zu sprechen und schilderte mit wenigen Worten den Ablauf des gestrigen Abends. Der Inspector unterbrach sie kein einziges Mal. Manchmal schaute sie ihn an, als ob sie einen Einwand von ihm erwartete, aber er hörte ihr die ganze Zeit schweigend zu. Auch als sie mit ihrem Bericht zu Ende war, dauerte es eine ganze Weile, bis er einen Stift zur Hand nahm und mit seinen Fragen begann. Ihr fiel auf, dass seine Hände sehr gepflegt waren. Die Haut war weich und glatt, fast wie die einer Frau. Die Nägel waren kurz geschnitten, sauber und glänzten. Seine ganze Erscheinung strahlte eine gewisse Eleganz aus. Aber auch die Zivilkleidung ließ keinerlei Zweifel an seiner Autorität aufkommen.

„Warum waren Sie nicht mit zu dem Vortrag gegangen? Ihre Freunde waren doch auch dort.“ Seine Stimme hatte einen angenehmen Klang, fast ein wenig zu sanft für einen Polizeibeamten, der gerade eine Befragung durchführte, bei der es immerhin um Mord ging. Vielleicht war das aber auch ein Teil seiner Verhörtaktik.

Tessa versuchte, ihre Gedanken zu sammeln, sich nicht ablenken zu lassen von ihren Beobachtungen, aber es dauerte einen Moment, bevor sie antwortete. „Ich wollte etwas Ruhe haben.“ Sie schaute ihn an.

„War Ihr Tag denn irgendwie ...“, er suchte nach dem passenden Wort. „ ... aufregend verlaufen?“

„Nein.“

„Und trotzdem brauchten Sie Ruhe?“ Aus seinem Tonfall war deutlich zu entnehmen, dass er ihre Aussage bezweifelte. „Ich habe den Eindruck gewonnen, Frau Bach, dass es hier auf der Insel immer sehr ruhig zugeht.“

Tessa spürte, wie ihre Hände langsam feucht wurden. „Der Tauchgang hatte mich etwas angestrengt.“

Der Inspector lehnte sich ein wenig nach vorne, stützte seine Ellbogen auf die Tischplatte auf und schaute sie direkt an. Seine Augen waren von einem dunklen Braun, oval geformt und standen eng beieinander.

„So sehr angestrengt, dass Sie nicht mehr mit Ihren Freunden den Abend verbringen wollten?“ Er machte eine kurze Pause und sprach dann weiter. „So anstrengend kann der Tauchgang aber doch nicht gewesen sein, Frau Bach. Denn Sie haben ja dann noch einen recht ausgedehnten Spaziergang über die Insel unternommen.“

Die Sätze von Chief Inspector Waheed blieben im Raum stehen und wirkten auf Tessa wie Nadelspitzen. Sie schwieg und überlegte, wie sie sich gegen diese subtile Beschuldigung wehren konnte.

Aber der Inspector sprach schon weiter: „Kannten Sie die Tote?“ Er schaute Tessa dabei direkt in die Augen. Sie hielt diesem Blick stand. Die Augen von Chief Inspector Waheed gaben nichts von seinen augenblicklichen Gedanken preis.

„Nein. Das heißt ja. Ich hatte eine Massage bei ihr.“

„Wann war das?“

„Gleich am Anfang meines Urlaubs, am Mittwoch."

„Und haben Sie sich dabei mit Frau Wannjai über etwas bestimmtes unterhalten?"

„Nein, nur über die Anwendung. Während der Massage haben wir nicht gesprochen."

„Und davor oder danach? Hat sich da keine Gelegenheit für ein Gespräch ergeben?"

„Nein, auch da nicht." Mittlerweile fühlte Tessa, dass ihr das T-Shirt auf der Haut klebte, obwohl der Raum klimatisiert war. Chief Inspector Waheed schaute sie an. Er hatte offensichtlich ebenfalls bemerkt, dass sie schwitzte. Er hat einen Verdacht gegen mich, dachte Tessa, und fühlte, dass ihr Puls schneller ging. Diese Situation, dass sie hier saß und Fragen beantworten musste, die sie in das direkte Umfeld eines Mordes brachten, schien ihr auf einmal irrational. Und doch empfand sie das, was hier gerade geschah, als reale Bedrohung. Sie schaute auf ihre Hände. Sie wich damit dem Blick des Inspectors aus und wusste im gleichen Moment, dass sie einen Fehler begangen hatte. Sie hörte ein leises Rascheln und schaute wieder auf.

„Gehört das hier Ihnen?" Der Inspector hielt Tessa eine Plastiktüte hin. Darin lag ein *Mont blanc*, ein kleines Meisterstück. Tessa hielt für einen Moment den Atem an.

„Ich glaube, der gehört Herrn Schubert", sagte sie und versuchte, ihrer Stimme einen normalen Klang zu geben, was ihr allerdings nicht ganz gelang. Sie schluckte und räusperte sich.

„Wie kommen Sie darauf?“

„Ich habe gesehen, wie er damit eine Quittung an der Bar unterschrieben hat.“

„Können Sie sich daran erinnern, wann war das?“

Sie überlegte kurz. „Vorgestern.“

„Können Sie es etwas genauer sagen? Vielleicht erinnern Sie sich an die Uhrzeit?“

„Vor dem Abendessen, beim Sundowner.“

„Sind Sie da sicher?“

„Ja.“ Ihr Blick blieb an dem Notizblock hängen, der vor Assistent Rangha auf dem Tisch lag und in dem sich während ihrer Befragung ein Blatt nach dem anderen gefüllt hatte.

Nachdem Chief Inspector Waheed die Plastiktüte mit dem Kugelschreiber wieder an sich genommen hatte, sprach er weiter.

„Was machen Sie beruflich, Frau Bach?“

Tessa war einen Moment lang irritiert von diesem plötzlichen Wechsel des Themas und beantwortete dann seine Frage. „Ich habe einen Blumenladen.“

„Und was hat Sie und Ihre Begleitung dazu bewogen, gerade hier auf Ihuru Urlaub zu machen?“

„Ich habe die Reise gewonnen.“

Chief Inspector Waheed hatte bei dieser Antwort fast unmerklich die Augenbrauen etwas angehoben. „Gewinnt man in Deutschland solche Reisen in der Lotterie?“

„Nein. Es war der erste Preis bei der jährlichen Tombola unseres Tennisclubs.“

„Da haben Sie aber großes Glück gehabt, Frau Bach." Er schaute sie scheinbar arglos an. Aber für Tessa hörte es sich so an, als ob er auch ihre letzte Antwort zumindest für zweifelhaft hielt.

Sie reagierte ein wenig verärgert und sagte heftiger, als es ihre Absicht war. „Ich glaube nicht, dass man es als ein Glück bezeichnen kann, in einen Mordfall verwickelt zu werden." Ihr fiel selbst auf, dass in ihrer Stimme ein trotziger Unterton mitklang, der sicher nicht dazu beitrug, ihre Lage zu verbessern.

Der Inspector hingegen schien das nicht bemerkt zu haben, denn er sprach ruhig weiter. „Nein, natürlich nicht. Sie können jetzt gehen, Frau Bach. Vorerst." Chief Inspector Waheed deutete zur Tür, mit unbewegtem Gesicht.

Als Tessa gegangen war, sagte sein Assistent Rangha „Chef, ich glaube, das sieht nach einer Menge Arbeit aus."

„Ja, Rangha. Schauen Sie mal, ob Sie Herrn Schubert in *Murakka Boli* finden, das ist Villa Nummer zweiunddreißig, und bringen Sie ihn zu mir." Noch während er seinem Assistenten die Anweisung gab, fiel ihm auf, dass es schon ein merkwürdiger Zufall war, dass die beiden Hauptverdächtigen direkt nebeneinander wohnten. Aber vielleicht hatte das ja auch überhaupt nichts zu bedeuten.

Herr Schubert trat gerade aus der Tür seiner Villa. Er war auf dem Weg zur Rezeption und wollte sich dort über das Ausflugsangebot informieren. Dabei lief er Assistent Rangha sozusagen direkt in die Arme.

„Guten Morgen, Herr Schubert“, begrüßte der ihn. „Chief Inspector Waheed möchte Sie kurz sprechen. Wenn Sie mir folgen möchten.“

„Mmh, ja. Wenn es gleich sein muss.“ Herr Schubert war offensichtlich nicht erfreut über diesen Wunsch des Beamten.

„Ja, bitte.“ Assistent Ranghas Ton ließ keinerlei Zweifel daran, dass seine höfliche Bitte eher als Aufforderung zu betrachten war, der man besser ohne Verzögerung nachkam.

Herr Schubert wischte sich mit dem Taschentuch über die Stirn und folgte ihm.

„Guten Morgen, Herr Schubert“, begrüßte ihn Chief Inspector Waheed freundlich. So wie er eben Tessa über seinen Rang und seine deutschen Sprachkenntnisse informiert hatte, erläuterte er diese Umstände jetzt auch Herrn Schubert. Der hörte ihm schweigend zu.

„Herr Schubert, ich habe nur eine kurze Frage. Wo waren Sie gestern Abend zwischen acht und neun Uhr?“

„Ich war in meiner Villa und habe gelesen.“

„Waren Sie alleine?“

„Nein, meine Frau war bei mir.“

„Gut, das war schon alles. Assistent Commissioner Rangha wird Sie jetzt begleiten und Ihre Frau noch kurz dazu befragen.“

Während Herr Schubert seinen Stuhl zurückschob und aufstand, hatte Assistent Rangha schon die Tür geöffnet.

„Einen Moment bitte noch, Herr Schubert." Chief Inspector Waheed war aufgestanden und ging auf ihn zu. „Wie haben Sie sich diese Verletzung zugezogen?" Er deutete auf den rechten Unterarm von Herrn Schubert, auf dem ein etwa zehn Zentimeter langer schmaler Kratzer zu sehen war."

„Das da? Da bin ich an einer Koralle entlanggeschrammt. Die Dinger sind ja hier überall im Wasser." Herr Schubert schien ziemlich verärgert über das kleine Malheur, das ihm da beim Schwimmen passiert war.

„Wann ist Ihnen das passiert?"

„Gestern."

Assistent Rangha hielt noch immer die Tür offen. Jetzt war Herr Schubert entlassen, und er ging mit ihm zurück zur Villa.

Dort hatte Frau Schubert offensichtlich schon auf ihren Mann gewartet, denn sie öffnete die Tür nur Sekunden, nachdem ihr Mann angeklopft hatte. Noch bevor die beiden Männer eintreten konnten, sagte sie hastig: „Herbert, was hat das zu bedeuten?" Sie warf Assistent Commissioner Rangha dabei einen abweisenden Blick zu.

„Else, wir gehen besser erst mal rein", antwortete Herr Schubert. Er hatte sich umgeschaut und bemerkt, dass gerade ein paar Gäste den Weg entlang kamen. Als sie in der Villa waren, wandte er sich an seine Frau:

„Else, die Beamten wollen wissen, wo wir gestern Abend waren."

„Ja, Frau Schubert, wo waren Sie gestern zwischen acht und neun Uhr abends?" Assistent Rangha wartete mit ernstem Gesicht auf eine Antwort.

„Wir waren hier in der Villa. Mein Mann hat gelesen und ich habe eine Patience gelegt."

„Ist das ein Kartenspiel oder so etwas Ähnliches?" Auf Assistent Ranghas Gesicht spiegelte sich völlige Ahnungslosigkeit.

„So etwas ähnliches." Frau Schubert verzog leicht abfällig die Mundwinkel. Man sah ihr deutlich an, wie sie den Bildungsgrad eines Menschen einstufte, der nicht wusste, was eine Patience war.

„Vielen Dank für die Auskunft. Ich wünsche Ihnen noch einen schönen Tag." Assistent Rangha ging zur Tür und öffnete sie. Bevor er hinausging drehte er sich noch einmal um und fragte: „Und ist Ihre Patience aufgegangen?" Seine Stimme war sanft und sein Blick ausdruckslos.

Bevor Frau Schubert antworten konnte, hatte er die Villa bereits verlassen. Der Mund von Frau Schubert öffnete sich leicht, in ihrem Gesicht zeichnete sich erst Verblüffung und dann Wut über diese Lektion, die ihr dieser Beamte gerade erteilt hatte, ab. Wortlos schloss sie die Tür. Das Geräusch klang unangenehm laut.

Assistent Rangha ging unterdessen weiter. Ein Lächeln spielte um seinen Mund, und er schnippte einmal kurz mit den Fingern.

Im Restaurant Riveli ging es beim Mittagessen auffällig ruhig zu. Der Vorfall hatte die fröhliche Urlaubsstimmung der Gäste offensichtlich etwas gedämpft. Man wusste allerdings lediglich, dass eine junge Frau tot war. Da das Management offiziell nichts weiter über das Geschehen der letzten Nacht mitgeteilt hatte, machten die verschiedensten Gerüchte die Runde. Keines traf zu, aber man konnte es den Leuten nicht verübeln, dass sie über dieses Verbrechen sprachen?

„Vielleicht kam jemand mit einem Boot", sagte Frau Menger aus Karlsruhe gerade zu ihrem Mann. „Das wäre doch immerhin möglich."

„Ja, du hast Recht. Ich meine, ich hätte ein Dhoni vor der Insel gesehen." Nach kurzem Überlegen setzte er hinzu: „Aber ich glaube, das war schon vorgestern, wenn ich mich recht erinnere. Oder war es der Tag davor?"

„Vielleicht ist sie ja auch einfach nur unglücklich gestürzt", meinte Herr Neuhauser. „Wissen Sie, so einen ähnlichen Fall gab es mal in einem kleinen Ort bei Salzburg, ganz in der Nähe meines Wohnorts. Da hat die Polizei auch erst geglaubt, es sei ein Verbrechen. Sie haben tagelang nach einem Täter gesucht, und dann stellte sich heraus, dass es doch ein Unfall war. Ich kann Ihnen sagen, die haben sich damit ganz schön lächerlich gemacht. Na ja, es waren ziemlich junge Beamte, denen die Erfahrung gefehlt hat. Aber wer weiß, wie die Polizei hier ausgebildet ist. Diese Sache wird uns sicher noch eine ganze Weile unterhalten." Er nahm einen Löffel Bananenkuchen und sprach weiter. „Der ist nicht schlecht, Puppa, von dem solltest du dir auch ein Stück holen.“ Seine Frau stand auf und ging zum Büfett. Ihre Absätze klackerten über den Terrassenboden und der herzförmige Anhänger ihres goldenen Fußkettchens wippte hin und her.

An jedem Tisch wurde mehr oder weniger ausführlich über die verschiedenen Möglichkeiten diskutiert, auf welche Weise die junge Frau, die im Spa gearbeitet hatte, gestorben war, wenn auch auf andere Weise, als dies Herr Neuhauser tat. Der Vorfall bot genug Raum für jede Art von Spekulation. Tessa saß mit Beatrice, Klaus und Martin an einem Tisch und stocherte lustlos mit der Gabel auf ihrem Teller herum. Die Küche bot wie jeden Tag eine verführerische Vielfalt an Salaten und verschiedenen Fleisch- und Fischgerichten. Aber sie hatte keinen Appetit, und irgendwie wollte auch kein rechtes Gespräch in Gang kommen. Die Entwicklung, die dieser Tag genommen hatte, war für alle bedrückend. Am meisten natürlich für sie selbst. Aber auch die anderen standen der Situation recht hilflos gegenüber.

„Tessa, ich bin müde“, sagte Beatrice: „Die letzte Nacht war schlimm.“

„Wir könnten wohl alle etwas Ruhe gebrauchen“, warf Martin ein. „Lasst uns eine Mittagspause einlegen.“ Alle waren sofort mit seinem Vorschlag einverstanden.

Für Chief Inspector Waheed und Assistent Commissioner Rangha fiel die Mittagspause heute sehr kurz aus. Der Inspector hatte darum gebeten, dass man ihnen etwas zu Essen in ihr provisorisches Büro brachte.

„Gemüse und Nudeln, Rangha, was meinen Sie?"

„Ja. Aber vielleicht könnte ich noch etwas gegrillten Jackfish dazu haben?"

„Das wird wohl kein Problem sein, aber denken Sie daran, dass wir noch zu arbeiten haben."

„Natürlich, Chef, wie könnte ich das vergessen." Assistent Rangha hob für den Bruchteil einer Sekunde seinen Blick zum Himmel.

Sein Chef hatte es offensichtlich nicht bemerkt, denn er sprach weiter: „Und vorher rufen Sie noch die Kollegen im Hauptquartier an. Geben Sie ihnen die Daten von Herrn Schubert und Frau Bach durch. Vielleicht ist im Computer ja etwas über die beiden gespeichert."

Assistent Rangha nickte und griff schon zum Telefon. Je schneller er die Anweisungen seines Chefs erledigte, desto schneller würde er zu seinem Essen kommen.

Nachmittags hatten sich Tessa und Martin auf der Terrasse der Bar getroffen, vor jedem stand ein Glas. Tessa schaute Martin an.

„Die können doch nicht ernsthaft mich verdächtigen!" Ihre Stimme war brüchig, sie kämpfte mit den

Tränen. In den letzten Stunden war ihr klar geworden, wie ernst die Situation war, in der sie sich befand.

„Hätte ich dich nur überredet, mit zu diesem Vortrag zu kommen, dann ....“, sagte Martin schon zum dritten Mal.

„Hör auf damit“, unterbrach sie ihn wütend. „Wenn ich gewusst hätte, was geschehen würde, wäre ich ganz bestimmt mitgekommen, das kannst du mir glauben.“

Martin legte seine Hand auf ihren Arm. Als er spürte, dass diese Geste beruhigend auf sie wirkte, sprach er weiter. „Vielleicht wäre es gut, wenn wir einfach versuchen würden, möglichst normal weiterzumachen. Das wird sich bestimmt alles lösen. Die Beamten werden Schritt für Schritt den Fall aufklären. Sie ermitteln ja gerade erst mal seit gestern. Sie werden ihre Ergebnisse zusammentragen und dann wird sich schon bald herausstellen, dass du nichts mit der Sache zu tun hast.“

„Vielleicht hast du recht“, sagte Tessa. „Hoffentlich wird dieser schreckliche Mord bald aufgeklärt. Die ganze Angelegenheit belastet mich sehr.“

Martin stand auf und zog sie mit sich hoch. „Komm, wir melden uns für die Tauchfahrt morgen an. Wenn du den ganzen Tag hier sitzt und grübelst, ändert das auch nichts. Glaub mir, bald wird das alles vorbei sein wie ein böser Traum. Die Polizei wird ihre Arbeit schon richtig machen.“

„Ja, vielleicht hast du recht“, sagte Tessa noch einmal. Sie wollte so gern daran glauben.

„Ich möchte mir das Zimmer, in dem Frau Wannjai hier gelebt hat, ansehen." Mit diesen Worten verließ Chief Inspector Waheed das Büro. Er hob leicht die Hand in Richtung seines Assistenten Rangha und machte sich auf den Weg zum Marine-Center.

Das Zimmer, das die junge Frau Wannjai bewohnt hatte, lag im ersten Stock des schmalen Gebäudes. Eine Außentreppe aus Holz führte nach oben. Langsam Stufe für Stufe, stieg er hinauf. Ein enger Gang führte zu den einzelnen Zimmern. An der Wand hing ein rosa Regenschirm an einem Haken. Das Zimmer, das er sich anschauen wollte, war eines von dreien und lag am Ende des Ganges. Er war nicht hier her gekommen, weil er glaubte, etwas Bestimmtes zu finden. Sein Assistent und der junge Riyaz hatten das Zimmer bereits letzte Nacht gründlich durchsucht. Er wollte sich vielmehr ein Bild machen von dieser jungen Frau, die jetzt tot war, und vielleicht würde ihm ihr tägliches Umfeld dabei helfen. Umständlich holte er den Schlüssel, den er sich von Herrn Schmithoff hatte geben lassen, aus seiner Hosentasche hervor. Obwohl er wusste, dass Saichai, die das Zimmer mit Wannjai geteilt hatte, jetzt bei ihrer Arbeit war, klopfte er an. Als niemand antwortete, steckte er den Schlüssel ins Schloss. Mit einem leisen Klicken öffnete sich die Tür. Chief Inspector Waheed betrat den Raum und schaute sich um. Rechts und links an der Wand stand jeweils ein schmales Bett. Das auf der rechten Seite musste wohl das von Wannjai gewesen sein, denn die Bettwäsche war abgezogen. Auf einem Regal über dem

Bett standen drei Bücher. Er nahm eines davon in die Hand. Nach dem Titelbild zu urteilen, war es die billige Ausgabe eines Liebesromans, offenbar in ihrer Sprache. Er blätterte alle drei Bücher durch und stellte sie wieder zurück. Daneben lag ein einfacher Metallrahmen, in dem ein Foto steckte. Es zeigte einen Mann und eine Frau, die vor dem Hintergrund einer grünen Landschaft lächelnd in die Kamera schauten. Dem Alter nach waren es vermutlich Wannjais Eltern. Er öffnete eine schmale Tür, die sich an der Rückseite des Raumes befand. Hier waren eine Toilette und ein winziges Waschbecken. In einem Becher auf der Ablage steckte eine Zahnbürste. Ein buntes Handtuch hing an einem Haken an der Wand. Er sah nichts, was bemerkenswert gewesen wäre und wandte sich wieder dem Wohnraum zu, ging ein paar Schritte zu dem eintürigen Kleiderschrank und schaute hinein. Eine weiße Bluse hing frisch gewaschen über einem Bügel, daneben eine gelbe Leinenhose. Dann hing da noch eine schwarze, weitgeschnittene Hose und ein Jacke in einem sanften Cremeton mit schwarzen Blenden. Das war ihre Kleidung, die sie bei der Arbeit getragen hatte, wie alle Frauen, die im Spa angestellt waren. In einem Schubfach lag sorgfältig gefaltete Unterwäsche. Chief Inspector Waheed schloss die Tür wieder und schaute sich weiter in dem kleinen Raum um. Auf einem Stuhl neben dem Bett lagen ein paar Schminksachen. Er drehte an einem blassrosa Lippenstift, er war fast noch neu. Daneben lag eine kleine Dose mit Lidschatten in einem hellen Goldton. Er kannte sich mit solchen Sachen nicht besonders gut aus. Auch wenn er nicht glaubte, unter der Matratze etwas zu finden, hob er sie hoch. Nein, natürlich war dort nichts. Aber als er an das Bett getreten war, hatte sein Fuß etwas berührt. Er bückte sich und schaute nach. Halb unter das Bett geschoben standen ein paar schwarze Sandalen mit flachen Absätzen. Er bückte sich und nahm einen Schuh in die Hand. Er war für zierliche Füße gemacht und so gut wie neu. Er stellte den Schuh wieder zurück.

Dann trat er zum Fenster. Von hier ging der Blick zum Bootsanleger, hinter dem sich das scheinbar endlose Blau der Lagune erstreckte. In einiger Entfernung sah man die Nachbarinsel Vabbinfaru. Chief Inspector Waheed blieb eine Weile so stehen, offenbar versunken in den schönen Ausblick, den man von diesem Zimmer aus hatte. Nein, viel konnte ihm dieser Raum nicht sagen über die junge Frau Wannjai. Er atmete tief ein. Hier hatte sie jedenfalls kein Zeichen hinterlassen, das ihm die Geschehnisse der letzten Nacht irgendwie hätte verständlich machen können. Leise verließ er das Zimmer und schloss die Tür sorgfältig wieder ab.

Als er die Treppe herunterkam, war Jeremia, einer der Tauchlehrer, gerade damit beschäftigt, vor dem Water Sport-Center in dem großen Wasserbecken einige Tauchmasken und Schnorchel zu säubern. Die Tür zu einem kleinen Raum hinter ihm war offen. Dort standen, ordentlich aufgereiht, die Sauerstoffflaschen für die Taucher. Jeremia unterbrach seine

Arbeit für einen Moment und schaute Chief Inspector Waheed hinterher.

Herr Schubert saß auf der Terrasse seiner Villa und wischte sich einmal mehr den Schweiß von der Stirn. Dieses Klima machte ihm zu schaffen. Sie können mir nichts anhaben, dachte er. Ich war zur Tatzeit im Zimmer und habe gelesen. Bis jetzt hatte er den Eindruck, dass diese Frau Bach bei der Polizei als Hauptverdächtige galt. Jedenfalls hatte der Inspector lange Gespräche mit ihr geführt. Andererseits konnte man nicht wissen, welche Taktik diese Beamten verfolgten. Er hatte Frau Bach in den letzten Tagen beobachtet. Sie wirkte unruhig und er hätte gerne gewusst warum. Er nahm seine Brille ab, putzte sie und setzte sie wieder auf. Nervös rieb er seine Handflächen aneinander. „Herbert, lass uns in die Bar gehen und einen Cocktail nehmen", unterbrach seine Frau Else die Gedanken ihres Mannes.

„Weißt du, wir hätten uns doch lieber für die Kreuzfahrt durch die Karibik entscheiden sollen. Da wäre so etwas sicher nicht passiert." In ihrer Stimme lag ein Ton, der deutlich machte, wie sehr sie über die Ereignisse der letzten Stunden verärgert war. „So viel Aufregung im Urlaub, das ist wirklich nicht schön, ich muss mich etwas ablenken."

„Ja, natürlich Liebling, ich zieh mir nur gerade ein frisches Hemd an", sagte Herr Schubert, ging zum Kleiderschrank und griff wahllos in das Fach, in dem seine akkurat gebügelten Hemden lagen.

„Rangha, was machen wir jetzt? Frau Bach ist wirklich die Einzige, die kein Alibi vorzuweisen hat. Und sie war in der Nähe des Tatorts, und das auch noch genau zu der Zeit, als der Mord passiert sein muss."

„Das stimmt schon, Chef, aber ich sehe weit und breit kein Motiv."

„Nein, ich auch nicht." Mit einem leisen Seufzer schob Chief Inspector Waheed die Notizen, die er sich während der letzten Stunden gemacht hatte, auf seinem provisorischen Schreibtisch hin und her. „Hat tatsächlich niemand während des Vortrages den Raum verlassen?"

„Nein, Chef, das steht fest. Alle sind bis zum Schluss geblieben. Und Herr Schubert sagt, dass er im Zimmer war und gelesen hat. Seine Frau bestätigt das zwar, aber ich weiß nicht ..., es könnte auch anders gewesen sein." Assistent Rangha wiegte seinen Kopf hin und her, und drückte damit seinen Zweifel aus. „Immerhin war sein Kugelschreiber am Tatort."

„Der kann auf alle möglichen Arten dorthin gekommen sein." Die Stimme von Chief Inspector Waheed klang unzufrieden. „Wir können auch nicht nachweisen, dass die beiden den Abend anders verbracht haben. So lange sie bei ihrer Aussage bleiben, dass sie zusammen waren, ist da nichts zu machen. Und ein Motiv sehe ich übrigens auch nicht. Also, sind wir doch wieder bei Frau Bach."

Chief Inspector Waheed hatte bei den letzten Worten seine Hände flach auf den Tisch gelegt.

„Tatsache ist, dass Frauen oft empfindlich sind in gewissen Dingen, Chef. Manchmal reagieren sie auf Kleinigkeiten ganz extrem. Ja, besonders dann, wenn man sie nicht ernst nimmt oder manchmal sogar auch ohne jeden ersichtlichen Grund. Jedenfalls sehen wir Männer oft keinen Sinn in ihrem Handeln. Ich habe mal gelesen, dass das an den Hormonen liegen kann."

„Rangha, Sie scheinen ja eine Menge von Frauen zu verstehen."

„Nun, Sie kennen doch meine Familie. Glauben Sie mir, wenn man mit drei Schwestern aufwächst, da kann man eine ganze Menge lernen."

„Was Ihre Familie betrifft, mag das ja alles richtig sein, Rangha. Aber wo ist die Verbindung zwischen der Inhaberin eines Blumenladens in Deutschland und einer jungen Frau aus Thailand, die auf einer Insel der Malediven im Spa arbeitet?"

„Es scheint keine zu geben."

„Und trotzdem habe ich das Gefühl, dass ich ganz nah dran bin, Rangha. Ganz nah dran an einem Punkt, der uns weiterbringen könnte."

Am Abend im Restaurant schauten einige der Gäste ganz unverhohlen zu dem Tisch, an dem Tessa mit Beatrice, Martin und Klaus saß.

„Ich habe den Eindruck, als würden alle über mich tuscheln." Tessa legte ihr Besteck beiseite. „Das ist ja unerträglich."

„Tessa, das bildest du dir nur ein." Beatrice wollte ihre Freundin trösten, aber Tessa reagierte verärgert auf diesen Versuch.

„Diese Blicke bilde ich mir doch nicht ein, Bea. Und als ich eben am Tisch von Mengers vorbei gegangen bin, da haben sie plötzlich aufgehört zu reden."

„Das war sicher nur Zufall." Martin schenkte Tessa ein Glas Wasser ein. Aber sie ließ sich durch nichts von ihrer Laune abbringen.

„Dann ist es auch Zufall, dass Rene und Verena ihre Tauchtour für morgen wieder abgesagt haben, und zwar kurz nachdem klar war, dass ich mitfahre."

„Ich bin sicher, dass das einen anderen Grund hatte." Klaus versuchte ebenfalls die gereizte Stimmung zu beruhigen.

„Ihr habt alle leicht reden, ihr habt ja alle ein wasserdichtes Alibi." Tessa schob ihren Teller zurück. In ihren Augen glitzerten Tränen. Sie wusste nicht, wie sie mit der Situation, die inzwischen entstanden war, umgehen sollte. Wie konnte sie sich gegen die Verdächtigungen der Polizeibeamten wehren? Sie fühlte sich elend und hilflos, und man sah ihr an, dass sie mit den Ereignissen überfordert war.

Beatrice wandte sich an Martin. „Kannst du ihr nicht helfen? Du als Anwalt könntest dich doch in die Sache einschalten."

„Nein, Bea, das kann ich nicht. Ich hätte es schon getan, wenn ich eine Möglichkeit gesehen hätte, aber zum einen habe ich hier keinerlei Befugnisse. Und zum anderen denke ich, dass Tessa schlecht bedient wäre, wenn ich den Versuch machen würde, mich in diese Sache einzumischen. Das würde sie nur noch mehr in den Blickpunkt der Beamten rücken. Es ist besser, wenn ich im Hintergrund bleibe."

In Gedanken fügte er hinzu: zumindest vorerst, denn ihm war klar, dass Tessa Hilfe brauchen würde, falls es den Beamten gelingen sollte, weitere belastende Indizien zusammenzutragen. Einen Augenblick waren alle still und dachten darüber nach, auf welche Weise sie Tessa helfen konnten. Keiner hatte in der Zwischenzeit das Essen auf seinem Teller angerührt.

Martin wandte sich Tessa zu. „Tessa, komm, wir vier sitzen jetzt hier zusammen und essen gemeinsam. Die anderen Leute sind nicht wichtig. Schau mich an." Martins weiche Stimme hatte ihre Gedanken unterbrochen. Tessa wusste, dass sie ihren klaren Kopf wieder finden musste. Sie war doch zu Hause immer diejenige, die besonnen auf unangenehme Situationen reagierte und die für alles eine Lösung fand. Sie musste innerlich wieder zur Ruhe kommen und ihren Gedanken eine vernünftige Richtung geben. Nur so würde sie wieder festen Boden unter ihren Füßen spüren. Martin hatte seine Hand auf ihre gelegt und drückte sie leicht. Sie fühlte, wie ihre Anspannung etwas nachließ.

„Ich glaube, das Essen schmeckt mir doch ganz gut", sagte sie und lächelte. So schnell würde sie sich nicht unterkriegen lassen. Ihre Freunde atmeten erleichtert auf. Wenigstens fürs erste war die Stimmung wieder einigermaßen hergestellt. Und morgen würde man weitersehen.

***** Montag *****

Tessa saß auf der Veranda und schaute zu, wie der Himmel sich langsam heller färbte. Sie war schon vor einer Stunde aufgestanden, hatte sich den Bademantel übergestreift und war leise hinausgegangen. Beatrice hatte im Schlaf einmal hörbar geatmet, sich auf die Seite gedreht und sich nicht stören lassen.

Tessa liebte diese frühen Morgenstunden, wenn es draußen noch still und die Luft klar war. Sie schaute zu, wie der neue Tag langsam und sacht heraufzog. Zu Hause saß sie auch manchmal am Fenster, um die Stunde der Morgendämmerung zu genießen. Von ihrer Wohnung hatte sie einen weiten Blick über die Dächer der Stadt. Jetzt saß sie hier mit angezogenen Beinen und hatte ihre Hände vor den Knien verschränkt. Sie saß schon eine ganze Weile so, ihr Blick ging übers Meer bis zu der Linie, die den Horizont bildete. Die Farben dieses Morgens auf Ihuru verschwammen langsam von einem stumpfen Grau zu einem blassen Blau.

Neben ihr auf dem Tisch stand eine Tasse, der Tee darin war inzwischen längst kalt geworden und hatte dunkle Spuren am Rand gebildet. Was war nur geschehen vorgestern Abend im Spa? Nein, ihr war wirklich nichts aufgefallen bei ihrem Spaziergang. In Gedanken versuchte sie, sich ihren Weg über die Insel wieder ins Gedächtnis zu rufen.

Sie schreckte auf, als plötzlich Martin durch den Garten auf sie zukam.

„Guten Morgen, Tessa, ich wollte dich nicht erschrecken. Ich habe einen Spaziergang am Wasser entlang gemacht und vom Strand aus gesehen, dass du hier sitzt."

„Guten Morgen, Martin."

„Wie geht es dir?"

„Na, ja. Ich denke immer wieder über diese Geschichte nach." Sie scheute sich offenbar, das Wort *Mord* auszusprechen. Tessa hatte auf einen der Stühle gedeutet und Martin setzte sich.

„Weißt du, Tessa, irgendwie kommt mir dieser Herr Schubert seltsam vor."

„Wieso?"

„Gestern Abend war ich spät noch mal draußen, bin einfach so ein bisschen herumgelaufen, und da bin ich ihm begegnet."

„Auf dieser riesengroßen Insel ist es ja direkt ein Wunder, dass man sich bei einem Spaziergang über den Weg läuft."

Tessa versuchte über ihren eigenen Scherz zu lächeln.

„Nein, Tessa, ernsthaft. Er war am Marine-Center. Ich hatte den Eindruck, dass er versucht hat, dort hineinzukommen."

„Warum sollte er das tun?" sagte Tessa ruhig und zuckte ratlos mit den Schultern. „Da gibt es doch nichts, was für ihn von Interesse sein könnte. Und ich glaube, er taucht auch gar nicht."

„Ich weiß auch nicht was er da gesucht hat, jedenfalls kam mir die Sache merkwürdig vor. Als er mich gesehen hat, ist er weggegangen."

„Hallo, ihr zwei, habt ihr hier übernachtet?" Beatrice hatte die Tür zur Veranda geöffnet und kam im Nachthemd heraus.

„Nein", sagte Martin „aber wir sehen uns gleich beim Frühstück, ja?"

„Bis gleich", rief Tessa ihm nach und ging ins Zimmer. Als sie ihr T-Shirt überstreifte, fiel ihr Blick auf die Bücher, die auf dem Tisch neben dem Sofa lagen. Es waren die Kriminalromane, die sie am Flughafen in Frankfurt gekauft hatte. Es kam ihr vor, als ob seitdem eine Ewigkeit vergangen wäre. *‚Mord vor Mitternacht'* lautete der Titel eines der Bücher. Sie nahm es in die Hand und schlug es an der Stelle auf, an der sie das Lesezeichen hineingelegt hatte. Bis Seite fünfunddreißig war sie gekommen. Aber jetzt und hier ging es nicht mehr nur um die Phantasien eines Schriftstellers, denen man folgte und die einem ein paar Stunden spannende Unterhaltung boten. Die Realität fühlte sich sehr viel näher an und war erschreckend in ihrer Intensität. Man konnte nicht für ein paar Stunden oder ein paar Tage aus der Handlung aussteigen. Und schon gar nicht konnte man weiterblättern, um zu sehen, wie es am Ende ausgehen würde.

„Was machst du da?" fragte Beatrice, die vorhin im Bad verschwunden war und jetzt frisch und bereit zum Frühstück wieder herauskam.

„Ach, nichts“, antwortete Tessa, griff nach ihrem Pareo und knotete ihn über der Hüfte zusammen. „Du, sag mal, hast Du eigentlich Thomas darüber informiert, was hier passiert ist?“

„Nein, das habe ich lieber nicht getan. Wenn er von dem Mord wüsste, hätte er sicher darauf bestanden, dass ich sofort zurückkomme. Die Geschichte hebe ich mir besser für zu Hause auf.“

Als Tessa sich beim Frühstück gerade die zweite Tasse Kaffee einschenkte, wurde ihr von Assisent Rangha diskret mitgeteilt, dass Chief Inspector Waheed sie noch einmal zu sprechen wünschte. Tessa versuchte, sich ihre Anspannung nicht anmerken zu lassen und folgte ihm. Der Inspector begrüßte sie genauso höflich wie gestern.

„Wir müssen Ihre Fingerabdrücke nehmen, Frau Bach. Es wird nur ein paar Minuten dauern“, fügte er fast entschuldigend und mit einem unverbindlichen Lächeln hinzu. Tessa schluckte, ihr Hals fühlte sich plötzlich trocken an.

„Wieso brauchen Sie meine Fingerabdrücke?“

„Das ist reine Routine, Frau Bach.“

Tessa ließ die Prozedur ohne weitere Fragen zu stellen über sich ergehen. Assistent Commissioner Rangha machte seine Arbeit sorgfältig. Nacheinander drückte er Finger für Finger auf das schwarze Farbkissen und rollte ihn dann auf dem Spezialpapier ab. Als sie anschließend ihre Hände an dem Tuch, das er ihr gereicht hatte, sauber wischte, war sie ziemlich nervös und rieb heftiger an ihren Fingerkuppen als es nötig gewesen wäre.

„Ist Ihnen vielleicht doch noch irgendetwas eingefallen, das für unsere Ermittlungen wichtig sein könnte?“ Fragend schaute der Inspector sie an.

„Nein. Nein, ich glaube, ich kann Ihnen wirklich nichts mehr sagen.“

„Gut, dann habe ich keine weiteren Fragen mehr, Frau Bach.“

Tessa wollte sich schon umdrehen und gehen, als er weitersprach.

„Wären Sie damit einverstanden, dass ich mir kurz ihre Villa anschaue?“

Tessa spürte, wie ihr Herzschlag für eine Sekunde aussetzte, sie wusste nicht, ob aus Verärgerung oder Panik. Ohne zu überlegen antwortete sie: „Kann ich Ihre Bitte ablehnen?“

„Ich meine, es wäre klüger, wenn Sie Verständnis für meine Bitte zeigten.“

Tessa nickte.

„Also gehen wir.“ Chief Inspector Waheed hatte schon die Tür geöffnet und hielt sie für Tessa offen. Wortlos gingen sie durch den weichen Sandboden nebeneinander her. Tessa fragte sich, welche Überlegungen er über sie anstellte und was er zu finden hoffte. Als sie die Villa betraten, war alles ordentlich aufgeräumt, das Bett war gemacht. Der Roomboy hatte offensichtlich seine Arbeit für diesen Vormittag schon beendet.

„Bitte sehr.“ Tessa machte eine Handbewegung, die man als Einladung verstehen konnte. Chief Inspector Waheed schaute sich in dem Raum um. Es gab nichts Auffälliges zu entdecken, jedenfalls nicht auf den ersten Blick. Die beiden Koffer der Damen lagen ordentlich übereinander in dem dafür vorgesehenen Fach. Über der Lehne des Sofas hingen ein paar bunte Tücher, und ein Sonnenhut aus Stroh lag daneben. Auf dem Nachttisch rechts stand ein Dose Creme, daneben lag eine Haarspange und ein paar Taschentücher. Auf dem linken Nachttisch lag ein Reiseführer von den Malediven und eine Frauenzeitschrift. Chief Inspector Waheed ging ein paar Schritte bis zu der Doppeltür, die auf die Veranda führte. Er schaute hinaus. Eines der Inselhühnchen, das gerade durch den Garten lief, verschwand eilig zwischen den Ahi-Büschen, als es die Bewegung bemerkte.

Tessa wusste nicht, was sie von dieser ganzen Aktion des Inspectors halten sollte. Sie fragte sich gerade, was er zu finden hoffte, als er sagte:

„Ach, Sie haben sich Kriminalromane zum Lesen mitgebracht?“

Sein Blick ruhte auf den Büchern, die auf dem kleinen Tisch neben dem Sofa lagen. Tessa wusste nicht, ob sie erleichtert darüber sein sollte, dass es nur die Bücher waren, die seine Aufmerksamkeit erregt hatten, oder ob er dem Umstand, dass es Kriminalromane waren, eine Bedeutung zumessen würde, die für sie negativ war.

„Ja. Ich dachte, im Urlaub hätte ich genug Zeit zum Lesen. Aber hier gibt es so viel Abwechslung durch das Tauchen und Schnorcheln, dass ich eigentlich gar nicht richtig dazu gekommen bin."

„Gleich vier Stück", sagte Chief Inspector Waheed und las nacheinander alle Titel. „Ist das Ihr Hobby? Ich meine Lesen?" Er hatte den Satz so betont, dass es zweideutig klang.

„Ja, ich lese gerne. Zu Hause habe ich wenig Gelegenheit dazu. Die meiste Zeit verbringe ich in meinem Geschäft." Selbst in ihren Ohren hörten sich ihre erklärenden Worte eher nach einer Entschuldigung an. Sie hätte vorhin die Bücher wegräumen sollen.

„Ich würde gerne noch einen kurzen Blick ins Badezimmer werfen."

„Bitte." Tessa öffnete die Tür. Er machte zwei Schritte hinein und blieb stehen. Die Menge der Cremetöpfchen und Tuben, die da mehr oder weniger ordentlich die ganze Breite der Ablage einnahmen, überraschte ihn. Er fragte sich, ob Frauen all diese Mittel wirklich benutzten und wozu sie gut sein sollten. Das war etwas, das er wohl nie verstehen würde. Er war davon überzeugt, dass die Natur jeder Frau ihre ganz eigene Schönheit mitgab. Warum versuchten sie, daran etwas zu verändern? Tessa ahnte nichts von seinen Gedanken.

Er schaute sie an und verabschiedete sich mit den Worten: „Ich wünsche Ihnen trotz dieser Störung, die sich leider nicht vermeiden ließ, einen angenehmen Tag."

„Danke“, sagte Tessa und schloss die Tür hinter ihm. Einen Moment blieb sie stehen und atmete ein paarmal hörbar tief ein und aus.

Chief Inspector Waheed wandte sich nach links und nahm damit den etwas längeren Weg zurück zu seinem Büro. Er ging langsam. Zum einen, weil dieses Tempo dem Klima angemessen war, zum anderen, weil ihm das Zeit gab, über das nachzudenken, was er eben gesehen hatte. Eine attraktive Frau, Mitte dreißig, die offenkundig eine Vorliebe für Kriminalromane hatte. Allein daraus ließ sich beim besten Willen kein Mordmotiv herleiten. Aber schließlich wären Indizien, Beweise und Prozesse nicht nötig, wenn man jedem Mörder seine Tat ansehen könnte. Man durfte nichts ausschließen. Er erinnerte sich gut daran, wie oft man ihm während seiner Ausbildung diesen Satz nahegelegt hatte. Und jetzt war die richtige Zeit, sich daran zu halten.

Herr Schmithoff hatte ihn gestern auf das Thema angesprochen und ihn ganz offen gefragt, ob weitere Verdachtsmomente gegen Frau Bach vorlägen. Natürlich hatte er dem Manager gegenüber nichts darüber verlauten lassen. Aber es war doch auffällig, wie groß das Interesse dieses Mannes an Frau Bach war.

Einen Augenblick später griff er zum Telefon und wählte die Nummer von Doctor Munavvar. „Hallo, wie weit sind Sie mit Ihren Untersuchungen in unserer Sache gekommen, Doctor?“

„Ich kann Ihnen nicht viel mehr sagen als schon zu Beginn, meine Untersuchungen sind noch nicht abgeschlossen."

„Mich interessiert besonders, ob es Hautpartikel unter den Fingernägeln gab."

„Nein."

„Auch keine Fasern von Stoff?"

„Nein."

Chief Inspector Waheed schwieg so lange, bis der Doctor auf sein Schweigen einging. „Sie haben die Tote gesehen, Inspector. Wie alle Asiatinnen hatte sie die Figur eines Kindes. Sie war leicht zu überwältigen.

Tessa war unterdessen wieder auf der Terrasse, wo ihre Freundin mit dem Frühstück auf sie wartete.

„Ja, Bea, da kann ich ja wohl jetzt mit ziemlicher Sicherheit sagen, dass es auch diesmal wieder nichts mit dem großen Los war", sagte sie, während sie sich setzte.

„Wie meinst du das?" Beatrice schenkte ihrer Freundin eine Tasse Kaffee ein und hielt ihr einen Teller mit Brot und Croissants hin. Tessa übersah diese Geste und Beatrice stellte den Teller wieder hin.

„Ja, glaubst du vielleicht, dass ich hier als Verdächtige in einem Mordfall den Hauptgewinn mit der Überschrift ‚Traumurlaub im Indischen Ozean' gezogen habe?"

„Natürlich nicht." Beatrice schwieg einen Moment. Dann sprach sie weiter: „Was wollte der Inspector denn von dir?"

„Er wollte meine Fingerabdrücke und dann hat er sich auch noch unsere Villa angeschaut."

Als sie den erschrockenen Blick von Beatrice sah sagte sie: „Du kannst dich beruhigen. Er hat nichts gefunden, was mich belasten könnte. Nur die Kriminalromane sind ihm aufgefallen. Ich hoffe, dass er darin nicht den Beweis für eine kriminelle Neigung sieht."

„Red' keinen Unsinn. Du hast Frau Wannjai nicht umgebracht, soviel steht fest. Früher oder später wird der Inspector das herausfinden, da bin ich mir ganz sicher. Und außerdem hat meine Oma immer gesagt: ‚Abgerechnet wird zum Schluss'." Sie lächelte Tessa dabei zuversichtlich an.

„Komischer Satz", murmelte Tessa vor sich hin und entschied sich jetzt doch für eine von den frischen Brotscheiben.

„Das finde ich nicht. Meine Oma war eine äußerst kluge Frau", antwortete Beatrice und schaute über die Lagune. In Gedanken fügte sie hinzu: Außerdem hat sie eine glückliche Ehe geführt. Aber diesen Nachsatz ließ sie zumindest für den Moment lieber unausgesprochen.

Schon eine Weile saß Chief Inspector Waheed ruhig da und schaute auf die Unterlagen, die vor ihm auf dem Tisch ausgebreitet lagen.

„Wo ist das Motiv, Rangha?" sagte er und schaute seinen Assistenten fragend an.

„Es scheint, als ob die junge Frau Wannjai keine Feinde gehabt hätte. Es scheint kein Motiv zu geben, Chef."

„Aber der Mörder muss eines gehabt haben. Und es ist unsere Aufgabe herauszufinden welches."

„Übrigens, die Kollegen haben vorhin angerufen. Weder über Herrn Schubert noch über Frau Bach war etwas in der Datenbank zu finden. Beide sind wohl nie polizeilich aufgefallen und somit nicht registriert."

„Was ist eigentlich mit diesem Neuhauser?"

„Was soll mit ihm sein?"

„Wo war er zur Tatzeit?"

„Er war mit seiner Frau in der Bar. Mustafa, der an dem Abend Dienst am Front Desk hatte, bestätigt, dass die beiden direkt nach dem Abendessen in die Bar gegangen sind. Der Barkeeper bestätigt das ebenfalls. Es war nicht viel Betrieb, weil die meisten Gäste beim Vortrag waren, deshalb können sich die beiden gut daran erinnern. Die Neuhausers hatten zwei Cosmopolitan, das scheint ihr Lieblingsgetränk zu sein."

„Mmh", brummte Chief Inspector Waheed vor sich hin. „Eigentlich schade. Irgendwie hätte das gepasst. Ein Lebemann, der eine Beziehung zu einer hübschen jungen Frau aus dem Spa unterhält. Er legt doch offensichtlich großen Wert auf sein Äußeres. Da könnte es doch gut möglich sein, dass er zur Behandlung im Spa war. Wie sieht es da aus?"

„Da müsste ich nachfragen. Ich gehe mal eben rüber, es sind ja nur ein paar Schritte." Assistent

Rangha machte sich auf den Weg. Als er nach wenigen Minuten zurückkam, schüttelte er den Kopf. „Nein, weder er noch seine Frau waren zur Behandlung im Spa. Außer ihrem etwas ungewöhnlichen Geschmack für Mode und einer Vorliebe für Wodka kann man ihnen nichts vorwerfen.“

Chief Inspector Waheed seufzte leise auf. Hier verlief jede noch so kleine Spur im Sand.

Assistent Rangha schaute seinen Vorgesetzten an. Offensichtlich wollte er noch etwas sagen, das ihn beschäftigte.

Mit einem: „Und?“ forderte Chief Inspector Waheed ihn zum Reden auf.

„Na ja, ich habe gerade darüber nachgedacht, dass sie vielleicht ihrem Mörder tatsächlich nur zufällig begegnet ist.“

„Nein, Rangha. An eine solch zufällige Begegnung glaube ich nicht. Auf dieser Welt geschieht nichts durch Zufall. Jedes Ereignis ist bedingt durch ein anderes, und alles steht miteinander in Verbindung. Manchmal erkennt man die Zusammenhänge nicht auf den ersten Blick. Hier ist etwas geschehen, das nur zu dieser Zeit und an diesem Ort möglich war. Davon bin ich fest überzeugt.“

Er machte eine Pause und ließ seinen Blick kurz zum Fenster wandern, bevor er weitersprach.

„Wenn erst einmal zwei oder drei Mosaiksteine zusammenpassen, ergibt sich daraus sozusagen zwangsläufig irgendwann ein vollständiges Bild. Man muss Geduld haben.“

Mit einem leichten Seufzer setzte er noch hinzu: „Allerdings kann manchmal vielleicht auch ein bisschen Phantasie nicht schaden."

Ganz in seine Gedanken versunken, hatte er während er sprach tatsächlich kleine Vierecke auf ein Blatt Papier gemalt, aus denen sich vielleicht ein Mosaik bilden ließ. In jedes Kästchen hatte er etwas hineingeschrieben. Er schob den Zettel unter seinen Notizblock und blieb noch eine Weile schweigend sitzen. Dann sagte er: „Jetzt bringen Sie mal Herrn Schubert zu mir."

„Können Sie meinen Mann nicht erst einmal in Ruhe frühstücken lassen?"

Else Schubert schaute Assistent Commissioner Rangha ungehalten an. Die sechs goldenen Armreifen an ihrem rechten Handgelenk klirrten etwas lauter als gewöhnlich, als sie ihre Worte mit einer energischen Geste unterstrich

„Reg dich nicht auf, Liebling, es geht sicher nur um eine Kleinigkeit. Es wird bestimmt nicht lange dauern."

Herr Schubert tätschelte seiner Frau die Schulter und ging mit Assistent Rangha davon.

„Guten Morgen, Herr Schubert", begrüßte ihn Chief Inspector Waheed.

„Bitte sehr." Er deutete auf den Stuhl vor seinem Schreibtisch. Herr Schubert rückte sich den Stuhl umständlich zurecht und schaute den Kommissar erwartungsvoll an.

Assistent Rangha registrierte, dass die Augen von Herrn Schubert hinter den Brillengläsern von einem sehr hellen Blau waren und auffallend kühl wirkten.

„Kennen Sie das hier?“ fragte Chief Inspector Waheed und schob Herrn Schubert den Plastikbeutel mit dem Kugelschreiber hin.

Herr Schubert ließ einige Sekunden vergehen, bevor er antwortete. Er hielt den Blick fest auf den Gegenstand gerichtet, der da auf der polierten Tischplatte lag. Seine Gedanken überschlugen sich, während er nachdachte.

„Ja, der gehört wohl mir“, sagte er schließlich.

„Haben Sie ihn nicht vermisst?“

„Doch. Ich muss ihn wohl verloren haben.“ Nach einer kurzen Pause fügte er hinzu: „Vielleicht ist er mir auch gestohlen worden, jedenfalls war er weg.“

„Können Sie sich erinnern, wann das war?“ Die Stimme des Inspectors war leise, fast musste sich Herr Schubert anstrengen, ihn zu verstehen.

„Das war schon vor ein paar Tagen.“

„Genau wissen Sie es nicht?“

„Nein, tut mir leid.“

Chief Inspector Waheed drehte den Plastikbeutel in der Hand und hielt ihn dann hoch, als ob er dadurch den Kugelschreiber besser betrachten könnte.

„Es ist ein ganz besonders schönes Stück. Warum haben Sie nicht versucht es wiederzufinden?“

„Ich dachte einfach, dass es wohl keinen Zweck hätte danach zu suchen.“

„Aber es ist auch ein teures Stück ....“

Chief Inspector Waheed ließ den Satz unvollendet im Raum stehen. Er fragte sich, ob die Röte im Gesicht von Herrn Schubert von der Hitze oder von unterdrücktem Zorn herrührte. Vorsichtig legte er den Plastikbeutel auf den Tisch. Herr Schubert schwieg. Die Spannung im Raum war spürbar.

„Was machen Sie beruflich, Herr Schubert?" Chief Inspector Waheed empfand die Anwesenheit des Mannes, den er gerade befragte, als unangenehm. Nicht weil Herr Schubert schwitzte. Die meisten Menschen neigten in diesem Klima dazu. Auch nicht, weil er zu einer gewissen Fettleibigkeit neigte. Es war vielmehr die Art von Herrn Schubert. Er war einfach zu glatt. Er hatte die Ausstrahlung eines Menschen, der sich seiner Macht bewusst war und dem damit jede Form höflicher Verbindlichkeit im Umgang mit anderen verlorengegangen war. Als ob Herr Schubert den Gedanken des Inspectors gefolgt wäre und dessen Eindruck bestätigen wollte, sagt er jetzt mit vorgestrecktem Kinn und fester Stimme: „Ich bin selbständig." Und mit einer Betonung, die jeden etwaigen Zweifel an der Wichtigkeit seiner Person ausräumen sollte, fügt er hinzu: „Im Baustoffhandel."

Der Inspector ging nicht weiter auf diesen Hinweis ein, sondern sagte: „Dann darf ich Sie jetzt um ihre Fingerabdrücke bitten."

„Wenn es unbedingt sein muss, bitte", sagte Herr Schubert scheinbar gleichgültig.

Assistent Rangha stand bereit, nahm von jedem einzelnen Finger genauso sorgfältig wie schon vorher bei Frau Bach den Abdruck.

„Danke Herr Schubert, das war's schon“, sagte Chief Inspector Waheed und reichte ihm ein Papiertuch.

„Danke“, sagte Herr Schubert, wischte sich die Finger sauber und verließ ohne ein weiteres Wort den Raum. Auf dem Weg zurück zu seiner Frau warf er das Tuch mit einer heftigen Bewegung fort, es blieb zwischen zwei Bagichapflanzen hängen. Dann holte er sein Taschentuch hervor und wischte sich den Schweiß von der Stirn. Er bemerkte nicht, dass Chief Inspector Waheed ihn durch das Fenster dabei beobachtete.

„Also, Chef, was machen wir jetzt?“

Assistent Rangha griff nach seiner Teetasse. Als er feststellte, dass sie war leer war, schob er sie zur Seite.

„Wir fragen noch einmal die Mitarbeiter an der Rezeption. Vielleicht ist dort jemandem doch noch irgendetwas aufgefallen, das uns weiterhelfen kann.“

Die beiden Polizeibeamten in Freizeitkleidung machten sich auf den kurzen Weg.

„Diese Insel ist wirklich idyllisch“, sagte Assistent Rangha und schaute sich um. Er hätte es sich jetzt gerne auf einer der Liegen, die so einladend im Garten seiner Villa standen, bequem gemacht und eine Pause eingelegt. Vielleicht mit einem Glas Mango-Saft, den er besonders gern mochte, gut gekühlt und frisch.

Aber dafür blieb natürlich keine Zeit. Schließlich waren sie hier, um einen Mord aufzuklären. Trotzdem empfand er das Gefühl, barfuß durch den Sand zu laufen als angenehm. Chief Inspector Waheed hingegen vermisste seine gewohnte Uniform ein wenig. In diesem blauen Hemd und der hellen Leinenhose bewegte er sich zwar mit seiner gewohnten Haltung, aber es fühlte sich irgendwie zu leger an. Schließlich war er im Dienst. Er empfand sein Äußeres als viel zu bunt und deshalb nicht angemessen für seine Ermittlungsarbeit in einem Mordfall.

„Nein“, sagte Nicole an der Rezeption „soweit es meinen Dienst betrifft, gibt es von den letzten Tagen nur das Übliche zu berichten.“

Sie hatte offenbar kein Problem damit, die Autorität der Beamten zu akzeptieren, auch wenn sie keine Uniformen trugen.

„Und was ist das Übliche?“

Chief Inspector Waheed lächelte die junge Frau an. Er fand sie sympathisch. In ihrem Beruf erlebte sie sicher eine ganze Menge. Wenn man in einem Hotel arbeitete, in dem jeden Tag, jede Woche andere Menschen zusammenkamen, daraus ergaben sich doch zwangsläufig immer Geschichten. Nur diese eine im Moment, die Geschichte von Wannjai, war allerdings eine Tragödie.

Nicole hatte in der Zwischenzeit in ihren Unterlagen nachgeschaut und sagte jetzt: „Herr und Frau Rütli haben eine private Bootsfahrt in der Lagune gemacht.

Das war vor vier Tagen. Herr Cohan aus Villa achtzehn hat sich beschwert, dass seine Nachbarn zu laut seien."

„Wer sind die Nachbarn?" fragte Chief Inspector Waheed, und auf seinem Gesicht zeichnete sich Interesse ab.

„Das sind Herr und Frau Glaser. Sie verbringen ihre Flitterwochen hier", setzte sie hinzu als würde das den Lärm hinreichend erklären. Assistent Rangha und Nicole lächelten sich diskret zu.

„Dann gehe ich davon aus, dass es sich bei dem Lärm keinesfalls um einen ernsthaften Streit gehandelt hat", fügte Chief Inspector Waheed hinzu, bevor die junge Frau weitersprach.

„Dann hat Frau Glatzwiel aus Villa neununddreißig gemeldet, dass ihr ein teures, schwarzes T-Shirt mit Paillettenstickerei abhandengekommen sei. Zwei Tage später hat sie es aber wieder gefunden. Es war hinter die Kissen des Sofas gerutscht."

„Nein. Das klingt alles nicht so, als ob es für uns interessant wäre", sagte Chief Inspector Waheed, verschränkte die Arme vor der Brust und senkte dabei den Kopf ein wenig.

„Ist es denn ein bestimmter Gast, über den Sie etwas wissen müssen?"

„Nun ja. Hatten vielleicht Herr oder Frau Schubert aus Villa zweiunddreißig Sonderwünsche?"

„Ja. Jetzt wo Sie es sagen, fällt es mir wieder ein. Er hat....", sie zögerte und dachte kurz nach, „... letzten Freitag ein Wassertaxi bestellt. Es war morgens, recht früh, ich glaube, so etwa gegen neun Uhr. Er schien es sehr eilig zu haben."

„Wissen Sie, wohin er wollte?"

„Nein, das hat er nicht gesagt."

„Ist es immer die gleiche Telefonnummer, über die Sie bei Bedarf ein Taxi bestellen?"

„Nein. Außerdem hatte eine Kollegin das übernommen, weil ich gerade ein dringendes Fax durchgeben musste. Und die Kollegin hat heute ihren freien Tag", setzte sie hinzu, bevor der Inspector die entsprechende Frage stellen konnte. Nicole schaute ihn an und machte eine entschuldigende Geste.

„Nun, wissen Sie, wann Herr Schubert zurückkam?"

„Nein, ich kann mich nicht daran erinnern, dass ich ihn später an diesem Tag noch einmal gesehen hätte."

„Danke, Sie haben uns sehr geholfen." Die beiden Beamten gingen davon, in Gedanken schon mit ihren nächsten Aufgaben beschäftigt.

„Bitte gern, Herr Inspector", rief Nicole ihnen nach und griff nach dem Stapel Post, der gerade gebracht worden war. Auch im Zeitalter von E-Mails und Faxgeräten gab es immer noch Mitteilungen, die per Brief und mit dem Boot kamen. Hoffentlich wird der Fall bald geklärt, dachte sie, und begann mit ihrer täglichen Routine.

„An die Arbeit", sagte Chief Inspector Waheed zu seinem Assistenten. „Es wird nicht so schwer sein, herauszufinden, welches Wassertaxi Herrn Schubert an diesem Morgen gefahren hat, und vor allen Dingen, welches Ziel er hatte."

Die beiden Beamten führten etliche Telefongespräche und machten sich dabei einige Notizen. Nach ein paar weiteren Telefonaten, in denen sie verschiedene Anweisungen an ihre Kollegen in Male gaben, sagte Assistent Rangha: „Chef, haben Sie den Duft bemerkt? Ich glaube, er kommt aus der Küche. Es ist fast Mittag, meinen Sie, wir könnten uns etwas zu Essen bestellen?“

„Rangha, Sie sollten mehr auf ihre Figur achten“, antwortete Chief Inspector Waheed ohne sich von seinen Notizen ablenken zu lassen.

Assistent Rangha verzog ein wenig die Mundwinkel und unterdrückte einen Laut des Unmuts. Stattdessen fragte er: „Sind Sie denn nie hungrig, Chef?“

„Doch, Rangha, zuweilen schon, aber nicht um elf Uhr vormittags und schon gar nicht nach einem ausgiebigen Frühstück. Aber wir können nachher mal einen Blick auf das Büfett werfen. Es gibt hier mittags eine sehr gute Auswahl an leichten Salaten, die sehr delikat zubereitet sind.“

Kaum hörbar seufzte Assistent Rangha auf und beugte sich über die Papiere, die vor ihm auf dem Tisch lagen.

Etwas später an diesem Tag hielt er seinem Chef die Analyse der Fingerabdrücke hin. „Leider konnten die Kollegen im Labor auf dem *Mont blanc* nur die Abdrücke von Herrn Schubert identifizieren. Alle anderen sind verwischt, das heißt unbrauchbar für einen Vergleich.“

„Das bringt uns also auch nicht weiter."

Chief Inspector Waheed atmete tief ein und aus. Dieser Fall entwickelte sich auf eine äußerst unangenehme Art. Der Kugelschreiber war in unmittelbarer Nähe der Toten gefunden worden. Aber wie sollten sie Herrn Schubert nachweisen, dass er am Tatort war, Frau Wannjai umgebracht und dabei seinen *Mont blanc* verloren hatte. Selbst die Aussage von Frau Bach, dass sie beobachtet hatte, wie Herr Schubert noch am Tag vor dem Mord mit dem Kugelschreiber eine Rechnung an der Bar unterschrieb, war kein eindeutiges Indiz. Natürlich hatten sie auch den Barkeeper befragt, aber er konnte sich nicht an den Vorgang erinnern. „Bei den vielen Gästen", hatte er gesagt und bedauernd die Schultern gehoben. Selbst wenn sie die Tinte des Kugelschreibers mit dem auf der Getränke-Quittung im Labor vergleichen ließen, könnten sie damit lediglich beweisen, dass Herr Schubert noch am Tag vor dem Mord im Besitz seines *Mont blanc* war. Würde man ihn damit konfrontieren, konnte er einfach behaupten, er hätte ihn danach verloren. Und sie konnten ihm keineswegs beweisen, dass es anders gewesen war. Wer hatte den Kugelschreiber im Spa verloren? Das war also die entscheidende Frage.

Chief Inspector Waheed hatte Sorgenfalten auf der Stirn. Vor einer Stunde hatte er einen Anruf von seinem Chef erhalten.

„So ein Mord ist kein gutes Image für unsere Trauminseln", hatte der ihm gesagt und ihm gar nicht erst die Gelegenheit zu einer Antwort gegeben, sondern direkt weitergesprochen. „So etwas gefällt den Gästen hier nicht. Und ich finde es unerträglich, dass die Presse darüber berichten muss, dass solche Dinge in unserem Land geschehen. Ich hatte schon einen Anruf aus dem Ministerium für Tourismus, und zwar von unserem Minister persönlich. Er hat verlangt, dass ich ihn täglich über die Entwicklungen in diesem Fall unterrichte. Waheed, haben Sie zugehört: er verlangt täglich einen Rapport."

Dann hatte er ihm noch deutlich zu verstehen gegeben, dass er in Kürze mit einem Ergebnis der Ermittlungen, die zwei seiner besten Mitarbeiter auf Ihuru führten, rechnete. Schließlich hätte man einen Ruf zu verlieren. Chief Inspector Waheed hatte in diesem Moment seinen Blick Richtung Himmel gerichtet und versucht, nicht allzu laut durch die Nase auszuatmen, während sein Chef ihm seine weiteren Überlegungen zu diesem Fall darlegte. Schließlich hatte er noch hinzugefügt: „Aber Sie müssen gründlich recherchieren, hören Sie, Waheed. Wir wollen nicht übereilt einen Gast unseres Landes des Mordes bezichtigen. Das könnte äußerst fatale Auswirkungen auf unsere internationalen Beziehungen und auf das Tourismusgeschäft haben."

Chief Inspector Waheed hielt den Telefonhörer fest umklammert. Dann hatte sein Chef noch zu bedenken gegeben, dass er und Rangha sich aber auch nicht übereilt für eine bequeme Lösung entscheiden sollten, nur um möglichst schnell ein Ergebnis vorzulegen, das später vor Gericht unter Umständen nicht stand halten würde.

Als das Telefongespräch schließlich beendet war, legte Chief Inspector Waheed für einen Moment die Fingerspitzen beider Hände an seine Stirn und schloss die Augen. Ohne Druck fuhr er in kreisenden Bewegungen ein paarmal an seinen Schläfen entlang. Dann holte er tief Luft, öffnete seine Augen wieder und wandte sich seiner Arbeit zu, als sei nichts geschehen.

„Was haben wir bis jetzt?“ Der Inspector sprach mehr zu sich selbst als zu seinem Assistenten.

„Nichts. Nichts, was auch nur einen Hauch von Beweiskraft hat.“

Die beiden Beamten überlegten schweigend.

„Irgendetwas muss in den Tagen zuvor geschehen sein. Es bringt doch niemand eine junge Frau plötzlich so einfach um.“

„Es sei denn, es war vielleicht doch Eifersucht im Spiel.“

Man sah Chief Inspector Waheed an, dass er diese Theorie nicht sehr wahrscheinlich fand.

„Das glaube ich nicht. Ihre Kolleginnen haben übereinstimmend ausgesagt, dass sie nie mit einem Mann verabredet war. Weder hier noch auf einer Nachbarinsel. Die junge Frau Wannjai hatte scheinbar keinen Freund.“

Assistent Rangha blätterte in seinem Block, als könnte die Lösung des Falles plötzlich zwischen diesen Seiten auftauchen wie die gute Fee in einem Märchen.

„Ja, die anderen Frauen hätten es ganz sicher bemerkt, wenn Wannjai sich in ihrer Freizeit mit einem Mann getroffen hätte. Ich denke, Frauen haben ein gutes Auge und ein offenes Ohr für solche Dinge."

„Ab und zu ist sie an ihrem freien Tag nach Male gefahren. So wie die meisten Frauen, die hier arbeiten."

„Was tun sie da?" fragte Chief Inspector Waheed. In seinem Blick stand Ratlosigkeit.

„Was sollen sie schon tun, Chef? Sie geben ihr Geld für unnötige Sachen aus. Das tun alle junge Frauen."

Manchmal bin ich doch ganz froh, dass ich nicht verheiratet bin, dachte Chief Inspector Waheed und seufzte leise auf.

„Seid vorsichtig beim Abtauchen. Haltet genug Abstand zur Wand. Es können manchmal plötzlich Strömungen auftreten", sagte Serge und hatte die letzten Worte besonders betont. Jeder hatte aufmerksam zugehört, nickte zum Zeichen, dass er verstanden hatte. Die Gruppe tauchte heute am *Thulaagiri Kandu.* Alle freuten sich darauf, noch mehr von diesem Lebensraum unter Wasser zu sehen. Sie wollten die Zeit nutzen und Lebewesen bewundern, die es nur hier gab.

Als Tessa sich dann langsam hinabgleiten ließ in das dunkle Blau, kamen Korallenstöcke und Fische in ihr Blickfeld und verschwanden langsam wieder, wie in einem Film, der in Zeitlupe lief. Ein Rotfeuerfisch schwamm an ihr vorbei. Das müsste Bea sehen, dachte sie und betrachtete die langen, giftigen Stacheln, die sich wie ein Fächer entfalteten. Dann schwamm sie an einer Kantenkoralle mit weißem Rand vorbei. Sie war besonders schön und Tessa hätte sie gerne ausgiebig angeschaut, aber sie durfte den Anschluss an ihre Gruppe nicht verlieren. Sie hielt Blickkontakt zu den anderen. Sie sah Martin ein ganzes Stück über sich, Klaus war weiter vorne. Wie immer war er mit seiner Kamera beschäftigt. Der Tauchlehrer war seitlich ein Stück entfernt von ihr, Gerda und Rudi waren neben ihm. Auf ihrem Tiefenmesser sah sie, dass sie fast bei ihrer vorgesehenen Tauchtiefe von achtzehn Metern angelangt waren.

Wie große Schatten tauchten plötzlich drei graue Riffhaie aus der Tiefe auf. Tessa spürte, wie mit einem einzigen Atemzug eine Angst in ihr hochstieg, die sie kaum kontrollieren konnte. Sie hatte noch nicht so viel Routine beim Tauchen, als dass sie in dieser Situation so ohne weiteres ruhig blieb. Nervös schaute sie nach oben zu Martin. Er schien die Haie noch gar nicht bemerkt zu haben. Sie spürte ihren Herzschlag. Sie versuchte, genug Abstand zur Wand zu halten und gleichzeitig die Haie im Auge zu behalten. Mit einer hektischen Bewegung griff sie nach ihrem Mundstück. Die Haie kamen langsam näher. Tessas Atem ging schneller, die Luftblasen aus ihrem Atemgerät stiegen in immer kürzeren Abständen auf. Serge, der Tauchlehrer, hatte die Haie mittlerweile auch gesehen und gab seiner Gruppe ein Zeichen zusammenzubleiben.

Martin reagierte jetzt ebenfalls, schwamm langsam auf Tessa zu und blieb so nah wie möglich neben ihr. Er sah, wie ihr Blick zur Wasseroberfläche ging. Er wusste, dass sie den Weg bis dorthin abschätzte und griff nach ihrer Hand, hielt sie fest. Die Haie zogen langsam und bedächtig ihre Kreise und kamen dabei immer näher heran. Sie beobachteten die Taucher aus ihren kalten, kleinen Augen. Die Spannung war greifbar. Klaus hielt die Kamera in der Hand wie immer. Er versuchte sie ruhig zu halten und zu filmen, obwohl auch er spürte, dass sein Puls sich beschleunigt hatte. Die Taucher verhielten sich so ruhig wie möglich. Die ganze Szene dauerte nur drei oder vier Minuten, aber zumindest Tessa erschien es wie eine Ewigkeit. Auch Martins Augen hinter der Maske waren wach. Dann endlich drehten die Haie ab, verschwanden in der Tiefe, so lautlos und schnell wie sie gekommen waren.

Serge gab seiner Gruppe mit dem von der Faust nach oben gestreckten Daumen das Zeichen zum Auftauchen. Alle folgten ihm. In fünf Meter Tiefe legten sie den üblichen Sicherheitsstopp ein und hielten dabei die Umgebung im Auge. Aber von den grauen Riffhaien war nichts mehr zu sehen.

Chief Inspecotor Waheed nahm den Hörer ab, als das Telefon in seinem provisorischen Büro klingelte. „Ah, Doktor Munavvar, guten Tag.“ Er hörte sich schwcigend an, was der Arzt ihm zu berichten hatte. Dann sagte er: „Und was heißt das jetzt?“

Nachdem er mehrmals genickt und „ah ja“, gesagt hatte, verabschiedete er sich mit einem kurzen: „Danke, Doktor.“

„Hat der Arzt etwas gefunden?“ fragte Assistent Rangha gespannt.

„Nicht direkt das, was wir erwartet haben. Frau Wannjai wurde zwar gewürgt, wie wir schon vermuteten, aber gestorben ist sie an einer Fraktur des *dens axis,* das ist die Bezeichnung des zweiten Halswirbels, wie der Doktor mir gerade erklärt hat. Das heißt mit anderen Worten, sie erlitt einen Genickbruch. Und sie hatte unmittelbar vor ihrem Tod keinen sexuellen Kontakt. Interessant ist allerdings, dass an ihren Kleidern zwei Haare gefunden wurden, die nicht von ihr sind. Eines ist schwarz und etwas länger. Das andere graubraun und relativ kurz.“

„Da haben wir also eine Spur.“

„Wir müssen ihre Zimmerkollegin um eines ihrer Haare bitten. Wenn ich mich recht erinnere, hat sie langes dunkles Haar. Und die beiden haben ein Zimmer geteilt. Da wäre es nicht verwunderlich, wenn ein Haar auf die Kleidung der Kollegin gerät.“

„Meinen Sie nicht, dass Frau Saichai verdächtig ist?“

„Ich kann es mir nicht vorstellen. So wie sie sich in der Nacht verhalten hat.“

„Gehen wir mal davon aus“, sagte Assistent Rangha. „Was ist mit dem anderen Haar?“

„Ich denke, das könnte zu Herrn Schubert passen.“

Die beiden Beamten schwiegen. Nach einer Weile zog Chief Inspector Waheed das Blatt Papier, auf das er heute Morgen das kleine Mosaik gemalt hatte, unter seinem Notizblock hervor. Er schaute es an.

„Meine Skizze ist nicht vollständig, Rangha“, sagte er mit leiser Stimme. „Das Wichtigste daran fehlt.“

„Ich glaube, ich weiß, was Sie meinen, Chef.“

„Ja, ich habe die Verbindungslinie zwischen dem Opfer und dem Mörder noch nicht gefunden.“

Mit einer für ihn ungewohnt heftigen Handbewegung zerknüllte er das Blatt und warf es in den Papierkorb.

„Rangha, besorgen sie uns ein Haar von Herrn Schubert. Er wird nicht erfreut über Ihr Ansinnen sein, aber machen Sie ihm klar, dass ihm nichts anderes übrig bleibt, wenn er nicht eine noch größere Untersuchung riskieren will.“

Assisent Rangha ging seufzend hinaus.

Noch am gleichen Abend machte ein Polizeiboot den Weg nach Ihuru, nur um eine kleine Plastiktüte abzuholen, in dem sich ein Haar befand.

Beim Abendessen war das Erlebnis, das die Taucher während ihres heutigen Ausfluges hatten, immer noch das große Gesprächsthema. Es gab Red Snapper, gegrillt und sehr lecker. Beatrice hatte der Geschichte, die ihr die anderen gerade erzählt hatten, mit stockendem Atem zugehört.

„Bin ich froh, dass ihr jetzt hier mit mir sitzt“, sagte sie und hob mit einer feierlichen Geste ihr Glas. Sie stießen auf das gute Ende der Geschichte an.

„Na ja, ein bisschen Nervenkitzel muss ja auch mal sein. Und so schlimm war es ja nun auch wieder nicht." Klaus lachte vor sich hin, als er sein Glas abstellte.

„Na, da bin ich aber mal gespannt, ob die Szene im Film nicht doch verwackelt ist." Martin zwinkerte seinem Freund zu. „Da wird man ja sehen, wie sehr du den Nervenkitzel mit den grauen Riffhaien genossen hast."

„Du hast mir heute Nachmittag gar nichts davon erzählt." Beatrice schaute ihre Freundin vorwurfsvoll an.

„Ich wollte dich nicht aufregen", antwortete Tessa entschuldigend.

„Habt ihr euch schon für die nächste Tauchfahrt angemeldet?" Beatrice schaute fragend in die Runde.

„Nein, noch nicht. Ich für meinen Teil, muss mich erst einmal ein bisschen erholen. Schließlich habe ich ja Urlaub."

Tessa lehnte sich im Stuhl zurück. „Geht jemand mit mir noch Nachtisch holen?" Alle drei standen sofort auf. Jeder hatte inzwischen seine besonderen Vorlieben entwickelt. Tessa nahm Creme Brulee Tart, Beatrice entschied sich für frische Melone und Ananas, Martin griff zu Pineapple Royal und Klaus legte sich ein Stück Black Bottom Java Cream Tart auf den Teller.

Wie jeden Abend war der Bootssteg von Ihuru eingerahmt vom Schein, der aus den Feuerbecken aufstieg. Die Flammen loderten hell, als wollten sie anzeigen, wie lebendig es auf der Insel zuging. Das Meer dagegen lag dunkel und geheimnisvoll im schwachen Licht des Mondes.

„Bald ist Vollmond", sagte Beatrice. „Ich habe mal gelesen, dass bei Vollmond besonders viele Verbrechen geschehen."

„Ja, es scheint da wirklich einen gewissen Zusammenhang zu geben. Jedenfalls geht das eindeutig aus den Statistiken hervor", stimmte Klaus zu. „Namhafte Wissenschaftler haben herausgefunden, dass es während der Vollmondphase zu ....."

„Können wir uns vielleicht über etwas anderes unterhalten?" fiel Tessa ihm ins Wort. Schon seit einigen Tagen reagierte sie empfindlich auf Themen, die in irgendeiner Weise die schrecklichen Geschehnisse auf Ihuru berührten. Es entstand ein kurzes peinliches Schweigen. Dann begann Martin von einem Tauchgang zu erzählen, den er und Klaus während ihres Urlaubs im Roten Meer unternommen und bei dem sie ein Schiffswrack entdeckt hatten.

Kurz vor dem Einschlafen sagte Beatrice: „Was glaubst du wer es war? Was sagt dein kriminalistischer Spürsinn?"

„Ich weiß es nicht, Bea. Die Menschen hier sind mir fremd, ich weiß zu wenig über ihre Kultur und schon gar nichts darüber, wie sie denken und fühlen. Da lässt sich nicht so einfach eine Verbindung zwischen Mörder und Opfer herstellen. Sie hat schon lange auf der Insel gearbeitet, da haben sich bestimmt Bekanntschaften ergeben, aber daraus lässt sich nicht zwangsläufig ein Mordmotiv herleiten. Außerdem weiß ich nichts über den Charakter von Wannjai. Diese Art der Spurensuche bleibt dem Inspector vorbehalten."

„Ja, das ist auch sicher besser so", antworte Beatrice mit einem Gähnen.

***** Dienstag *****

Gegen zehn Uhr morgens klingelte in dem provisorischen Vernehmungsraum auf Ihuru das Telefon. Chief Inspector Waheed nahm den Hörer ab und hörte mit gespannter Aufmerksamkeit zu.

„Schicken Sie mir das Protokoll bitte sofort per Fax zu." Nach einer kurzen Pause setzte er noch hinzu: „Das haben die Kollegen prima gemacht."

Er schaute seinen Assistenten an und sagt: „Rangha, es sieht so aus, als hätten wir eine Spur." Entgegen seiner üblichen Gelassenheit lag eine gewisse Erregung in seiner Stimme. „Herr Schubert hat am Samstagvormittag Reiseschecks im Wert von zweitausend Dollar am Bankschalter im Flughafen eingetauscht." Assistent Rangha holte tief Luft. „Da bin ich aber mal gespannt, wie er uns das erklären wird, Chef."

„Na, dann rufen Sie ihn mal her."

Auf dem Weg zur Villa von Herrn Schubert machte Assistent Rangha eine kleine Pause am Anlegesteg. Der Gedanke, dass keiner der Verdächtigen eine Chance hatte von der Insel wegzulaufen, amüsierte ihn fast ein wenig. Er musste sich also nicht allzu sehr beeilen, den Auftrag seines Chefs auszuführen. Vielmehr hatte er das Gefühl, dass ein wenig frische Luft ihm jetzt gut tun würde. Er stand reglos da und schaute ins Wasser. Die Leiber der Fische zeichneten sich deutlich in den Wellen ab, ihre Farben reflektierten durch das Sonnenlicht. Er dachte darüber nach, dass in den letzten Tagen für viele Gäste der Urlaub auf Ihuru zu Ende gegangen war. Das Boot hatte sie mit ihrem Gepäck wieder zum Flughafen gebracht. Manche hatten eine Woche hier verbracht, der ein oder andere Gast auch zwei Wochen, einige auch nur zwei oder drei Tage. Gerade legte das Boot am Steg an, das neue Gäste von der Flughafeninsel brachte. Sie wussten nichts von dem schrecklichen Ereignis, das hier erst vor wenigen Tagen stattgefunden hatte. So würde dieses Verbrechen an Frau Wannjai nach und nach in Vergessenheit geraten. Mit diesem Gedanken machte Assistent Rangha sich auf den Weg zu Villa Nummer zweiunddreißig.

Herr Schubert hatte seine Brille geputzt und saß in einem der bequemen Stühle auf seiner Veranda. Er hatte gerade eine Zeitschrift über Computertechnik aufgeschlagen, als er beim Lesen des Artikels über die enorm vergrößerte Speicherkapazität einer neuen Generation von Micro-Chips, die ein amerikanischer Konzern auf den Markt gebracht hatte, unterbrochen wurde. Assistent Rangha stand vor der Tür und bat ihn höflich mitzukommen. Verärgert über die Störung war Herr Schubert ihm gefolgt. Jetzt hatte er im Vernehmungsraum Platz genommen und wischte sich mit seinem Taschentuch über Stirn und Nase. Auf seinem Hemd zeichneten sich rechts und links unter den Armen dunkle Schweißflecken ab. Was sollte er sagen? Wie war dieser Chief Inspector Waheed nur darauf gekommen, dass er Geld bei der Bank geholt hatte? Er rutschte auf seinem Stuhl weiter nach vorne. Er holte Luft, als ob er sprechen wollte und schwieg dann doch.

„Herr Schubert, wir haben herausgefunden, dass Sie am Freitag nach Male gefahren sind.“ Der Inspector hatte langsam und deutlich gesprochen. Er gab damit seinen Worten eine Bestimmtheit, die keinen Zweifel an dieser Tatsache zuließ. „Und am Samstag haben Sie sich noch einmal zur Flughafeninsel fahren lassen. Sie hatten wohl nicht daran gedacht, dass die Banken in Male freitags geschlossen sind. Bei uns im Islam ist nämlich der Freitag das, was bei Ihnen zu Hause der Sonntag ist. Also, Herr Schubert, ich frage Sie noch einmal: wofür haben Sie zweitausend Dollar gebraucht?“ Herr Schubert wusste, dass er jetzt etwas sagen musste und antwortete: „Ich habe das Geld Wannjai gegeben.“

Der Chief Inspector und sein Assistent schauten sich an. Der Satz war im Raum hängen geblieben wie schweres, billiges Parfüm, das ihnen für einen Moment die Luft zum Atmen nahm. Es dauerte ein paar Sekunden, bis der Inspector seine Befragung fortsetzte.

„Wofür?“

„Sie hat das Geld von mir verlangt.“

„Wofür, Herr Schubert?“ Die sonst so ruhige Stimme des Inspectors war etwas lauter geworden.

„Für private Massagen.“ Chief Inspector Waheed und sein Assistent Rangha wechselten einen kurzen Blick.

„Können Sie uns das bitte etwas genauer erläutern?“

„Na ja, sie kam in meine Villa."
„Wann kam sie?"
„Am Mittwoch."
„Um wie viel Uhr?"
„Mittags." Herr Schubert ließ sich kein Wort mehr als unbedingt nötig entlocken, aber der Inspector blieb bei seiner Linie und fragt ruhig: „Wann genau?"
„Von zwei bis drei Uhr."
„Wo war Ihre Frau in der Zeit?"
„Sie war im Spa, sie hatte dort eine ihrer Behandlungen."
„Herr Schubert, Sie wissen, dass wir das nachprüfen werden."
„Ja."
„Und Sie haben für nur eine Stunde dieser privaten Massage zweitausend Dollar bezahlt?" Chief Inspector Waheed hatte, als er die Worte *privaten Massage* aussprach, Herrn Schubert angesehen, als empfände er Ekel vor ihm.
„Nein." Herr Schubert rutschte auf seinem Stuhl weiter nach hinten. „Es war ausgemacht, dass sie während des Urlaubs noch öfter zu mir kommen sollte. Dann, wenn meine Frau nicht dagewesen wäre."
„Das ist eine seltsame Geschichte, die Sie uns da erzählen, Herr Schubert. Ich kann mir nicht vorstellen, dass es üblich ist, dass die weiblicher Angestellten auf Ihuru außerhalb der offiziellen Behandlungszeiten im Spa Dienste dieser speziellen Art anbieten."
„Es war aber so."

„Ich finde es außerdem seltsam, dass Sie für das, was Sie private Massagen nennen, im Voraus bezahlen wollten."

„Es war aber so", wiederholte Herr Schubert in einer Stimmlage, die eine Spur zu hell klang, um angenehm zu sein und die in krassem Gegensatz zu seiner Leibesfülle stand.

„Wann haben Sie Frau Wannjai das Geld gegeben?"

„Am Samstag, unmittelbar vor dem Mittagessen."

„Wo?"

„Vor unserer Villa."

„Hat das jemand beobachtet?"

„Nein, ich glaube nicht. Die Leute waren wohl alle schon zum Essen ins Restaurant gegangen."

„Wo war Ihre Frau?"

„Meine Frau war auch schon im Restaurant. Ich habe ihr gesagt, dass ich meine Tabletten vergessen hätte und bin noch mal zurück."

„Was sind das für Tabletten?"

„Herztabletten."

„Führen Sie eigentlich immer Reiseschecks in dieser Höhe mit sich?"

„Herr Inspector, ich bin Unternehmer und meine Frau hat gewisse Ansprüche, verstehen Sie. Da muss ich unterwegs immer damit rechnen, dass Sonderausgaben anfallen."

Chief Inspector Waheed nahm diesen Hinweis kommentarlos zur Kenntnis und sagte dann: „Herr Schubert, wann haben Sie vor abzureisen?"

„Nächste Woche Dienstag."

„Ich muss Sie darauf hinweisen, dass Sie im Augenblick unser Land und die Insel nicht verlassen dürfen."

Herr Schubert nahm seine Brille ab und wischte sich wieder mit seinem Taschentuch übers Gesicht. Als hätte er die Anweisung des Inspectors nicht gehört, sprach er weiter: „Werden Sie meine Frau zu der Sache befragen? Ich meine, es wäre gut, wenn sie nichts davon erfahren müsste."

„Versprechen kann ich Ihnen das nicht, aber im Moment wird es wohl nicht nötig sein."

Herr Schubert atmete hörbar auf. Er war wohl erleichtert.

Der Kommissar wandte sich von ihm ab und sagte: „Sie können jetzt gehen."

Nachdem Herr Schubert wortlos den Raum verlassen hatte, herrschte eine ganze Weile Stille. Dann sagte Chief Inspector Waheed leise: „Rangha, das ist doch nicht möglich." Er stand auf und blickte aus dem Fenster. „Das ist eine ungeheuerliche Geschichte, die uns Herr Schubert da gerade erzählt hat. Wir müssen sofort mit Herrn Schmithoff sprechen." Sein Assistent beschränkte sich auf ein wortloses Nicken.

Während des Mittagessens herrschte Getuschel unter den Gästen. Jemand hatte das Gerücht verbreitet, es sei wohl tatsächlich ein Mord aus Eifersucht gewesen. Das sorgte für genug Gesprächsstoff. Irgendwie klang es weniger schrecklich als jede andere Erklärung, fügte sich besser ein in diese romantische Kulisse, ließ das Verbrechen weniger grauenhaft erscheinen.

Manche der Gäste würden zu Hause vielleicht in einer Art von diesem Ereignis erzählen, als hätten sie Gelegenheit gehabt, bei den Dreharbeiten für einen Film zuzuschauen. Und irgendwann würden sie das womöglich sogar glauben. Alles hätte auch eine Inszenierung sein können, die sich die Hotelleitung als besondere Unterhaltung für ihre Gäste ausgedacht hatte. Und vielleicht war die junge Frau aus dem Spa ja auch gar nicht so sanft und freundlich gewesen, wie sie schien. Vielleicht hatte sie ja eine dunkle Seite, von der niemand etwas wusste. Jeder spann in Gedanken seine eigene Geschichte um diese Tragödie. Und jeder formulierte sie so, dass seine Zeit, die er noch auf Ihuru verbringen würde, möglichst ungestört verlaufen konnte. Das schreckliche Verbrechen auf diese Art zu betrachten, war natürlich egoistisch, aber so waren die Menschen nun mal. Keiner hatte Frau Wannjai wirklich gekannt. Der eine oder andere Gast hatte vielleicht einmal eine Massage bei ihr. Aber wirklich gekannt, hatte sie keiner. Und wer wollte sich schon von einem brutalen Mord in seinem Traumurlaub stören lassen?

Am Büfett reihten sich die Köstlichkeiten aneinander wie jeden Tag. Da gab es mit Gemüse gefüllte Teigrollen und gegrillten Thunfisch, Linsensalat mit gebratener Entenbrust oder Nudeln mit einer Soße aus Pilzen und Sahne. Wer wollte, konnte auch zu Thai Green Chicken Curry oder zu colourful steamed vegetables greifen. Leise klirrten die Bestecke gegen das Porzellan, begleitet vom Stimmengemurmel der Gäste.

Als die Beamten die Geschichte, die sie von Herrn Schubert gerade gehört hatten, Herrn Schmithoff weitergaben, reagierte der ziemlich verärgert. „So etwas gibt es auf meiner Insel nicht“, sagte er aufgebracht und lief im Raum auf und ab. „Die Angestellten wissen ganz genau, dass sie ihren Job verlieren, wenn sie private Kontakte zu den Gästen unterhalten. Dieser Verdacht gegen Frau Wannjai ist einfach absurd. Sie hat ihre Familie in Thailand, und sie hat seit zwei Jahren hier gearbeitet. Sie hatte eine gute Ausbildung, ich kenne ihre Personalakte. Ich hatte an ihrer Arbeit nie etwas auszusetzen. Ich glaube einfach nicht, was Herr Schubert Ihnen da erzählt hat. Ich halte das, war er da behauptet für völlig ausgeschlossen.“

„Ist schon gut Herr Schmithoff, wir werden alles tun, um die Sache aufzuklären,“ versuchte Chief Inspector Waheed ihn zu beruhigen.

„Inspector, ich bitte Sie. So eine Geschichte kann das gute Image der Insel ruinieren. Ich möchte mir gar nicht erst ausdenken, was passiert, wenn sich so etwas herumspricht. Ich bitte Sie dringend, diesem Spuk bald ein Ende zu bereiten.“

„Wir werden alles tun, was in unserer Macht steht“, sagte Chief Inspector Waheed, obwohl er wusste, dass er im Moment nichts in der Hand hatte, diese Sache zu beenden.

Als Herr Schmithoff gegangen war, sagte Assistent Rangha: „Chef, wir haben kein Geld gefunden. Und wir haben jede kleinste Ecke im Zimmer der Toten durchsucht."

„Ja, ich weiß." Mit einer Geste, die seine Ratlosigkeit ausdrückte, stützte Chief Inspector Waheed seinen Kopf in die Hände. Er sah fast zerbrechlich aus, wie er da hinter seinem Schreibtisch saß und schweigend vor sich hin schaute.

Nachdem er ein Telefongespräch geführt hatte, sagte er zu seinem Assistenten: „Frau Schubert war am Mittwoch zur Mittagszeit tatsächlich zur Behandlung im Spa. Sie hatte einen *Thai herbal ..... wrap.*"

„Einen was?" Rangha zog fragend gleichzeitig seine linke Augenbraue und den Mundwinkel hoch, was seinem Gesicht einen Ausdruck gab, der ihm bei seinen Kindern jedes Mal ein Lachen einbrachte. Sein Chef allerdings blieb unbeeindruckt von dieser Grimasse und sprach schon weiter.

„Ich weiß auch nicht so genau was das sein soll. Aber bestimmt glauben die Frauen, dass sie davon schöner werden, sonst würden sie es ja nicht machen lassen." Es war offensichtlich, dass er sich mit Dingen dieser Art nicht so recht auskannte. Nach einer Pause sprach er weiter. „Ich glaube, wir müssen Herrn Schubert noch einmal einen Besuch abstatten."

„Warum?"

„Vielleicht hat er uns angelogen und hat das Geld behalten. Und in diesem Fall hätte er durchaus einen Grund gehabt, Frau Wannjai zu töten."

Als die Beamten an der Tür der Villa Nummer zweiunddreißig klopften, öffnete ihnen Herr Schubert mit einem Badetuch um die Hüften. Sein Bauch wölbte sich über das bunt gemusterte Stück Stoff. Offensichtlich hatte er gerade geduscht. Kleine Rinnsale liefen an seinen nackten, hellen Beinen entlang und bildeten kleine Wasserpfützen um seine Füße. „Was gibt es denn noch?" fragte er etwas mürrisch.

„Herr Schubert, wir müssen Ihre Villa durchsuchen, bitte lassen Sie uns herein."

Herr Schubert trat zögernd zur Seite. „Warum denn das?" Er reagierte verärgert auf die Bitte der Beamten. Ohne auf seine Frage einzugehen sagte Assistent Rangha: „Wo ist Ihre Frau?" und schaute sich um.

„Sie ist im Spa. Wo soll sie schon sein?" setzte er noch hinzu.

„Gut, dann beginnen wir mal mit unserer Arbeit. Sie können sich etwas anziehen und solange auf der Veranda Platz nehmen, wenn Sie das möchten." Chief Inspector Waheed machte eine kleine elegante Handbewegung, die nach draußen zeigte.

Wortlos zog Herr Schubert sein Handtuch zurecht, ging nach draußen und setzte sich auf einen der Stühle. Durch die Scheiben der großen Flügeltür beobachtete er die Beamten, die in jeden Winkel der Villa schauten. Sie machten ihre Arbeit gründlich, und es dauerte eine ganze Weile, bis Assistent Rangha ihn wieder hereinrief mit den Worten: „Würden Sie bitte so freundlich sein, den Safe für uns zu öffnen?“

Herr Schubert holte tief Luft, zog es aber dann doch vor, keinen Kommentar abzugeben. Er tippte seine Zahlenkombination ein, und die Tür öffnete sich. Assistent Rangha holte den Inhalt des Safes heraus und legte ihn auf den Tisch. Außer den Reisepässen, die beiden Tickets für den Rückflug und verschiedenen Kreditkarten lag da eine Schatulle, die mehrere Schmuckstücke von Frau Schubert enthielt. Dann kam noch ein schwarzer Lederbeutel zum Vorschein. In ihm lag ein Schlüsselbund, der offensichtlich vom Haus der Schuberts in Heilbronn stammte. Mehr fanden die Beamten nicht.

„Sind Sie zufrieden, Herr Inspector?“ In der Stimme von Herrn Schubert klang Ungeduld mit.

Mit den Worten: „Danke, Herr Schubert. Wir wünschen Ihnen noch einen angenehmen Tag“, verabschiedeten sich die Beamten.

Herr Schubert schloss erleichtert die Tür hinter ihnen und blieb einen Moment reglos im Flur stehen, bevor er ins Bad ging, das nasse Handtuch ablegte und eine kurze Hose anzog.

„Eigentlich habe ich auch nicht damit gerechnet, dass wir etwas finden würden“, sagte Chief Inspector Waheed gerade, als Frau Schubert ihnen entgegen kam. Die Beamten grüßten sie im Vorbeigehen. „Ob er ihr wohl erzählen wird, dass wir ihm eben einen Besuch abgestattet haben, Chef?“

„Das wüsste ich auch gerne, Rangha."

„Männer wie er haben wohl ganz eigene Methoden entwickelt, eine Ehe zu führen."

„Nun, man muss nicht unbedingt lügen. Manchmal genügt es, ganz einfach zu schweigen."

Nachdenklich gingen sie zurück in ihr provisorisches Büro. „Es sieht so aus, als ob Schubert die zweitausend Dollar Frau Wannjai tatsächlich gegeben hat", sagte Chief Inspector Waheed.

„Er könnte es allerdings auch irgendwo im Garten vergraben haben. Aber warum sollte er das tun? Er hat doch zugegeben, dass er das Geld bei der Bank geholt hat."

„Vielleicht hatte er es sich anders überlegt und ihr dann doch nicht geben wollen. Oder es könnte auch zu einem Streit über die Höhe der Bezahlung gekommen sein. Vielleicht hat er Frau Wannjai während einer Auseinandersetzung darüber umgebracht."

„Das würde aber voraussetzen, dass es wirklich so etwas wie private Massagen gab. Und diese Version der Geschichte kann ich einfach nicht glauben."

„Es geht nicht darum, was wir glauben, Rangha. Es geht ausschließlich darum, die Wahrheit zu finden. Aber alles, was wir bis jetzt haben, sind lediglich Vermutungen. Wir können nichts, aber auch gar nichts davon beweisen. Das einzige Indiz, welches wir bis jetzt vorlegen können, ist das Geld. Aber das genügt nicht, um Herrn Schubert hier festzuhalten. Er wird sich einen guten Anwalt nehmen und der wird ihn schneller aus dieser Sache herausholen als uns lieb sein kann. Nein, wir müssen weiter nach unumstößlichen Beweisen suchen."

„Wir kommen einfach nicht weiter, Chef."

„Rangha, lassen Sie uns alle Protokolle noch mal durchgehen. Etwas Besseres fällt mir im Moment nicht ein."

„Ich habe den Eindruck, dass die Polizei nicht so richtig weiterkommt mit ihren Ermittlungen", sagte Tessa zu Martin und schaute dann auch Beatrice und Klaus an. Sie hatten sich in der Villa von Klaus und Martin getroffen, saßen jetzt dort auf der Veranda und tranken Tee. Der Gedanke, dass die Polizei sie doch noch nicht endgültig von der Liste der Verdächtigen gestrichen hatte, versetzte Tessa in Unruhe. Sie war zu dem Schluss gekommen, dass sie selbst die Augen offen halten musste, und dachte darüber nach, ob sie vielleicht sogar auf eigene Faust ein paar Ermittlungen anstellen sollte. In diese Gedanken hinein sagte ihre Freundin: „Die ersten Gäste sind mittlerweile schon abgereist, und verhaftet wurde auch noch niemand." Sie rührte gedankenverloren in ihrer Teetasse, obwohl sich der Zucker darin schon längst aufgelöst hatte.

„Wenigstens scheint der Inspector in mir nicht mehr die Nummer eins auf der Liste seiner Verdächtigen zu sehen. Aber so ganz sicher bin ich mir da auch nicht." Tessa sah nicht gerade erleichtert aus. Ihre Augen hatten zwar wieder ihren gewohnten Glanz angenommen, aber die Sorgenfalten auf ihrer Stirn waren deutlich zu sehen. „Jedenfalls hat er mich nicht mehr zu sich bestellt und mit weiteren Fragen überhäuft, was aber andererseits auch nicht unbedingt als Entwarnung zu sehen ist, wenn ich es mir recht überlege."

„Es muss doch irgendetwas geben, das diesen Fall voranbringt." Klaus stellte seine leere Tasse auf den Tisch. Der Löffel klirrte leise gegen das dünne Porzellan. Eine Weile schauten sich alle schweigend an. Dann sagte Tessa: „Wisst ihr was, ich lasse mir noch einmal einen Termin im Spa geben und versuche dort etwas herauszufinden."

„Was um alles in der Welt willst du denn herausfinden, Tessa?" sagte Beatrice.

„Das weiß ich auch noch nicht so genau, aber ein Schuss ins Blaue, wie man so schön sagt, kann sicher nicht schaden." Sie berührte mit dem rechten Zeigefinger ihr Kinn, die Geste gab ihr etwas Kindliches. Martin fiel einmal mehr auf, wie hübsch sie aussah mit ihren Locken und dieser Entschlossenheit im Blick.

„Glaubst du, dass das gut ist, was du da vorhast? Die Beamten haben doch sicher schon alle Angestellten vernommen", gab Klaus zu bedenken.

„Ganz sicher haben sie das getan, aber vielleicht sind die jungen Frauen bei mir weniger ängstlich und nicht so vorsichtig, mit dem, was sie sagen."

„Ich weiß nicht." Martin schaute skeptisch. „Ich denke, du solltest dich da besser nicht einmischen." Tessa sagte: „Doch, genau das werde ich tun. Etwas Besseres fällt mir im Moment nicht ein." Sie wusste nicht, dass Chief Inspector Waheed den gleichen Satz gerade eben zu seinem Assistenten gesagt hatte.

Als die Sonne untergegangen war, ließ sich eine Gruppe Einheimischer am Rand der Terrasse im Sand nieder. Mit verhaltenen Trommelklängen und leisen Gesängen unterhielten sie die Gäste während des Abendessens. In den Sand gesteckte Fackeln erhellten die Szenerie. Die Stimmen der Sänger verloren sich irgendwo über dem Wasser. Es war eine angenehme und gleichzeitig fremdartige Atmosphäre. Der Rhythmus ihrer Lieder war monoton, wirkte beruhigend und anregend zugleich. Die hellen Gewänder der Männer hoben sich deutlich von ihren dunklen Gesichtern ab. Die ganze Szenerie hatte etwas Gauklerhaftes, wirkte wie die Vorbereitung zu einer zeremoniellen Handlung.

„Wisst ihr eigentlich, dass Ihuru übersetzt so etwas wie Zauberer oder Hexer bedeutet und einen Mann mit religiösem Wissen bezeichnet?“ Beatrice hatte leise gesprochen, als hätte sie Angst, dass ein Fremder ihre Worte belauschen könnte.

Tessa antwortete sofort: „Das ist ja direkt unheimlich, Bea.“ Sie schaute ihre Freundin an. „Glaubst du wirklich, dass dieser Mord etwas mit Zauberei zu tun hat?“ Es war klar, dass sie das ironisch meinte.

Aber Beatrice antwortete ernst: „Das weiß ich nicht. Aber es ist doch allgemein bekannt, dass es Dinge gibt, für die man keine vernünftige Erklärung findet.“ Sie faltete die Hände und gab damit ihren Worten noch mehr Gewicht.

„Man kann es aber auch Hokuspokus nennen, was du dir da zurechtlegst.“ Tessa war offenbar bereit, sich auf einen Schlagabtausch mit ihrer Freundin über dieses Thema einzulassen. „Allerdings glaube ich nicht, dass etwas, was man Hokuspokus nennt, die junge Wannjai umgebracht hat. Das war etwas ganz Reales."

Bevor die beiden Freundinnen dieses heikle Thema weiter vertiefen konnten, warf Martin dazwischen: „Was haltet ihr davon, wenn wir jetzt an die Bar gehen? Da können wir noch etwas trinken und weiter der Musik zuhören." Er schaute seine Freunde fragend an. Zustimmendes Nicken zeigte ihm, dass sein Vorschlag ankam. Die vier schlenderten hinüber zur Velaavani Bar.

Sie hörten, wie Herr Neuhauser mit dem Zusatz „Nun aber mal hopp" dem Barkeeper zwei Cosmopolitan in Auftrag gab und dabei auf seine goldene Uhr schaute. Er hatte seine Aufforderung mit einem freundlichen Lächeln begleitet, aber die Unhöflichkeit wirkte deshalb nicht weniger peinlich. Puppa stand dabei und ließ ihren Blick gelangweilt in die Runde schweifen. Sie trug heute Abend ihr Haar zu einer Hochfrisur aufgetürmt, die aus kleinen Löckchen bestand und sah damit einem Püppchen tatsächlich sehr ähnlich. Die beiden passten gut zueinander. „Bärchen, diese Musiker sind wirklich ..." Sie suchte nach einem passenden Ausdruck, legte dabei den Kopf etwas schief und spitzte die Lippen „... gewöhnungsbedürftig."

Martin und seine Freunde streiften das Paar nur mit einem kurzen Blick und gingen direkt zu Marianne und Werner, die schon an einem der Tische saßen und ebenfalls gerade ihre Drinks bestellten. „Ist es euch recht?“ fragte Klaus und rückte ohne auf eine Antwort zu warten schon die Sessel zurecht.

„Marianne, hast du dich für morgen auch angemeldet? Das Tauchboot fährt zum *Okobe Thila*. Ich glaube, das ist ein interessanter Platz für Barrakudas, Stachelrochen und Thunfische, sagte Martin.

„Nein, morgen möchte ich keine Tauchfahrt machen. Werner und ich möchten mal ein bisschen Zeit für uns alleine haben.“ Während sie das sagte, legte sie den Arm um ihren Mann und schaute dabei Beatrice an. Tessa hatte den Eindruck, dass in den Augen von Marianne ein kleines, gefährliches Funkeln zu sehen war. Aber dann ging die Unterhaltung schon weiter, die Gespräche drehten sich um kleine Taucherlebnisse und Verbesserungen beim Zubehör. Ein Artikel über neue technische Möglichkeiten bei der Tarierhilfe, der vor kurzem in einer Taucherzeitschrift erschienen ist, verwickelte alle in eine ausführliche Diskussion.

Erst später, als sie schon im Bett lagen, sagte Tessa: „Hast du eigentlich gemerkt, wie Marianne dich heute Abend angeschaut hat?“

„Ja, irgendwie war das merkwürdig. Ich weiß nicht, was das sollte.“ Beatrice verrieb mit kreisenden Bewegungen den Rest ihrer Nachtcreme auf den Wangenknochen und konzentrierte sich vollkommen auf diese Tätigkeit.

„Bea, du warst so oft mit Werner unterwegs zum Schnorcheln. Da musst du dich nicht wundern, wenn

Marianne sich mittlerweile so ihre Gedanken über euer Verhältnis macht."

„Das ist doch Unsinn. Was meinst du eigentlich überhaupt mit dem Wort ‚*Verhältnis*'? Das hört sich ja fast unanständig. Mein Thomas wartet schließlich zu Hause." Beatrice hatte inzwischen die Creme verrieben und streckte jetzt ein Bein hoch und betrachtete ihre Zehen. Nach einer kleinen Pause setzte sie noch hinzu: „Und ich freue mich darüber, dass er auf mich wartet." Offensichtlich war sie zufrieden mit dem, was sie gesehen hatte und ließ ihr Bein wieder unter das dünne Laken gleiten.

„Sag mal, warum trägst du eigentlich deinen Ehering nicht mehr? Das ist mir schon gestern aufgefallen." Tessa wollte das Thema offenbar nicht so einfach fallenlassen.

„Ich habe ihn abgenommen und in den Safe gelegt. Ich habe Angst, dass ich ihn im Meer verlieren könnte, das wäre zu traurig." Als sie den Zweifel im Gesicht ihrer Freundin bemerkte, sagte sie: „Hast du etwa geglaubt ... .? Nein, Tessa, der Ring bedeutet mir sehr viel und meine Ehe auch. Eigentlich solltest du das wissen, wo wir uns schon so lange kennen."

„Ach Bea, manchmal beneide ich dich. Bei dir scheint immer alles so einfach zu sein."

Beatrice überging diese Feststellung und schaute Tessa von der Seite an. „Außerdem habe ich dir doch gesagt, dass meine Oma eine kluge Frau war. Ich habe viel von ihr gelernt."

„Wie meinst du denn das jetzt wieder?"

„Bei Gelegenheit kannst du dir ja mal ein paar Gedanken darüber machen, meine liebe Tessa. Aber jetzt schlaf erst mal schön, der Tag war lange genug. Gute Nacht.“ Beatrice drehte sich auf die Seite und schloss die Augen.

„Gute Nacht, Bea.“ Tessa lag still und schaute noch eine ganze Weile in die Dunkelheit.

***** Mittwoch *****

Am nächsten Morgen wurde Tessa im Spa von Tami empfangen. Sie hatte sich noch einmal für eine Massage mit warmem Sesamöl angemeldet, die Behandlung würde eine Stunde zuzüglich der anschließenden Ruhezeit dauern. Unter den üblichen Verbeugungen wurde sie in den Raum *Helen'Beli* geführt. Sie hatte den Eindruck, dass der Behandlungsraum *Habarugas* immer noch nicht benutzt wurde, obwohl sie kein Polizeisiegel sehen konnte. Sie spürte immer noch ein Frösteln bei dem Gedanken, dass aus einem dieser Ruheräume ein Ort des Schreckens geworden war. Während der Vorbereitungen für die Massage sagte sie: „Es ist ja schrecklich, was letzte Woche hier passiert ist. Haben Sie die junge Frau Wannjai gut gekannt?"

„Nein, nicht sehr gut, ich arbeite erst seit ein paar Wochen hier." Tami nahm frische gelbe Handtücher aus einem Fach, breitete sie sorgfältig auf der Liege aus und strich sie mit einer geübten Handbewegung glatt. Tessa schaute ihr dabei zu.

„Haben Sie denn nicht ab und zu mal Ihre freie Zeit mit ihr verbracht?"

„Nein. Nur einmal sind wir an unserem freien Tag nach Male gefahren."

„Ach, wollten Sie mal raus hier, ein bisschen einkaufen, auch mal was anderes sehen?"

„Erst schon, aber dann ist Wannjai alleine weiter gegangen."

„Ach, haben Sie sich nicht verstanden auf ihrem Ausflug?“ Tessas Stimme klang beiläufig. Sie schaute in den kleinen Spiegel, nahm ihre Halskette mit dem Perlenanhänger ab und legte beides in eine Porzellanschale.

„Doch, sicher. Ich glaube, sie wollte eine Bekannte besuchen.“

Tessa versuchte, sich ihre Anspannung nicht anmerken zu lassen. Und sie musste sich mit ihren Fragen beeilen, denn die Massage würde gleich beginnen. „Ah ja“, sagte sie und wusste nicht so recht, wie sie das Gespräch fortsetzten sollte. Aber Tami kam ihr zu Hilfe indem sie weitersprach: „Ja, sie muss ein Geschäft irgendwo in der Nähe der *Medhuziyaarai Magu* haben. Jedenfalls hat Wannjai sich an der Ecke der *Chandani Magu* von mir verabschiedet.“

Tessa versuchte krampfhaft, sich diese fremden Straßennamen einzuprägen, bevor sie sagte: „Sicher ein Modegeschäft. Junge Frauen gehen doch gerne einkaufen.“ Was rede ich hier für einen Unsinn zusammen, dachte sie, zog ihren Bademantel aus und nahm Platz. Außerdem war es hinterlistig die junge Frau auf diese Weise auszuhorchen, aber wenn sie etwas in Erfahrung bringen wollte, blieb ihr gar keine andere Wahl.

„Das weiß ich nicht.“ Tami zuckte gleichgültig mit den Achseln. „Es könnte auch ein kleines Lokal oder Cafe sein. Jedenfalls hat sie gesagt, dass sie dort etwas Besonderes zu essen bekommt. Könnten Sie sich jetzt bitte zurücklegen?“

Zufrieden mit dem, was sie erfahren hatte, kam Tessa ihrer Bitte nach, schloss die Augen und genoss die Massage. Sie hatte etwas herausgefunden. Ihre Idee, noch einmal hierher zu kommen, was also gar nicht so schlecht gewesen.

Während Tessa mit ihren ganz persönlichen Ermittlungen im Spa beschäftigt war, sagte Chief Inspector Waheed: „Solange wir kein Motiv finden, kommen wir einfach nicht weiter."

Nach einer Pause fragte er: „Rangha, warum würden Sie eine junge Frau umbringen?"

„Chef, ich bitte Sie." Rangha schüttelte den Kopf und wollte damit andeuten, dass er über die Frage seines Chefs ziemlich entsetzt war.

„Man muss doch in dem Moment einen Grund dafür haben, dass man alle anderen Möglichkeiten zur Klärung einer Situation ausschließt."

„Chef, ich glaube, so kompliziert denken Mörder nicht. Sie tun es einfach. Überlegen Sie mal, wie viele Menschen einander tagtäglich irgendwo auf der Welt umbringen. Fast immer geschieht das doch ganz einfach aus Hass oder Liebe, aus Gier oder aus Neid.

„Rangha, unser Fall hier auf Ihuru scheint mir nicht ganz so einfach zu sein. Aber gehen wir diese Thesen einmal der Reihe nach durch.

Hass. Wer könnte diese junge Frau gehasst haben? Hass setzt starke Gefühle voraus. Sie hatte, soweit wir wissen, mit niemand hier einen so engen Kontakt, dass Hass hätte daraus entstehen können.

Liebe. Auch hier ist es so, dass wir zumindest bis jetzt niemanden kennen, der sie so sehr geliebt haben könnte, dass wir daraus ein derartiges Motiv ableiten könnten.

Gier bezieht sich meist konkret auf materielle Dinge. Soweit wir wissen, besaß sie kaum etwas, das von besonderem Wert gewesen war.

Neid dagegen hat oft ganz banale Dinge zum Gegenstand. Aber wer könnte auf eine junge Frau, die in einem Spa arbeitet, neidisch sein? Sicher, sie war hübsch. Eine hässliche Frau wird eine hübsche immer um ihr Aussehen beneiden, aber für einen Mord ist ein solches Gefühl wohl nicht stark genug. Es sei denn, es wäre ein Mann im Spiel, wovon wir aber nicht ausgehen können. Und Neid finden wir schließlich überall, jeden Tag. Ein Schauspieler neidet dem anderen sein Talent, ein Gärtner ist neidisch auf die prachtvolle Palme im Vorgarten seines Nachbarn. Ein Kollege neidet dem anderen die Beförderung. Wenn ich so darüber nachdenke, scheint es mir, als ob Neid in allen möglichen Varianten auftritt."

Chief Inspector Waheed schüttelte den Kopf. „Es gibt so viele Fragen in diesem Fall, Rangha. Aber bis jetzt haben wir keine einzige Antwort gefunden. Zumindest keine, mit der wir zufrieden sein können."

Als das Telefon klingelte, nahm er ungeduldig den Hörer ab. Nicole von der Rezeption war am anderen Ende und teilte mit, dass gerade ein Päckchen für Assistent Rangha angekommen sei.

„Rangha, wer schickt Ihnen denn ein Päckchen hierher?“

„Chef, das ist sicher von meiner Frau. Sie wollte mir frische Wäsche einpacken.“

„Ach, ja“, sagte Chief Inspector Waheed und dachte darüber nach, dass es offensichtlich auch Vorteile haben konnte, wenn man verheiratet war. So lange er für seine Ermittlungen auf Ihuru bleiben musste, gab er seine Sachen hier in die Wäscherei. Er hatte niemanden, der ihm ein Päckchen schicken würde. Und einen kurzen Moment lang stimmte ihn das ein klein wenig traurig. Aber bevor er weiter darüber nachdenken konnte, klingelte es schon wieder. Das Gespräch dauerte nur einen Augenblick, dann sagte Chief Inspector Waheed: „Rangha, das Haar auf dem Rock der Toten stammt tatsächlich von Herrn Schubert.“

„Na, das ist doch prima.“

„Ich weiß nicht. Überlegen Sie mal. Dieses Haar kann auf alle möglichen Arten dorthin gekommen sein, so würde jedenfalls ein auch nur einigermaßen geschickter Anwalt argumentieren. Fragen Sie im Spa mal nach, ob Herr Schubert bei Wannjai eine Massage hatte.“

Assistent Rangha machte sich ohne ein weiteres Wort auf den Weg. Als er zurückkam, war sein Gesicht ernst und er nickte leicht mit dem Kopf. „Sie hatten recht, Chef. Herr Schubert hatte bei Wannjai eine Kopfmassage, und zwar am letzten Mittwoch.“

Chief Inspector Waheed brummte ganz leise etwas Unverständliches vor sich hin. Es hörte sich an wie ein

Fluch. Laut sagte er: „Als ich in ihrem Zimmer war, habe ich gesehen, dass die privaten Kleider und die Sachen, die sie beruflich getragen hat, im Schrank nebeneinander hingen. Damit ist unsere ganze schöne Spur nichts mehr wert.“

Tessa hatte vor einer halben Stunde ihre Yogamatte auf der Terrasse ausgebreitet. Sie hatte im Lotossitz Platz genommen, ihre Augen waren geschlossen. Es sah aus, als würde sie sich in einer tiefen Meditation befinden. Stattdessen dachte sie intensiv nach über das, was sie vorhin im Spa herausgefunden hatte. Die junge Wannjai hatte also doch jemanden gekannt und offensichtlich auch in Male besucht an ihren freien Tagen. Sollte sie sich auf die Suche machen nach dieser Unbekannten? Der Gedanke erschien ihr reizvoll. Aber hatte sie überhaupt eine Chance, mit dem Wenigen, das sie wusste, diese Frau zu finden? Und wenn sie sie tatsächlich finden sollte, was würde sie dann tun? Sie verstand noch nicht einmal die Sprache der Einheimischen. *Dhivehi* war kaum das, was an deutschen Volkshochschulen als Fremdsprache angeboten wurde. Sie würde sich gegebenenfalls mit Englisch durchschlagen müssen. Aber sie wusste, dass nicht alle Einheimischen sich so verständigen konnten. Nein, es war wohl doch besser, wenn sie mit dem Inspector darüber sprach. Allerdings hatten seine Leute bestimmt auch schon herausgefunden, dass es da jemanden in Male gab, den Frau Wannjai gekannt hatte. Sie war sicher, dass die Angestellten alle befragt worden waren. Für ihre Yoga-Übungen war sie mittlerweile nicht mehr konzentriert genug. Sie war gerade aufgestanden und rollte ihre Matte zusammen, als Beatrice von ihrem Ausflug mit Werner zurückkam. Marianne hatte es sich doch noch anders überlegt und war mit den anderen zum Tauchen zum *Okobe Thila* gefahren. „Du, Tessa, wir haben wieder eine Schildkröte gesehen und zwei ganz kleine Fische, gleich hier vorne am Ufer in einem Korallenstock. Die sehen aus, als hätten sie Federn auf dem Kopf, und sie bewegen sich, als würden sie tanzen", berichtete sie, während sie sich am Wasserbecken vor der Veranda den Sand von den Füßen wusch.

Tessa lachte. „Deine Beschreibungen sind einfach toll. Diese Fische musst du unbedingt Klaus zeigen, er kennt bestimmt ihre Namen. Und womöglich weiß er auch, wie der Tanz heißt, den sie aufführen."

„Du kannst es dir ja selbst anschauen, dann siehst du, dass es stimmt, was ich dir sage. Übrigens, wie war dein Termin im Spa?"

„Recht erfolgreich. Ich habe da eine ganz besonders interessante ..... ." Der Rest des Satzes war nicht mehr zu hören. Tessa und Beatrice waren in die Villa gegangen und hatten die Tür hinter sich geschlossen.

Nebenan hielt sich Herr Schubert schon seit einiger Zeit auf seiner Veranda auf. Er saß ganz still da. Die Zeitung vor ihm auf dem Tisch war aufgeschlagen, aber er las nicht darin. Er hatte Tessa bei ihren Yoga-Übungen zugeschaut. Das hatte er während der letzten Tage schon öfter getan, ohne dass sie ihn bemerkt hatte. Die Sträucher zwischen den Villen waren sehr dicht. Es gab nur wenige kleine Stellen, an denen man zwischen den Blättern einen Blick auf den Nachbarbereich erhaschen konnte. Herr Schubert hatte jedes Wort gehört, das die beiden Freundinnen gerade gesprochen hatten. Schon von Anfang hatte er diese Tessa als eine recht unbequeme Frau eingeschätzt. Erst vorgestern hatte er gehört, wie in einem Gespräch zwischen den beiden Freundinnen der Name Wannjai gefallen war, und das fand er sehr seltsam.

„Glauben Sie, dass es Schubert war?" Chief Inspector Waheed hatte seinem Assistenten diese Frage gestellt, ohne eine Antwort zu erwarten, zumindest keine, die ihnen weiterhelfen würde.

„Es deutet einiges darauf hin, Chef. Auch wenn wir ihm nichts beweisen können."

„Wie viele Tage bleiben uns noch, Rangha?" Die Stimme von Chief Inspector Waheed klang müde.

„Schuberts wollen am Dienstag abreisen. Also in fünf Tagen."

„Es sieht aus, als müssten wir den Fall in den Akten als ungelöst ablegen. Was sollen wir der Familie von Frau Wannjai mitteilen? Dass ihre Tochter Geld mit privaten Massagen verdient hat? Dass wir nicht wissen, warum sie umgebracht wurde? Dass wir auch nicht wissen, wer es getan hat? Rangha, wir ermitteln hier seit fast einer Woche und können kein vernünftiges Ergebnis vorweisen."

Nachdenklich strich Assistent Rangha mit dem Zeigefinger an seiner rechten Schläfe entlang, zupfte dann an seinem Ohrläppchen. Es war eine jener Gesten, die man sich angewöhnte und in Augenblicken der Ratlosigkeit unbewusst ausübte. „Womöglich werden sie uns nur noch die kleinen Diebstähle im Fischmarkt aufklären lassen."

„Das kann durchaus passieren, wenn wir hier nicht bald weiterkommen und den Mörder von Wannjai finden."

„Ich mag den Geruch in der Fischhalle nicht, Chef."

„Mein lieber Rangha, ich glaube kaum, dass in der Zentrale sich irgendjemand dann noch für Ihre oder auch meine Empfindlichkeit gegen bestimmte Gerüche interessieren wird."

An der Tür zum Vernehmungsraum klopfte es. „Ja, bitte", sagte Chief Inspector Waheed laut.

Als er sah, dass Herr Schubert in der Tür stand, schaute er ihn erwartungsvoll an. „Herr Schubert, was haben Sie uns zu sagen?"

„Wie? Ich?" Diese Formulierung hatte Herrn Schubert offenbar ein wenig aus dem Konzept gebracht. „Nein, ich habe nur eine Frage", sagte er als er sich von seiner Überraschung über diese Begrüßung wieder erholt hatte.

„Bitte", forderte Chief Inspector Waheed ihn zum Sprechen auf.

„Sie haben doch gesagt, dass ich die Insel nicht verlassen darf. Meine Frau möchte aber heute Nachmittag unbedingt rüber nach Vabbinfaru, um sich die Stachelrochen anzuschauen. Ich kann ihr kaum erklären, warum es nicht möglich sein soll, dass ich mitkomme. Das ist eine unangenehme Situation für mich, verstehen Sie?" Er machte dabei eine Miene, als ob sich das Schicksal gegen ihn verschworen hätte „Deshalb wollte ich jetzt fragen, ob meine Frau und ich mit dem Inselboot nachher hinüberfahren können."

Der Inspector wusste, dass die Fütterung der Stachelrochen auf der Nachbarinsel eine Attraktion für die Gäste war. Warum sollte er Frau Schubert die Freude nehmen?

„Ja, Sie können mit rüberfahren."

Mit den Worten: „Na, dann ist der Nachmittag ja gerettet", verabschiedete Herr Schubert sich.

Der Inspector schaute noch eine Weile auf die Tür, die Herr Schubert gerade hinter sich geschlossen hatte, als sein Assistent sagte: „Chef, ich dachte schon, er wäre gekommen, um ein Geständnis abzulegen."

„Für einen Moment habe ich das tatsächlich auch geglaubt." Der Mund von Chief Inspector Waheed war schmal, als er das sagte.

Als das Boot nach mehr als zwei Stunden von Vabbinfaru wieder zurückkam, hielt sich Assistent Rangha am Steg auf. Er hielt die Hände auf seinem Rücken verschränkt und ging langsam auf und ab. Es war offensichtlich, dass er eine Pause machte. Er schaute dabei den bunten Fischen nach, deren Körper sich im klaren Wasser abzeichneten. Ein Schwarm silbrig glänzender Hornhechte zog gerade vorüber.

„Also die Polizei hat ja hier wirklich einen tollen Job“, sagte Else Schubert zu ihrem Mann und machte sich gar nicht erst die Mühe, ihre Stimme zu senken. „So einen Arbeitsplatz kann man sich nur wünschen. Den Mörder haben sie noch nicht gefunden, aber sie nehmen sich die Zeit den Fischen zuzuschauen. Das nenne ich nicht gerade fleißig.“ Frau Schubert hatte ein buntes Tuch um die Hüften geschlungen, das in langen Falten bis zu ihren Füßen reichte. Mit einer Hand raffte sie den Stoff nach oben und versuchte, nicht die Balance zu verlieren, während das Boot anlegte.

„Lass gut sein, Else“, sagte Herr Schubert und half seiner Frau beim Aussteigen. „Das geht uns nichts an.“

Kurze Zeit später sagte Assistent Rangha: „Schuberts sind gerade wieder zurückgekommen, Chef.“

„Dann ist es ja gut. Es war ja unwahrscheinlich, dass sie versuchen würden, sich abzusetzen, aber es war schon besser, sie im Auge zu behalten.“

„Sie haben sich auf Vabbinfaru wirklich nur die Stachelrochen angeschaut und waren dann noch einen Kaffee trinken. Herr Merhab hat sie nicht aus den Augen gelassen.“

„Gut Rangha. Jetzt schauen Sie doch mal, ob Sie Frau Bach irgendwo finden.“

„Wollen Sie sie noch einmal verhören, Chef?“

„Nein, ich habe nur noch eine Frage.“

„Ich bin schon auf dem Weg, Chef.“

„Ich muss Sie noch etwas fragen“, sagte Chief Inspector Waheed als Tessa vor ihm saß. „Bitte erinnern Sie sich noch einmal an den Mordabend.“

„Aber ich habe Ihnen doch schon alles erzählt, Inspector.“ Tessa wirkte ungeduldig. Auf ihrer Stirn zeigten sich kleine Falten als Ausdruck ihres Unmuts über diese erneute Befragung.

„Ich weiß, aber vielleicht haben Sie irgendetwas vergessen, eine Kleinigkeit. Manchmal ist es lediglich eine Kleinigkeit, Frau Bach.“

„Also gut.“

„Frau Bach, wir gehen jetzt noch einmal jeden Schritt von Ihnen an jenem Abend gemeinsam durch. Sie verlassen Ihre Villa gegen acht Uhr dreißig?“

„Ja.“

„Haben Sie sich umgeschaut?“

„Nicht bewusst.“

„War wirklich niemand draußen?“

„Ich bin niemand begegnet. Alles war still.“

„In welche Richtung sind Sie gelaufen?“

„Richtung Marine-Center.“

„Und dann?“

„Dann bin ich weiter am Strand entlang gegangen.“

„War da auch alles still und dunkel?“

„Ja, das heißt nicht ganz. Jetzt fällt es mir wieder ein. Es gab ein kleines Geräusch. Es klang wie ein leises Rascheln in den Blättern.“

„Wo war das genau?“

„Ungefähr in Höhe unserer Villa.“

„Und? Was haben Sie daraufhin getan, Frau Bach?" Der Inspector hatte so leise gesprochen, als wolle er ihre Gedanken nicht stören.

„Na ja, ich habe nichts gesehen. Es war alles dunkel und still."

„Auch in den anderen Villen?"

„Ja." Tessa versuchte, sich ihre Ungeduld nicht anmerken zu lassen. Sie hatte das alles doch schon so oft erzählt.

„Und dann haben sie Ihren Spaziergang am Strand fortgesetzt?"

„Ja. Ich dachte, dass es wohl einer der Flughunde gewesen war." Tessa erzählte noch einmal genau, welchen Weg sie genommen hatte. „Ich bin weiter am Wasser entlang gegangen, um die Insel herum."

„Und dann? Was haben Sie dann getan?"

„Ich bin zurück zur Villa und habe den inneren Weg genommen, der am Spa vorbeiführt. Inspector, da war wirklich nichts. Ich habe niemand gesehen."

Ein leichtes Lächeln lag auf dem Gesicht von Chief Inspector Waheed als er sagte: „Vielen Dank, Frau Bach, ich wünsche Ihnen noch einen schönen Abend."

Als Tessa zurückkam fragte Beatrice: „Was wollte denn der Inspector schon wieder von dir?"

„Er wollte nur noch einmal mit mir den Ablauf des Mordabends durchgehen. Ich weiß auch nicht warum. Die Art wie er mich anschaut, macht mich jedenfalls immer noch nervös."

„Ach, Tessa, ich hätte mir auch gewünscht, dass sich die Kriminalgeschichten in unserem Urlaub auf deine Romane beschränken würden."

„Ich brauche jetzt erst mal eine Dusche", sagte Tessa und schloss die Tür des Badezimmers hinter sich.

Nach dem Abendessen sagte Martin: „Was haltet ihr davon, wenn wir bei uns auf der Terrasse noch einen Whisky trinken."

„Gute Idee", stimmten Tessa, Beatrice und Klaus im Chor zu, und sie machten sich auf den Weg zu Villa Nummer fünfzehn mit dem Namen *Hulhubu Boli.* Als sie gemütlich vor ihren Gläsern saßen, erzählte Tessa auch Martin und Klaus, was sie im Spa von Tami erfahren hatte. „Vielleicht sollte ich doch versuchen, diese Frau zu finden, und du könntest mir dabei helfen." Sie schaute Martin an.

„Tessa, bitte hör auf damit, ich bin Anwalt und kein Detektiv." Er machte eine ungeduldige Geste und setzte noch hinzu: „Und du übrigens auch nicht. Du musst unbedingt dem Inspector erzählen, was du herausgefunden hast. Das hättest du übrigens schon heute Nachmittag tun sollen. Er wird sicher schnell feststellen, wer diese unbekannte Frau ist. Male ist keine besonders große Stadt. Er lässt mit ein paar Leuten die Straßen abgehen, die in Frage kommen, und schon ...."

„... könnte der Fall aufgeklärt sein", beendete Klaus den Satz.

„Nein, so einfach wird es wohl nicht werden.“ Beatrice nippte an ihrem Glas. „Aber es könnte die Ermittlungen immerhin ein Stück voranbringen.“

„Wahrscheinlich hat der Inspector das sowieso schon selbst herausgefunden und denkt, ich will mich wichtigmachen, wenn ich jetzt damit zu ihm komme“, sagte Tessa zweifelnd. „Im schlechtesten Fall wird er denken, dass ich den Verdacht von mir ablenken will. Und das würde mich womöglich wieder ins Fadenkreuz der Ermittlungen bringen, und das möchte ich auf gar keinen Fall.“

„Du musst es ihm aber trotzdem erzählen“, beendete Martin die Diskussion. „Als Anwalt kann ich dir nur raten, der Polizei keine Informationen vorzuenthalten. Ich kenne die Gesetze der Malediven nicht, aber in Deutschland könntest du damit in große Schwierigkeiten geraten.“ Als er sah, dass Tessa mit ernster Miene über seine Worte nachdachte, ließ es erst einmal dabei bewenden.

„Sag mal, Klaus, ich habe da in der Lagune so einen kleinen Fisch gesehen.“ Beatrice erzählte noch einmal von ihrem Schnorchelgang und versuchte, den Fisch, von dem sie Tessa heute Morgen erzählt hatte, so genau wie möglich zu beschreiben. Klaus hatte mit Interesse zugehört und fragte: „Hatte er ein Muster in hell und dunkel und sah aus, wie ein treibendes Stückchen Tang?“

„Ja, genau so.“

„Das war ein Bäumchen-Lippfisch. Die sind sehr hübsch, werden allerdings nicht allzu groß. Ich habe vorgestern einen filmen können. Was du gesehen hast, war ein Jungtier. Wenn sie erwachsen sind, wenden sie Steine um auf der Suche nach Futter, und zwar ziemlich große.“

„Wie war eigentlich der Tauchgang, den ihr heute gemacht habt?“

„Schön, aber ohne besondere Vorkommnisse, was die aufregenden Momente betrifft. Ein paar Gelbschwanz-Barrakudas kamen vorbei, aber sie waren ganz friedlich.“

„Na ja, man kann ja auch nicht jedes Mal erwarten, dass es zu Haibegegnungen kommt. Deshalb muss es ja nicht gleich langweilig werden.“ Beatrice grauste es immer noch bei dem Gedanken an die Erlebnisse, die Tessa und ihre Freunde gestern hatten.

„Ich habe einige Muränen filmen können. Das Riffdach in fünf Meter Tiefe ist ein idealer Standort für sie. Und tatsächlich kam eine weiße Leopardenmuräne vorbei. Das war schon toll. Und eine Scherengarnele war zu sehen. Mit ihrem Stacheln und Borsten in rot und weiß ist sie schon ein Hingucker, und das macht sich gut in einem Film.“

Martin legte den Arm um Tessa. „Schau mal, da oben. Siehst du die Sterne?“

„Ja, der Himmel scheint hier viel näher als bei uns zu Hause. Man hat den Eindruck, dass da oben mindestens eine Million Sterne sind. Vielleicht auch noch mehr." Die Nähe von Martin tat ihr gut. Sie schaute ihn von der Seite an. Griechisch-römisch nannte man wohl dieses Profil, und es gefiel ihr. Es gefiel ihr sogar sehr. Aber man verliebte sich doch nicht in jemanden wegen seines schönen Profils. Jedenfalls sollte man das nicht tun, dachte sie.

„Tessa, da drüben, das ist der *Orion*." Entweder hatte Martin ihren Blick nicht bemerkt oder er ging darüber hinweg.

„Wo?"

„Da." Martin deutete in die Unendlichkeit. Alle vier schauten angestrengt in den Himmel und suchten die Sternengruppe. „Man nennt ihn Himmelsjäger. Da seht ihr die drei Sterne, die in einer Linie angeordnet sind, die stellen die Gürtelschnalle dar. Und darüber rechts und links markieren zwei Sterne die Schultern. Rechts davon bilden die kleineren Sterne das Schild des Jägers."

Als sie das Bild gefunden hatten zwischen all den vielen anderen leuchtenden Sternen, hoben sie feierlich ihre Gläser und tranken auf diesen Abend, den sie gemeinsam hier verbrachten. Auf eine gewisse Art war es ein besonderer Augenblick, an den sie sich vielleicht irgendwann einmal erinnern würden.

Als Martin und Klaus die beiden Freundinnen zurück zu ihrer Villa begleiteten, war es schon spät. Alles war ruhig auf Ihuru, nur der ewige leise Klang der Wellen am Strand war zu hören und das leise Rascheln des Windes in den Blättern der hohen Palmen.

„Wenn ich daran denke, dass hier vielleicht immer noch ein Mörder rumläuft“, flüsterte Beatrice und schaute sich um, als könnte er hinter dem nächsten Baum auftauchen.

„Gleich morgen früh werde ich zum Inspector gehen“, sagte Tessa in dem Moment entschlossen.

„Gut so, Mädchen“, sagte Martin und umarmte sie. Tessa gefiel es nicht, dass er sie eben *Mädchen* genannt hatte, aber sie sagte nichts dazu. Sie wünschten sich gegenseitig eine gute Nacht, aber sie wussten, dass keiner von ihnen gleich Ruhe finden würde.

***** Donnerstag *****

Am nächsten Morgen machte Tessa sich noch vor dem Frühstück auf den Weg zu Chief Inspector Waheed. Sie wollte dieses Gespräch so schnell wie möglich hinter sich bringen.

„Guten Morgen, Frau Bach, was führt Sie zu mir?" begrüßte er sie.

„Guten Morgen, Inpsector. Ich möchte Ihnen etwas erzählen."

„Bitte, nehmen Sie doch Platz." Er schaute sie erwartungsvoll an. Sie glaubte, eine leichte Irritation in seinem Blick wahrzunehmen.

„Danke", sagte Tessa und setzte sich. Einen Augenblick schaute sie ihn an, bevor sie mit ihrer Rede begann. „Inspector Waheed, ich war gestern noch einmal im Spa. Ich hatte mich noch einmal zu einer Massage angemeldet. Dabei habe ich mit Tami gesprochen." Als der Inspector keine Frage stellte, sondern sie nur ruhig anschaute, sprach sie weiter. „Na ja, ich habe sie ein wenig ausgefragt über Wannjai."

Auf dem Gesicht von Chief Inspector Waheed zeichnete sich Erstaunen ab.

„Warum haben Sie das getan, Frau Bach?"

„Na ja, ich dachte, vielleicht erfahre ich irgendetwas, das Ihnen weiterhelfen kann."

Die Lippen des Inspectors zogen sich etwas zusammen. „Wir machen hier schon unsere Arbeit, Frau Bach."

„Ich weiß Inspector, aber ich habe vielleicht tatsächlich etwas herausgefunden.“ Tessa hatte sehr genau registriert, dass Chief Inspector Waheed ungehalten war über ihre Einmischung. Sie verstand seine Verärgerung sogar. Deshalb sagte sie diplomatisch: „Wissen Sie, Frauen untereinander reden einfach anders. Im Verhör sind sie ängstlich und aufgeregt. Sie wollen nichts sagen, was man falsch deuten könnte. Aber bei der Massage konnte ich ganz locker mit Tami plaudern.“

„Locker plaudern. So, so.“ Chief Inspector Waheed versuchte, sich nicht anmerken zu lassen, dass ihm diese Vorgehensweise von Frau Bach ganz und gar nicht gefiel.

Tessa erzählte ihm alles, was sie von Tami erfahren hatte. Als sie am Ende ihres Berichts angelangt war, reichte sie ihm den Zettel, auf dem sie die Straßennamen notiert hatte. „Ich weiß nicht, ob ich sie richtig geschrieben habe“, fügte sie entschuldigend hinzu.

„Na ja, nicht ganz, aber ich weiß, was gemeint ist“, sagte er, nachdem er die Notiz gelesen hatte. „Erst einmal vielen Dank, Frau Bach. Ich hoffe, die Massage hat Ihnen gut getan.“

„Ja, es war sehr angenehm.“ Tessa schaute ihn nachdenklich an. „Inspector, glauben Sie immer noch, dass ich etwas mit der Sache zu tun habe?“

„Frau Bach, über den Stand der Ermittlungen darf ich Ihnen leider keine Auskunft geben.“ Er machte eine Pause und schaute wieder auf den Zettel, den Tessa ihm gerade gegeben hatte.

„Sie wussten nichts davon?" fragte sie leise.

„Nein, das hier ist mir neu." Er stand auf, ging zur Tür und öffnete sie. „Ich wünsche Ihnen noch einen angenehmen Tag."

Ein bisschen freundlicher hätte er schon sein können, dachte Tessa, als sie nach draußen in das helle Licht des Vormittags trat.

Als sie den Raum verlassen hatte, stand Chief Inspector Waheed auf und wandte sich mit ernstem Gesicht seinem Assistenten Rangha zu. „Rangha, was uns Frau Bach da eben erzählt hat, ist interessant, finden Sie nicht?" Er ließ ihm jedoch keine Zeit, auf seine Frage zu antworten, sondern sprach schnell weiter. „Und ich stelle mir nun die Frage, warum Sie das nicht herausgefunden haben, und zwar schon vor Tagen, Rangha. Ich hatte Sie doch angewiesen, die Angestellten vom Spa zu verhören. Kann es sein, dass ein Gast hier auf Ihuru mehr herausfindet als die Polizei? Kann das möglich sein, Rangha?" Seine Tonlage war beim letzten Satz deutlich höher, ja fast laut geworden, und das passierte nicht oft. Es kündigte sich also ein Donnerwetter an.

Assistent Commissioner Rangha schaute angestrengt auf den Tisch, als könnten von dort die Antworten auf diese unangenehmen und peinlichen Fragen seines Chefs kommen.

„Natürlich habe ich Frau Tami auch befragt", sagte er kleinlaut. „Aber mir hat sie nichts von diesem Ausflug nach Male mit Frau Wannjai erzählt. Und auch nichts von einem Besuch bei einer unbekannten Frau dort. Mehr kann ich nicht dazu sagen."

„Rangha, das hätte nicht passieren dürfen. Wie stehen wir denn jetzt da?"

Assistent Rangha war froh, dass es genau in diesem Moment wieder an die Tür klopfte. Das verschaffte ihm eine Atempause in dieser Unterhaltung mit seinem Chef, die für ihn eine äußerst unerfreuliche Richtung genommen hatte. Nicole von der Rezeption kam herein, gut gelaunt und mit einem Lächeln auf dem Gesicht wie immer. In der Hand hatte sie einen Zettel. „Herr Inspector, da kam gerade ein Anruf aus Male. Eine Frau Fayaz wollte Wannjai sprechen."

„Was?"

Chief Inspector Waheed und sein Assistent machten beide fast gleichzeitig einen Schritt auf sie zu. Überrascht von der Wirkung ihrer Worte, wich Nicole ein wenig zurück, bevor sie weitersprach. „Ja. Ich habe ihr gesagt, dass das im Moment nicht möglich sei und habe mir den Namen und die Telefonnummer geben lassen. Hier, bitte." Sie reichte dem Inspector das Blatt Papier mit ihren Notizen.

„Das haben Sie sehr gut gemacht, Nicole. Vielen Dank."

„Bitte, die Herren. Einen angenehmen Tag noch", verabschiedete sie sich und ging mit leichten Schritten davon.

Als sie wieder alleine waren, schaute Chief Inspector Waheed drei lange Minuten schweigend auf den Zettel in seiner Hand. Frau Fayaz. Der Name war ihm unbekannt. Dann nahm er den Hörer ab und wählte die Nummer, die da stand.

Nach einem kurzen Gespräch mit Frau Fayaz forderte er beim Hauptquartier ein Polizeiboot an. „Rangha, wir fahren nach Male. In einer halben Stunde werden wir abgeholt."

„Chef, kann ich mich schnell noch umziehen?"

„Ja, sicher. Wir treffen uns dann am Steg."

Assistent Commissioner Rangha war froh, dass er durch die neue Entwicklung, die sich da gerade auf wundersame Weise ergeben hatte, seinem Chef keine weiteren Erklärungen mehr für seinen Fehler geben musste. Aber jeder wusste doch, wie schwierig der Umgang mit Frauen war. Es gab Tage, da waren sie zum Reden aufgelegt und konnten stundenlang schwatzen, bis einem nahezu schwindelig davon wurde. Und dann gab es wieder Zeiten, da waren sie so verschlossen wie eine Muschel. Er hatte sicherlich bei seinem Verhör von Tami einfach den falschen Tag erwischt. Aber wie konnte er das seinem Chef verständlich machen?

Auf dem Weg zu seiner Villa ging er an der Küche vorbei. Er hatte sich inzwischen mit Adam, einem der Köche, und ein paar weiteren Angestellten ein wenig angefreundet. Das brachte ihm jetzt ein dick belegtes Sandwich ein, das er, nachdem er sich schnell umgezogen hatte, mit Bedacht verzehrte. Auf dem Weg zum Bootssteg kaute er noch am letzten Bissen seines Mittagsmahls und erreichte den Treffpunkt gerade, als sich das Polizeiboot in einem eleganten Bogen dem

Anleger näherte. Der Kollege warf mit Schwung die Fender aus und legte an.

„Rangha, Sie haben da noch einen Krümel am Kinn“, sagte Chief Inspector Waheed und machte eine Handbewegung in seine Richtung. Verlegen wischte sich Assistent Commissioner Rangha über den Mund, während er mit seinem Chef an Bord ging. Officer Riyaz war mitgekommen. Er grüßte seine Vorgesetzten.

„Riayz, Sie haben jetzt hier auf Ihuru die Verantwortung.“ Chief Inspector Waheed machte eine ausholende Handbewegung. „Setzen Sie sich an die Rezeption, genießen Sie den herrlichen Ausblick und vor allen Dingen: halten Sie die Augen offen. Wenn Herr Schubert die Insel verlassen will, dann hindern Sie ihn daran.“

„In Ordnung, Chef.“ Officer Riyaz hatte Haltung angenommen, als sein Vorgesetzter ihn angesprochen hatte. „Aber wie?“ fragt er jetzt. In seinem Gesicht stand Ratlosigkeit.

„Riyaz, Sie hatten doch eine gute Ausbildung. Wie verhindert man, dass eine Person das Land verlässt?“

„Sobald die Person ein Boot besteigen will, nehme ich ihr den Reisepass ab.“

„So ist es gut, Riyaz, genau das werden Sie tun. Also bis später.“

„Wann werden Sie zurück sein, Chef?“ In der Stimme von Officer Riyaz schwang ein leicht besorgter Unterton mit.

„Ich denke, die Nacht werden Sie hier nicht verbringen müssen“, sagte Chief Inspector Waheed mit einem Lächeln. Alle sahen, wie Officer Riayz erleichtert aufatmete, während er an Land ging.

Das Polizeiboot nahm inzwischen schon wieder Fahrt auf. Die Mittagshitze trieb Assistent Rangha den Schweiß über den Rücken. Auf seinem Hemd, das er eben frisch angezogen hatte, zeichneten sich schon wieder die ersten Flecken ab, und er war froh über den Fahrtwind, der ein wenig Kühlung brachte. Sie hatten eine kurze Strecke durch die Lagune zurückgelegt, als eine Gruppe Delphine auftauchte. Ihre Rücken glänzten im Wasser, in rhythmischen Bewegungen hoben und senkten sich die dunklen Leiber. Chief Inspector Waheed zählte die Tiere. Es waren sieben, die da durch die Wellen schwammen, als ob es ein Spiel für sie wäre. Es war ein schönes Bild, das im Moment so gar nicht zu dem Mord auf der verträumten Insel passen wollte. Chief Inspector Waheed schaute der Delphinschule nach, aber in Gedanken war er schon wieder bei seinem Fall. Vielleicht würde ihn ja das Gespräch, das er gleich führen konnte, der Lösung ein Stück näher bringen.

„Unsere Heimat ist so schön, Chef“, unterbrach Assistent Rangha seine Überlegungen. „Da dürfte es so etwas wie Mord gar nicht geben.“

„Da haben Sie Recht, Rangha. Aber die Welt ist nicht immer so, wie wir sie uns wünschen.“ Kaum hörbar fügte er hinzu: „Leider.“

Einige der Gäste saßen beim Mittagessen, und so konnten sie beobachten, wie das Polizeiboot mit Chief Inspector Waheed und seinem Assistenten ablegte. Sofort drehten sich die Gespräche wieder um die Tragödie.

„Na bitte, die Herren haben den Fall wohl endlich aufgeklärt. Zumindest sieht es so aus, als ob sie das Feld räumen und die Insel wieder freigeben.“ Herr Neuhauser hatte, während er das sagte, sein Glas gehoben. „Trinken wir also auf das Ende dieser so überaus unliebsamen Geschichte und auf den Fleiß der hiesigen Beamten.“ Er nahm einen großen Schluck und sprach gleich weiter. „Ich werde den Manager nachher mal fragen, wer denn jetzt der Mörder war. Wenn wir schon die ganze Geschichte miterleben mussten, wollen wir doch auch wissen, wer uns diese, sagen wir mal etwas makabre Unterhaltung hier geboten hat.“

Seine Tischnachbarn waren eher peinlich berührt von seinen Äußerungen und taten so, als hätten sie nichts gehört.

„Bärchen“, sagte seine Frau Barbara. „ich fände es schade, wenn die ganze Sache so sang- und klanglos zu Ende ginge.“

„Du hast Recht, Puppa. Die Sache hat einen hohen Unterhaltungswert, und vielleicht gibt es ja doch noch eine Fortsetzung.“

Officer Riayz hatte inzwischen seinen Posten für die nächsten Stunden an der Rezeption bezogen. Nicole hatte heute Nachmittag wieder Dienst. Sie begrüßte ihn und fragte mit einem Lächeln: „Officer, möchten Sie eine Tasse Tee und ein Stück Kuchen oder vielleicht etwas Obst? Ich lasse Ihnen gerne etwas bringen."

„Nein, danke. Nur ein Glas Wasser, das wäre gut." Er nahm sich eine Zeitschrift vom Tisch und gab vor zu lesen. Niemandem, der zufällig vorbeikam, fiel auf, dass er dabei alles, was in seinem Blickfeld geschah, sehr genau registrierte.

Herr Schmithoff hatte am Fenster seines Büros gestanden und durch die Jalousien ebenfalls beobachtet, dass die beiden Beamten die Insel verlassen hatten. Bei dem Gedanken, dass dieser schreckliche Mord noch immer nicht aufgeklärt war, empfand er Unbehagen. Er fühlte sich verantwortlich für seine Gäste und für das, was auf der Insel geschah. Die Geschäfte mussten weiterlaufen, und vor allen Dingen mussten die Zahlen stimmen. Er hatte große Bedenken gehabt, dass der Mord die gute Bilanz, die der Spa-Bereich üblicherweise vorzuweisen hatte, drücken würde. Aber die Zahl der Behandlungen war seither sogar noch etwas angestiegen. Vielleicht trieb Neugier die Menschen an den Ort, an dem ein Verbrechen verübt worden war. Aber vielleicht war es auch nur eine gewisse Gleichgültigkeit, und sie wollten ganz einfach ein Stück Entspannung genießen, für das sie schließlich bezahlten.

„Hast du gesehen, dass der Inspector mit seinem Assistenten gerade die Insel verlassen hat?“ Beatrice und Tessa waren beim Mittagessen, und Tessa kam gerade mit einem Teller Spaghetti alla vongole und einem Stück gegrillten Wahoo vom Büfett zurück. „Vielleicht sind sie schon auf dem Weg zu dieser geheimnisvollen Frau. Immerhin hast du das herausgefunden. Sie werden dieser Spur sicher nachgehen.“

„Ich hoffe es und wünschte, diese Geschichte wäre bald zu Ende, Bea. Weißt Du, ich lese ja gerne Kriminalromane, aber wenn man dann so etwas Schreckliches tatsächlich miterlebt, das ist etwas ganz anderes. Und zum Kreis der Hauptverdächtigen zu gehören ist schlimm. Dieser Umstand nagt jeden Tag ein bisschen mehr an meiner Persönlichkeit.“ Tessa nahm einen Schluck Mineralwasser, bevor sie mit ihrem Essen begann.

„Aber ich bin sicher, dass der Inspector inzwischen weiß, dass du nichts damit zu tun hast.“ Beatrice klopfte ihrer Freundin aufmunternd auf den Arm.

„Das hoffe ich, aber sicher bin ich keineswegs, dass er das erkannt hat. Und einfach nur zuzuschauen, wie sich der Fall entwickelt, macht mich zunehmend nervös. Es widerstrebt mir, dass ein Fremder so massiv in mein Leben eingreift. Ob ich dem Inspector vielleicht irgendwie helfen sollte?“ Tessa schien ernsthaft über diese Möglichkeit nachzudenken.

„Tessa, nun mal langsam, hier geht es immerhin um Mord.“ Beatrice, legte für einen Augenblick ihre Gabel hin und schaute ihre Freundin mit ernstem Gesicht an.

„Eben", antwortete Tessa mit Nachdruck.

Man sah Beatrice an, dass sie von Tessas Ideen nicht begeistert war. „Es ist nicht deine Aufgabe einen Mörder zu finden. Das ist viel zu gefährlich. Überlass das mal schön der Polizei", sagte sie und schnitt ein Stück gegrilltes Hähnchenfleisch auseinander. Tessa lenkte das Gespräch geschickt auf ein anderes Thema, was aber nichts daran änderte, dass sie insgeheim weiter über ihre Idee nachdachte.

Als die Beamten an der Jetty No 1 an Land gingen, herrschte nicht viel Betrieb. Während der Mittagszeit war es den meisten Einwohnern von Male zu heiß für große Aktivitäten. Sie hatten sich in ihre Häuser oder Wohnungen zurückgezogen. Bis zur Adresse von Frau Fayaz war es nur ein kurzes Stück zu Fuß. Sie wandten sich gleich nach rechts und waren bald in dem Labyrinth der engen Gassen verschwunden. Sie hielten sich im Schatten der Häuser, um wenigstens der größten Hitze zu entgehen.

Das Haus, das sie suchten, lag in einer kleinen Seitenstraße, irgendwo hinter dem *Theemuge Palast.* Als sie am *Crescent No 5* ankamen, standen sie vor einer der vielen Garküchen, die es in der Stadt gab. Die Beamten traten ein. Frau Fayaz stand hinter einer schmalen Theke und rührte gerade in einem Topf, aus dem es herrlich duftete. Sie war eine klein gewachsene Frau mit der zierlichen Figur und den typischen Gesichtszügen der Asiatinnen. Ihre Jugend lag schon einige

Zeit hinter ihr, in ihrem dunklen Haar zeigten sich die ersten grauen Strähnen.

Chief Inspector Waheed stellte sich und seinen Assistenten vor.

„Guten Tag, Herr Inspector." Sie wischte ihre Hände an einem sauberen Tuch ab, nickte Assistent Rangha zu und kam mit eiligen kleinen Schritten hinter der Theke hervor. „Ja, wir haben telefoniert. Ich habe schon auf Sie gewartet", sagte sie und strich ihre Schürze glatt. „Das ist mein Mann." Herr Fayaz war eben dabei, ein großes Stück Hammelbraten aufzuschneiden. Er grüßte die Beamten kurz und setzte dann wortlos und mit geübten Handgriffen seine Arbeit fort. Auf einer schmalen Anrichte stand eine Schüssel mit Chilischoten und ein großer Teller mit reifen Tomaten.

„Kommen Sie", sagte Frau Fayaz „wir gehen nach oben, da haben wir mehr Ruhe und können uns ungestört unterhalten." Herr und Frau Fayaz lebten in einer kleinen Wohnung, die direkt über dem winzigen Lokal lag und zu der man durch ein enges Treppenhaus hinaufging. Frau Fayaz öffnete die Tür und bat sie in das Wohnzimmer. Noch während sie eintraten, sprach sie weiter: „Sagen Sie, Herr Inspector, warum meldet sich Wannjai nicht mehr bei mir? Ich mache mir Sorgen. Als ich angerufen habe, hat man mir die Auskunft gegeben, dass sie nicht zu sprechen sei. Und dann haben Sie mir am Telefon gesagt, dass Sie dringend mit mir reden müssten." Ihre Stimme zitterte ein wenig. „Hat sie etwas angestellt? Oder ist ihr etwas zugestoßen?"

„Ja, Frau Fayaz. Wir müssen Ihnen leider sagen, dass Frau Wannjai tot ist."

„Das arme Kind." Es dauerte einen Moment, bis sie die Bedeutung der Worte aufgenommen hatte. Dann setzte sie sich und begann leise zu weinen. Die Beamten warteten, bis die Frau sich etwas beruhigt hatte. Mit einer Handbewegung bot sie den beiden an Platz zu nehmen. Dann sprach sie weiter. „Wieso ist sie denn gestorben? Gab es einen Unfall?" Sie schaute die Beamten fragend an.

„Nein, Frau Fayaz, es war kein Unfall. Sie wurde umgebracht."

„Oh, nein." Frau Fayaz wurde blass und suchte in ihrer Schürze nach einem Taschentuch. Sie schaute die Beamten mit weit geöffneten Augen an, in denen eine Mischung aus Ratlosigkeit und Entsetzen zu sehen war.

„Kann ich Ihnen ein Glas Wasser bringen?" Assistent Rangha war aufgestanden.

„Nein, danke, es geht schon."

Chief Inspector Waheed wartete einen Moment, bevor er weitersprach. „Frau Fayaz, wir hoffen, dass wir von Ihnen Hilfe bei der Aufklärung dieses Verbrechens bekommen können."

„Ja, haben Sie denn den Mörder noch nicht gefasst?"

„Nein, leider haben wir noch keine eindeutige Spur." Mit einem kurzen Blick schaute er sich im Zimmer um. Der kleine Raum war einfach eingerichtet. Viel

Geld konnten sie und ihr Mann mit der Garküche nicht verdienen. An der Wand hing ein in Holz gerahmtes Bild. Es stellte wohl eine Landschaft in Thailand dar. Man konnte grüne Felder sehen, die terrassenförmig angelegt waren. Auf der Anrichte fiel ihm ein Foto auf, das ein junges Paar zeigte. So hatten Herr und Frau Fayaz wohl vor vielen Jahren ausgesehen. Er wandte sich wieder seiner Gesprächspartnerin zu. „Frau Fayaz, warum haben Sie auf Ihuru angerufen oder besser gesagt, warum haben Sie mit Frau Wannjai sprechen wollen?"

„Herr Inspector, sehen Sie, das war so." Frau Fayaz holte tief Luft und wischte sich noch einmal mit dem Taschentuch über die Augen. „Ich habe Post bekommen von Wannjai."

„Was hat sie Ihnen denn mitgeteilt?"

„Das ist es ja. Schauen Sie hier." Frau Fayaz stand auf, ging zum Schrank und holte einen Umschlag heraus. Sie reichte ihn den Beamten. „Das habe ich von ihr bekommen." Sie begann wieder leise vor sich hinzuweinen. Der Inspector betrachtete den sauber geöffneten Umschlag und holte daraus einen Brief von Wannjai hervor. Er faltete das Blatt auseinander und las:

„Liebe Aoi, ich schicke Dir diesen Umschlag und bitte Dich, ihn für mich aufzuheben. Ich bin jetzt sehr in Eile und kann nicht mehr schreiben, aber ich melde mich am Mittwoch bei Dir, da habe ich meinen freien Tag. Es grüßt Dich Wannjai."

Die Schrift war sauber und schnörkellos. Die Buchstaben waren fast in Schönschrift aufs Papier gebracht. Wenn die Schreiberin in Eile gewesen sein sollte, sah man es ihrer Schrift jedenfalls nicht an. Ein weiterer Umschlag lag dabei, auf den Wannjai geschrieben hatte: *„Bewahre das bitte für mich auf.*" Er war verschlossen und fühlte sich relativ dick an. Chief Inspector Waheed schaute auf den Umschlag, drehte ihn in seinen Händen und schwieg. Er wechselte mit seinem Assistenten einen kurzen Blick, sie verstanden sich ohne Worte.

Frau Fayaz weinte noch immer. „Ja, sehen Sie, als Wannjai nicht kam, da wollte ich hören, was los ist. Deshalb habe ich angerufen." Sie schaute Chief Inspector Waheed mit Tränen in den Augen an.

Er ließ ihr wieder ein wenig Zeit, bevor er seine nächste Frage stellte.

„Woher kannten Sie Frau Wannjai?"

„Ich habe sie kennengelernt, als sie bei der jüngeren Schwester meines Mannes eingekauft hat. Sie hat einen kleinen Laden, in dem sie Wäsche und Kleidung verkauft. Eigentlich habe ich Wannjai gar nicht sehr gut gekannt. Aber wir waren uns sympathisch, wissen Sie. Wir haben dieselbe Sprache gesprochen. Vielleicht hat sie in mir ein bisschen ihre Mutter gesehen, die sie sicher vermisst hat. Ich bin in Thailand geboren, so wie Wannjai. Dann habe ich geheiratet, und jetzt lebe ich hier. Ich habe mich gewundert, dass sie mir einen Brief geschrieben hat. Das hat sie vorher noch nie getan."

„Frau Fayaz, wir müssen den Brief von Frau Wannjai und den Umschlag mitnehmen.“

„Glauben Sie, dass Ihnen das helfen wird, den Mörder zu finden?“

„Vielleicht.“ Als er die Trauer in ihrem Blick sah fügte er hinzu: „Wir hoffen es.“

„Versprechen Sie mir, dass Sie denjenigen finden werden, der das Kind umgebracht hat.“ Frau Fayaz wirkte sehr klein wie sie da zwischen den beiden Beamten stand. Durch die geschlossenen Fenster hörte man das Bellen eines Hundes. Nebenan begann ein Kind laut zu weinen.

„Wir werden alles tun, was in unserer Macht steht.“ Der Inspector und sein Assistent verabschiedeten sich. Frau Fayaz ging mit den Beamten zur Tür und sagte: „Ich muss zurück in die Küche. Es ist Mittagszeit, da ist immer viel Betrieb bei uns. Das schafft mein Mann nicht alleine. Das Leben geht eben weiter.“

„Wir melden uns wieder bei Ihnen, Frau Fayaz“, sagte Chief Inspector Waheed und verließ mit seinem Assistenten das Haus.

Als sie wieder auf der Straße standen, schauten sie sich an. „Chef, was machen wir jetzt?“

„Wir werden erst mal ins Büro gehen und uns diese beiden Briefe näher anschauen, Rangha.“

„Ja, es sieht so aus, als ob wir da auf ein Geheimnis gestoßen wären.“

„Manchmal findet man in unserem Beruf Dinge heraus, die man lieber nicht gewusst hätte. Aber wären wir denn Polizisten geworden, wenn wir nicht genau das gewollt hätten: hinschauen und sehen, was falsch ist. Wir können die Welt nicht besser machen, als sie ist, aber wir können helfen, dass das Böse entdeckt wird."

Sie waren inzwischen von der *Orchid Magu* nach links abgebogen und gingen durch ein Gewirr kleiner Gassen, in dem sich nur die Einheimischen zurechtfanden. Um sie herum herrschte Betriebsamkeit. Die Stadt wuchs. Überall wurde an- oder umgebaut, neu gestrichen und verschönert. Männer schleppten Säcke mit Baumaterialien oder waren damit beschäftigt, Bauschutt wegzutragen. Ein schon recht alter Mann half einem jüngeren, der sein Sohn sein mochte, einen Transporter auszuladen, der Kartons mit Elektrogeräten enthielt. In den Schaufenstern waren auch Geräte zu sehen, die deutsche Markennamen trugen. Der Stadt ging es gut, sie erlebte schon seit längerer Zeit einen stetigen Aufschwung. Der größte Wirtschaftsfaktor war der Tourismus. All die vielen Gäste, die auf den Inseln ihren Urlaub verbrachten, mussten versorgt werden. Und all das geschah von dieser Stadt und diesem Hafen aus. Entsprechend hektisch ging es zu. Die Malediven lebten von ihrer glücklichen geographischen Lage in diesem Ozean und von der Schönheit ihrer Unterwasserwelt.

„Ja, wenn man genau hinschaut, sieht man, dass jede Gasse, jedes Haus, jedes Gesicht und jeder Gegenstand seine Geschichte hat." Assistent Rangha wirkte nachdenklich. „Aber ob die Geschichte gut oder böse ausgeht, das entscheidet sich manchmal nur in einem kurzen Augenblick."

Autos und Mopeds bahnten sich hupend ihren Weg durch die Straßen. Der Lärm war ohrenbetäubend und die Abgase nahmen einem fast den Atem. Fußgänger gingen eilig ihren Zielen entgegen. Chief Inspector Waheed und sein Assistent kamen am Fischmarkt vorbei, der inzwischen geöffnet hatte. Hausfrauen kauften für das Abendessen ein, verglichen die Preise und feilschten um ein paar Laari. Händler boten und überboten sich gegenseitig. Hunderte von Fischleibern lagen wie aufgebahrt in der großen Halle. Da lagen große Thunfische und kleine Sardinen neben silbrig glänzenden Makrelen auf großen Metallblechen. Ein Arbeiter in Gummistiefeln reinigte mit einem dicken Wasserstrahl die hellen Fliesen. In einem Korb rangen ein paar Seebrassen noch ein paarmal nach Luft, bevor sie endgültig ihr Leben verloren. Ein großer Blue Marlin lag da, von der Schönheit seiner großen blauen Rückenflosse war kaum noch etwas zu erkennen. Mit den zwei kleineren Wahoo daneben wirkte das ganze fast wie ein Stillleben. Links vom Eingang bot ein alter Mann seinen Fang an: ein paar Red Snapper, nur fünf oder sechs Stück. Sie zeigten selbst im Tod noch ihre Farbe. Die gesamte rechte Seite der Halle nahm in ihrer Tiefe ein Arbeitsbereich ein. Gut ein Dutzend Männer in Gummistiefeln, riesigen grünen Plastikschürzen und Handschuhen standen nebeneinander an langen Arbeitstischen. Ihre Aufgabe war es, die Fische auszunehmen und küchenfertig zu machen. Mit schnellen geschickten Bewegungen, die wahrscheinlich in jahrelanger Übung entstanden waren, schnitten sie Fischköpfe ab, entfernten die Flossen und entnahmen die Innereien. All das nahm praktisch nur Sekunden in Anspruch. Das Blut der Fische klebte hier überall und verursachte jenen unangenehmen Geruch, der mit nichts anderem vergleichbar war. Assistent Rangha ging etwas schneller. „Chef, ich hoffe sehr, dass wir den Fall bald aufklären." Er deutete mit dem Kinn auf die Halle, aus der aufdringlich der Fischgeruch strömte.

„Ja, Rangha, das hoffe ich auch." Chief Inspector Waheed und warf einen letzten Blick auf den Fang dieses Tages bevor sie die Straße gefährlich knapp zwischen zwei Mopeds und einem Kleinlaster überquerten. Hier am Kai wurden vom einfachen Fischkutter bis zur eleganten Yacht alle Arten von Schiffen mit allen möglichen Waren be- oder entladen. Männer trugen riesige Bananenstauden, Kisten mit fremden Schriftzeichen, gelbe Melonen und mehrere Körbe, in denen sich Kohlköpfe befanden, an Bord. An der Uferstraße reihten sich parkende Mopeds und Fahrräder aneinander, es war fast kein Durchkommen. Sie zwängten sich zwischen einem uralten, verrosteten Fahrrad, dessen Lampe verbogen und dessen Pedale abgenutzt und schmutzig waren und einem nagelneuen Moped, dessen gelber Lack mit der Sonne um die Wette glänzte, hindurch. Auf einem der Boote hielt eine Frau offensichtlich Waschtag. Ein paar bunte

Stücke hingen schon auf der Leine und flatterten in der leichten Brise, die vom Meer herüber wehte. Die Schiffe trugen Namen wie *Insha 14, Magusadhu 2* oder *Kurimagu* und lagen dicht an dicht nebeneinander im inneren Hafen, der sich an den Addu Pier anschloss. In all dem Trubel spielte eine Gruppe halbwüchsiger Kinder mit einem Ball. Sie stritten sich darum, wer als nächster werfen durfte. Wahrscheinlich würde es nicht allzu lange dauern, bis das Spielzeug im Hafenwasser landete. Auf einem der Boote saß eine Gruppe Männer bei einem späten Mittag- oder frühen Abendessen. Ihre Körper waren schlank, Muskeln und Sehnen traten deutlich hervor. Auf der *Kurimagu* schöpfte ein Mann Wasser aus dem Hafenbecken und säuberte mit kraftvollen Bewegungen das Schiffsdeck. „Sehen Sie, Rangha, das Leben geht weiter, einfach immer weiter."

„Ja, Chef, egal was passiert."

Während dessen hielt Officer Riayz Wache auf I-huru. Gegen drei Uhr nachmittags näherte sich Herr Schubert. Officer Riyaz spürte, wie sich Schweißperlen auf seiner Stirn sammelten. Er nahm so hastig einen Schluck Wasser, dass er sich beinahe daran verschluckte, seine Kehle wurde eng. Er wusste, dass jetzt der Moment gekommen war, der über seine weitere Karriere entscheiden konnte. Herr Schubert ging vorbei. Er hatte noch nicht einmal zum Bootssteg hingeschaut. Außerdem war dort auch alles leer. Weit und breit war kein Boot in Sicht. Herr Schubert machte lediglich einen Spaziergang um die Insel. Das Riff ließ nur an der Westseite der Insel genug Raum für einen Ankerplatz. Dieser Bereich war aber vom Front Desk aus nicht einsehbar, und deshalb machte Officer Riyaz sich ebenfalls zu einem Spaziergang bereit. Mit den Worten: „Ich vertrete mir mal ein bisschen die Beine“, verabschiedete er sich von Nicole und folgte Herrn Schubert in angemessenem Abstand. Aber dessen Weg führte lediglich einmal um die Insel. Es waren nicht mehr als ein paar Minuten vergangen, bis beide wieder an ihrer Ausgangsposition ankamen. Herr Schubert ging in die Bar und bestellte sich einen Frozen Blackberry Daiquiri, und Officer Riyaz bezog wieder seinen Posten am Front Desk. Er straffte die Schultern und lächelte Nicole zu.

„Alles in Ordnung, Officer?“

„Alles in Ordnung. Vielleicht könnte ich jetzt doch ein Glas Tee bekommen?“

„Aber natürlich, Officer.“ Nicole winkte einem der Kellner, der gerade vorbeikam und gab die Bestellung auf.

Im siebten Stock des Shaheed Hussain Adam Building in der *Bodhuthakurufaanu Magu* saß Chief Inspector Waheed an seinem vertrauten Schreibtisch und öffnete vorsichtig den verschlossenen Umschlag, den Frau Fayaz ihm übergeben hatte. In ihm steckte ein einfaches Kuvert, wie Banken es benutzten, wenn sie größere Summen an ihre Kunden aushändigten. Als Chief Inspector Waheed den Umschlag umdrehte, fielen mehrere Geldscheine auf den Tisch. Er zählte nach. Es waren genau zweitausend US-Dollar.

„Ja, das habe ich mir gedacht", sagte er und griff zum Telefon.

Assistent Rangha, der seinem Chef zugeschaut hatte, stieß einen leisen Pfiff aus. „Also doch."

Kurze Zeit später betrat ein Beamter das Zimmer mit den Worten: „Hallo, Chief, Sie brauchen mich?"

„Ja, Mehmed, ich brauche so schnell wie möglich die Fingerabdrücke, die auf diesen Scheinen sind. Wie schnell könnt ihr das machen?"

„In diesem Fall sehr schnell, Chief." Jeder im Hauptquartier wusste, an welchem Fall die beiden Beamten auf Ihuru arbeiteten. Und jeder ohne Ausnahme war bereit zu helfen, diesen Mord aufzuklären. Und dabei war es ihnen egal, zu welcher Tages- oder Nachtzeit sie arbeiten mussten.

„Vergleicht die Abdrücke mit denen, die ihr von Herrn Schubert und Frau Bach habt und gebt uns dann sofort Bescheid. Wir fahren inzwischen wieder zurück nach Ihuru."

„Wird gemacht." Mit diesen knappen Worten eilte Kollege Mehmed schon zum Labor.

Als sie das Polizeigebäude verließen, hatte sich die Hitze des Tages noch immer nicht gelegt. Über dem *Jumhooree Maidan*, dem Hauptplatz der Stadt, flatterte die Fahne der Malediven in rot und grün mit dem abnehmenden Halbmond. Auf der *Bodhuthakurufaanu*

Magu herrschte so viel Betrieb, dass sie Mühe hatten, die Straße zu überqueren.

Gegenüber an der Jetty No 2 wartete schon das Boot mit der Aufschrift *Police No 6* auf sie. Wortlos stiegen sie ein, begrüßten nur mit einem kurzen Nicken ihren Fahrer. Als sie die Hafenausfahrt hinter sich gelassen hatten, genossen sie den Fahrtwind und die frische Luft vom Meer.

Als die Beamten etwa eine halbe Stunde später auf Ihuru wieder an Land gingen, redeten sie nicht viel. Die Insel erstrahlte im Licht der tiefstehenden Sonne, die um diese Tageszeit die *blaue Stunde* mit ihrer ganz eigenen Schönheit ankündigte. Heute versprach der Sonnenuntergang besonders schön zu werden und viele Tische in der Velaavani Bar waren besetzt mit Gästen, die sich das allabendliche Spektakel nicht entgehen lassen wollten. Kaum jemand hatte einen Blick für die Beamten, die sich weder für einen Drink noch für den Sonnenuntergang interessierten.

„Riyaz, gab es irgendetwas Ungewöhnliches?" begrüßte Chief Inspector Waheed seinen Mitarbeiter.

„Nein, Inspector. Herr Schubert hat einen Spaziergang gemacht. Das war alles."

„Gut. Dann können Sie jetzt Feierabend machen und zurückfahren."

Officer Riyaz verabschiedete sich respektvoll und ging mit schnellen Schritten den Steg entlang zum Polizeiboot, das auf ihn wartete. Er war froh darüber, dass er seine Aufgabe erfüllt hatte.

Chief Inspector Waheed und sein Assistent warteten darauf, dass die Kollegen sie über das Ergebnis ihrer Untersuchung der Geldscheine informierten. Sie warteten schweigend. Als die Abenddämmerung in die Dunkelheit übergegangen war, sagte Chief Inspector Waheed: „Kommen Sie, Rangha, gehen wir Essen."

„Gerne, Chef. Ich habe gesehen, dass es heute gegrillten Marlin gibt." Mit einem fast verklärten Gesichtsausdruck fügte er hinzu: „Und zwar mit Zitronen-Senf-Kruste und Tagliatelle."

„Rangha, gab es jemals in ihrem Leben schon einmal eine Situation, in der ihr Appetit versagt hat?"

„Ich kann mich nicht daran erinnern, dass mir das einmal passiert wäre, Chef. Und finden Sie nicht auch, dass der Küchenchef sich auf die Zubereitung der spicy Apple Capsicum Sauce ganz besonders gut versteht?"

Chief Inspector Waheed überging diese Frage, ließ sich aber auf ein Gespräch darüber ein, ob man zum Dessert dem Almond Cake mit Lemon Cream & Pear Sorbet den Vorzug geben sollte gegenüber White Chocolate Mousse & Wild Berry Compote. Diese Diskussion dauerte eine Weile. Die Wahl fiel schließlich auf den Mandelkuchen.

Sie hatten die Vorspeise und den Hauptgang beendet und waren gerade beim Nachtisch angelangt, als das Telefon klingelte.

„Ja", sagte Chief Inspector Waheed. „Das dachte ich mir schon. Danke."

Er schaute seinen Assistenten an, der gerade einen Löffel mit Sorbet zum Mund führte und dabei die Lippen spitzte.

„Rangha, auf den Geldscheinen sind die Fingerabdrücke von Herrn Schubert. Und auf dem Umschlag der Bank auch."

„Das bedeutet, dass wir jetzt nachweisen können, dass dieses Geld von Herrn Schubert stammt. Er hat Frau Wannjai tatsächlich zweitausend Dollar gegeben. Wofür auch immer."

„Ja, Rangha, wofür auch immer. Genau in dieser Frage muss die Lösung für den Fall liegen."

„Es ist nicht strafbar sein Geld für private Massagen auszugeben."

„Aber Mord schon." Chief Inspector Waheed hatte leise gesprochen, aber seiner Stimme war anzuhören, wie viel Kopfzerbrechen ihm dieser Fall bereitete.

Als Assistent Rangha seinen Löffel auf den leeren Teller legte, sagte er: „Chef, dieser Almond Cake hier ist einfach köstlich. Meinen Sie, der Küchenchef gibt mir das Rezept, damit meine Frau das mal ausprobieren kann?"

„Sie können ihn ja mal darauf ansprechen, aber glauben Sie wirklich, er wird ein solches Geheimnis preisgeben?"

„Sie haben Recht, es wird wohl zwecklos sein, ihn danach zu fragen." Mit einem Seufzer, der sein ganzes Bedauern darüber ausrückte, legte er seine Serviette zur Seite.

Als sie ihre Gläser ausgetrunken hatten, sagte Chief Inspector Waheed: „Rangha, lassen Sie uns ein wenig spazieren gehen. Vielleicht können wir dabei unsere Gedanken in die richtige Richtung lenken."

„Ja, Chef, gehen wir."

Um diese Uhrzeit lag der Strand verlassen da. Das Mondlicht spiegelte sich auf dem Wasser, huschte in kleinen Reflexen über die Oberfläche. Mit jeder Welle entstanden neue Strukturen. Sie konnten die Geräusche aus dem Restaurant hören, wo einige Gäste noch vor ihren Tellern saßen. Chief Inspector Waheed schaute in ihre Richtung und sagte: „Der ein oder andere bedauert sicher, dass für ihn wieder ein schöner Urlaubstag zu Ende geht." Er war stehengeblieben. „Wir haben es gut, Rangha, wir wohnen auf diesem wunderbaren Fleckchen Erde. Wir müssen uns nicht zufrieden geben mit ein paar Tagen im Jahr." Bevor er weiterging, zeichnete er mit dem Fuß einen kleinen Kreis in den feuchten Sand. Die nächste Welle würde alles wieder glatt wischen. „Ich glaube einfach nicht an diese sogenannten privaten Massagen. Was meinen Sie?"

„Mir kommt die Begründung auch nicht sehr wahrscheinlich vor, Chef."

„Also, wofür gibt ein älterer Mann einer jungen Frau Geld, wenn es tatsächlich nicht um Sex geht?" Nach einer kleinen Pause sagte er: „Halten Sie es für möglich, dass sie ihn erpresst hat?"

„Das wäre immerhin möglich. Ich habe auch schon mal darüber nachgedacht."

„Aber dann stellt sich die Frage: womit? Es würde voraussetzen, dass sie sich gekannt haben. Sie müssen sich irgendwann und irgendwo einmal begegnet sein. Und es würde bedeuten, dass sie etwas über ihn gewusst hat. Ihr Schweigen darüber muss ihm immerhin zweitausend Dollar wert gewesen sein."

„Wie wir jetzt wissen, hat er gezahlt. Nehmen wir weiter an, unserer Theorie stimmt, warum hat er sie dann kurze Zeit später trotzdem ermordet."

„Es muss also mehr dahinterstecken."

„Und wir wissen jetzt auch, dass er sich das Geld nicht zurückgeholt hat. Die Version scheidet als Grund für den Mord also auch aus."

„Und damit wären wir wieder bei der alten Erkenntnis angekommen, dass Erpresser sich immer wieder melden. Dass sie nicht bereit sind, ihr Opfer als Geldquelle so leicht aufzugeben. Der Verdienst von Frau Wannjai als Angestellte im Spa war gut, Herr Schmithoff hat mich darüber informiert. Aber wer weiß, vielleicht hatte sie Ziele oder Wünsche, für die sie mehr Geld brauchte. Immerhin war sie jung genug, um Träume zu haben, die sie auch in die Realität umsetzen wollte."

„Chef, diese Geschichte entwickelt sich ja immer schlimmer."

Inzwischen hatten sie die Insel schon zweimal umrundet. In der Velaavani Bar saßen ein paar Gäste bei einem letzten Drink vor dem Schlafengehen und unterhielten sich leise. Eine Frau lachte hell auf. Es klang wie die Stimme von Frau Neuhauser. Man hörte das

Klirren der Eiswürfel in den Gläsern bis hier herunter zum Strand.

„Rangha, angenommen unsere These von der Erpressung stimmt, dann haben wir kaum eine Möglichkeit, Herrn Schubert den Mord an Frau Wannjai nachzuweisen, solange wir die Verbindung zwischen den beiden nicht finden."

Sie gingen noch ein paar Schritte, dann sagte er: „Lassen Sie uns noch einmal zu Herrn Schmithoff gehen und einen Blick in die Personalakte von Frau Wannjai werfen. Vielleicht finden wir ja darin einen Hinweis." Er warf einen Blick auf seine Uhr. „Wenn wir Glück haben, erwischen wir ihn noch."

Der Hotelmanager saß auch zu dieser relativ späten Stunde noch in seinem Büro. Vor ihm auf dem Computerbildschirm leuchtete ein Chart über die Belegung der Villen während der letzten sechs Monate. Er war in die Betrachtung der Statistik versunken, als die Beamten an seine Tür klopften.

„Guten Abend, Herr Schmithoff, könnten Sie uns noch einmal behilflich sein?"

„Aber gerne. Bitte kommen Sie doch herein." Er war aufgestanden und machte eine einladende Handbewegung. „Was kann ich für Sie tun?"

„Könnten wir Einsicht in die Personalakte von Frau Wannjai nehmen?"

„Aber selbstverständlich." Herr Schmithoff öffnete einen Aktenschrank, der die seitliche Wand des Zimmers einnahm und holte einen schmalen Hefter hervor. Er reichte ihn dem Inspector mit der Frage: „Suchen Sie etwas Bestimmtes?"

„Wir hoffen, dass sich darin ein Hinweis findet, wo Frau Wannjai Herrn Schubert kennengelernt haben könnte."

„Da werden Sie wohl kein Glück haben. Ich habe selbst schon nachgeschaut, ob in der Zeit, seit Frau Wannjai hier gearbeitet hat, die Schuberts schon mal bei uns zu Gast waren. Aber beide, sowohl Herr als auch Frau Schubert sind in diesem Jahr zum ersten Mal hier."

„Wo hat Frau Wannjai gearbeitet, bevor sie zu Ihnen nach Ihuru kam?"

„In unserem Ressort in Malaysia."

„Können Sie herausfinden, ob die Schuberts dort Urlaub gemacht haben?"

„Das lässt sich sicher leicht machen. Ich kümmere mich gleich darum."

„Vielleicht können Sie den Weg insgesamt zurückverfolgen für die Zeit, die Frau Wannjai für ihre Gruppe gearbeitet hat."

„Ich denke, auch das dürfte kein Problem sein, die Daten sind gespeichert. Ich gebe Ihnen so schnell wie möglich Bescheid."

„Sagen Sie, Herr Schmithoff, wo leben die Eltern von Frau Wannjai?"

„Die Familie lebt immer noch in einem Dorf westlich von Phuket. Es heißt Ban Na Nai."

„Ein hübscher Name. Wissen Sie, ob Frau Wannjai, bevor sie für Ihre Gruppe gearbeitet hat, auch dort lebte?"

„Genau weiß ich es nicht, aber ich nehme es an. Aus ihrer Bewerbung von damals lässt sich das jedenfalls so ableiten."

„Danke, Herr Schmithoff, und gute Nacht."

Die beiden Beamten verließen das Büro des Managers und setzten ihren Spaziergang fort.

„Vielleicht findet Herr Schmithoff die entscheidende Verbindung zwischen den beiden. Wir müssen jeder Möglichkeit nachgehen, auch wenn sie uns noch so unwahrscheinlich vorkommt. Ich gebe noch nicht auf, Rangha. Aber viel Zeit bleibt uns nicht mehr. Am Dienstag werden Schuberts abreisen. Bis dahin sind es noch genau vier Tage." Nach einer kurzen Pause sagt er: „Eigentlich sind es nur noch drei Tage, denn sie werden die Insel am Dienstag schon morgens nach dem Frühstück verlassen. Und wenn wir bis dahin nicht mehr vorzuweisen haben als Vermutungen, können wir sie noch nicht einmal daran hindern."

Als sie an ihren Villen angekommen waren, wünschten sie sich gegenseitig eine gute Nacht.

Aber Chief Inspector Waheed fand noch lange keinen Schlaf. Er hatte ein paar Teelichter im Zimmer angezündet und lag ausgestreckt auf dem Bett. Seine Augen waren geschlossen, aber seine Gedanken waren sehr wach. Er dachte angestrengt über die wenigen Möglichkeiten, die ihm zur Klärung dieses Verbrechens noch blieben, nach. Er entwickelte eine Idee nach der anderen, nur um sie einen Augenblick später wieder zu verwerfen.

Er öffnete die Augen und beobachtete die kleinen Lichtstreifen, die der Kerzenschein an die Zimmerdecke warf. Das Schattenspiel bildete geometrische Formen, die sich über die Wände bewegten. Irgendwann schaute er auf die Uhr. Im schwachen Lichtschein konnte er die Ziffern gerade so erkennen. Kurz vor zwei. Eine tiefe Stille lag über Ihuru.

Ein langer Tag lag hinter ihm. Er fühlte, wie er langsam müde wurde. Sein Körper wurde schwer, sein Atem ging ruhiger. Kurz bevor er einschlief hatte er eine Idee.

**** Freitag *****

Als Chief Inspector Waheed am nächsten Morgen aufwachte, stand die Sonne schon etwas höher am Horizont. Er schaute auf die Uhr. „Schon so spät", sagte er leise und beeilte sich mit seiner Rasur und der Dusche. Im Büro wartete sein Assistent schon auf ihn. „Guten Morgen, Chef." Rangha schob einen Teller, auf dem ein halb aufgegessenes Croissant lag, zur Seite.

„Guten Morgen, Rangha. Wenn sie damit fertig sind" - er deutete auf das Frühstück - „bitten Sie doch Frau Bach zu mir. Ich denke, ich sollte mich noch einmal mit ihr unterhalten."

„Mit Frau Bach? Ich dachte, wir hätten sie endgültig von der Liste der Verdächtigen gestrichen."

„Man wird sehen, Rangha, man wird sehen."

Etwas verwundert, aber ohne eine weitere Frage zu stellen, machte Assistent Rangha sich auf die Suche nach Theresia Bach. Er fand sie am Water Sport Center. Diskret wartete er im Hintergrund bis sie ihr Gespräch mit Silvio, einem der Tauchlehrer, beendet hatte. Dann teilte er ihr mit leiser Stimme den Wunsch seines Chefs nach einer weiteren Unterhaltung mit. Tessa war überrascht von dieser weiteren Aufforderung zu einem Gespräch, hoffte aber auf gute Neuigkeiten. Während sie sich mit Assistent Rangha an ihrer Seite auf den Weg zum Büro machte, spürte sie allerdings, wie ihr Pulsschlag sich schon wieder beschleunigte. Irgendetwas sagte ihr, dass sie aus dieser Geschichte noch nicht raus war.

„Guten Morgen, Frau Bach. Bitte nehmen Sie schon einmal Platz. Ich komme sofort.“ Chief Inspector Waheed rückte ihr höflich den Stuhl zurecht und ging dann mit seinem Assistenten nach draußen. Tessa konnte hören, wie die beiden leise miteinander sprachen, sie verstand allerdings nicht, um was sich die Unterhaltung drehte.

„Rangha, haben Sie nicht Lust auf einen Kaffee die Terrasse zu besuchen, während ich mich mit Frau Bach ein wenig unterhalte?“

„Chef, Sie wissen doch, dass ich Kaffee nicht so gut vertrage.“ Assistent Rangha legte die rechte Hand auf seine Magengegend, um anzuzeigen, dass er empfindlich war. Er hatte offensichtlich noch nicht verstanden, was sein Vorgesetzter von ihm wollte.

„Wie wäre es dann mit einem Tässchen Tee? Vielleicht nehmen Sie auch noch ein Stückchen Kuchen dazu. Jedenfalls können Sie sich viel Zeit dafür lassen.“

„Verstehe, Chef. Ich setze mich auf die Terrasse.“ Dann setzte er noch hinzu: „Falls Sie mich doch brauchen sollten.“

„Ja, Rangha.“

Als Chief Inspector Waheed zurückkam, begab er sich hinter seinen Schreibtisch und rückte den Stuhl zurecht. Er schaute Tessa eine Weile an ohne ein Wort zu sprechen. Sein Blick war so intensiv, als wolle er ihre Gedanken ergründen. Dann sagte er: „Frau Bach, wir haben in Male die Frau, von der Sie im Spa gehört haben, gefunden.“

„Das freut mich. Ich hoffe, dass Sie das bei Ihren Ermittlungen ein Stück weitergebracht hat.“

„Etwas schon, aber leider nicht so weit, wie ich gehofft hatte.“ Er schwieg wieder. Tessa wartete ruhig ab.

„Frau Bach, was ich jetzt mit Ihnen besprechen möchte, muss auf jeden Fall unter uns bleiben. Ich möchte Ihnen streng vertrauliche Ergebnisse unserer Ermittlungen bekanntgeben. Ich muss darauf bestehen, dass Sie mir Ihr Schweigen zusichern. Sie schweigen auch gegenüber ihren Freunden und auch für den Fall, dass Sie meinen Gedanken nicht folgen werden.

Tessa war inzwischen mehr als beunruhigt. Das Gespräch bewegte sich in eine Richtung, mit der sie nicht gerechnet hatte und auf die sie keineswegs eingestellt war. Ihr blieb nicht viel Zeit, über die Bedeutung dessen nachzudenken, was der Inspector gerade gesagt hatte. Ihr blieb praktisch gar nichts anderes übrig, als auf seine Bitte einzugehen. Also sagte sie: „Ja, ich bin bereit Ihnen zuzuhören.“

„Gut. Es geht um folgendes.“ Er nahm einen Bleistift vom Tisch, drehte ihn zwischen den Fingen und lehnte sich zurück.

„Sehen Sie, Frau Wannjai hat dieser Frau in Male, auf die wir auch durch Ihren Hinweis aufmerksam wurden, Geld geschickt. Viel Geld. Und dieses Geld stammte von Herrn Schubert.“ Er machte eine Pause.

„Von Herrn Schubert?“ Tessa war erstaunt. „Wieso denn das?“

„Ja, als wir ihm nachweisen konnten, dass er ihr eine so hohe Summe gegeben hat, hat er es zugegeben. Als Grund für die Zahlung an Frau Wannjai hat er uns private Massagen genannt.“

„Das ist ja unglaublich.“

„Das finden wir auch. Genauer gesagt: wir finden diese Version seiner Geschichte auch nicht glaubhaft.“

Nach einem Moment der Stille fragte Tessa: „Und was vermuten Sie?“

„Nach unseren Recherchen und Überlegungen könnte Frau Wannjai Herrn Schubert erpresst haben.“

Tessa schaute erschrocken auf. „Erpresst? Und womit?“

„Das wissen wir nicht. Und es herauszufinden, stellt uns vor große Probleme. Dazu kommt, dass uns nicht mehr viel Zeit bleibt.“

„Und wie kann ich Ihnen jetzt helfen?“ Tessa schaute den Inspector mit großen Augen an.

„Frau Bach mir ist bei meinen Ermittlungen etwas aufgefallen“, begann er mit seiner Rede.

In der nächsten halben Stunde sprach ausschließlich Chief Inspector Waheed. Tessa hörte ihm zu, ohne ihn ein einziges Mal zu unterbrechen. Manchmal zeigte sich Erstaunen auf ihrem Gesicht, manchmal schaute sie sehr ernst und auf ihrer Stirn erschienen kleine Falten wie immer, wenn sie über etwas angestrengt nachdachte. Am Dann sagte sie: „Inspector Waheed, kann ich bitte ein Glas Wasser haben?“

Wenige Augenblicke später ging Chief Inspector Waheed mit ernstem Gesicht über die Terrasse. Nur noch wenige Gäste saßen beim Frühstück. Vor seinem Assistenten, der sich einen Tisch im Schatten ausgesucht hatte, stand ein Teller, auf dem noch ein paar Krümel zu sehen waren, die offensichtlich von einem Schokoladenkuchen stammten. Der Tee im Glas hatte eine wunderbar hellgelbe Farbe, die in der Sonne einen Goldton annahm.

„Chef, der Tee und der Kuchen waren ausgezeichnet.“ Assistent Rangha nahm einen weiteren Schluck Tee. Man konnte ihm ansehen, wie sehr er die Qualität des Getränks zu schätzen wusste. In Wirklichkeit überspielte er damit nur seine Verärgerung, die während der letzten Stunde in ihm aufgekommen war. Ganz offensichtlich, hatte sein Vorgesetzter ihn heute Vormittag von den laufenden Ermittlungen in diesem Fall ausgeschlossen. Er fühlte sich zu Unrecht abgeschoben, deutlicher gesagt, er kochte innerlich vor Wut, und er dachte ernsthaft darüber nach, ohne ein Wort zurück ins Hauptquartier zu fahren. Aber er wusste auch, dass das nur zu noch größeren Spannungen führen würde, vielleicht sogar zu einer offiziellen Rüge. Daran konnte er kein Interesse haben. Und vor allen Dingen wollte er eines: diesen Mordfall lösen. Ihm war klar, dass persönliche Empfindlichkeiten dabei zurückstehen mussten, auch wenn ihm das im Moment sehr schwer fiel. Von all dem, was in seinem Mitarbeiter vorging, schien Chief Inspector Waheed nichts zu bemerken. Lächelnd sagte er: „Das freut mich, Rangha."

Als er merkte, dass sein Chef offenbar nicht weitersprechen wollte, setzte er das Gespräch fort: „Und war Ihre Unterredung mit Frau Bach erfolgreich?"

„Das hoffe ich, Rangha. Das hoffe ich sehr." Für ihn war damit die Situation zumindest vorerst hinreichend erklärt. Über das Gesicht seines Assistenten legte sich ein Schatten.

Tessa ging nachdenklich zurück zur Villa. Sie war alleine, Beatrice war noch unterwegs in der Lagune. Tessa war ganz froh darüber, so blieb ihr noch etwas Zeit, über ein paar wichtige Dinge nachzudenken. Nachdem sie eine halbe Stunde auf dem Sofa gesessen und auf ihre Hände geschaut hatte, lag ein entschlossener Ausdruck auf ihrem Gesicht.

Als ihre Freundin gegen Mittag zurückkam, saß sie mit einer Zeitschrift in der Hand auf der Veranda und schien entspannt. Auf dem Weg ins Bad sagte Bea: „Sag mal, was wollte denn der Inspector heute Morgen schon wieder von dir?"

„Ach nichts Besonderes. Im Protokoll war etwas nicht ganz klar, es war nur eine Kleinigkeit."

„Ach, so. Und hat er etwas herausgefunden über diese Frau in Male?"

„Ich weiß nicht, ich habe nicht danach gefragt." Bei dem Gedanken, dass sie gerade nicht ganz ehrlich zu ihrer Freundin gewesen war, fühlte sie sich nicht gut. Aber sie hatte ja tatsächlich nicht danach gefragt, der

Inspector hatte es ihr ja von selbst erzählt. So gesehen war es nur eine halbe Lüge. Trotzdem wusste sie, dass sie ab jetzt mit dem was sie sagte vorsichtig sein musste.

Beatrice ahnte nichts von den Überlegungen ihrer Freundin und sprach weiter: „Es scheint ja doch nicht so leicht zu sein, die Frau zu finden. Jedenfalls bin ich froh, dass er dich nicht mehr verdächtigt. Das war eine ganz schön unangenehme Situation in den letzten Tagen."

„Sag mal, hast du heute Nachmittag etwas vor?" fragte Tessa ganz nebenbei und wechselte das Thema. Sie hatte etwas lauter gesprochen, damit Beatrice sie verstand, während das Wasser der Dusche lief.

„Warum? Ich wollte noch mal ins Spa. Ist das in Ordnung? Hättest du lieber etwas anderes unternommen?" rief sie.

„Nein, mach das nur. Die Gelegenheit, in diesem herrlichen Ambiente zu entspannen, kommt so schnell nicht wieder."

Das Mittagessen verlief ruhig. Martin und Klaus waren auf der Nachbarinsel unterwegs, sie waren heute dort am Riff auf Schnorcheltour.

Tessa und Beatrice schauten sich etwas neugierig um, denn inzwischen waren wieder neue Gäste auf Ihuru angekommen. Das genügte ihnen vorerst als Gesprächsstoff und wurde offensichtlich auch an den anderen Tischen zur Kenntnis genommen. Ein Ehepaar, das sich in einem herrlichen Wiener Dialekt unterhielt, fotografierte nahezu alles, was ihnen vor die Linse kam. Die Aussicht von der Terrasse, auch die Terrasse selbst, das aufgebaute Büfett, von allem wurden Fotos gemacht. Ihre Freude über einen einfachen Salatteller mutete fast schon kindlich an. Als Tessa einige Zeit später satt und zufrieden den letzten Bissen Ihuru Forest Tarte aufgegessen hatte, sage sie: „Weißt du was, ich mache uns jetzt noch einen Kaffee auf dem Zimmer und wir ruhen uns auf der Veranda ein bisschen aus. Was hältst du davon?"

„Ja, das passt gut. Ich habe mich vorhin noch für zwei Uhr zur Massage angemeldet."

„Welche nimmst du denn heute?"

„Diesmal habe ich mich für *Signature* entschieden. Hast du eigentlich keine Lust, dich noch mal im Spa verwöhnen zu lassen? Zuhause fehlt dir doch wieder die Zeit für solche Mußestunden."

„Ja, ich werde auch noch mal hingehen, aber ich weiß noch nicht genau wann."

„Na, dann entscheide dich mal, unser Urlaub geht jetzt schneller seinem Ende entgegen als du denkst."

Als Beatrice gegangen war, saß Tessa noch eine Weile still vor ihrer leeren Kaffeetasse. Ihr Blick verlor sich irgendwo über dem Meer. Dann schaute sie auf ihre Uhr und ging zum Telefon. Nach einem kurzen Gespräch verließ sie die Villa.

Herr Schubert war erstaunt, als er das Klopfen an der Tür hörte. Wollte dieser Inspector etwa schon wieder etwas von ihm? Er rückte umständlich seine Brille zurecht und öffnete. Vor ihm stand Theresia Bach. „Guten Tag, Herr Schubert, haben Sie einen Moment Zeit für mich?“ Es war offenbar eine rein rhetorische Frage, denn in ihrer Stimme lag so viel Bestimmtheit, dass Herr Schubert unwillkürlich einen Schritt zurückwich. Tessa trat ein und schloss die Tür hinter sich.

„Ich wüsste nicht, was ich mit Ihnen zu besprechen hätte“, sagte er, und man sah ihm deutlich an, wie sehr ihn dieser Besuch überraschte, aber gleichzeitig auch verärgerte.

„Herr Schubert, hören Sie gut zu, ich habe Ihnen einen Vorschlag zu machen.“ Bevor er etwas dazu sagen konnte, sprach sie weiter: „Ich weiß, dass Sie Frau Wannjai umgebracht haben. Wenn Sie nicht möchten, dass ich mein Wissen an die Polizei weitergebe, sollten Sie jetzt genau hinhören.“ Sie hatte ihre Stimme gesenkt und so leise gesprochen, dass die ganze Szene tatsächlich die Züge einer Verschwörung annahm.

Herr Schubert rang hörbar nach Luft. „Was soll das?“ stieß er mit einem Zischen hervor.

„Herr Schubert, Sie wissen genau, um was es geht. Ich will dreitausend Dollar. Ich denke, das wird Ihnen mein Schweigen wert sein.“ Tessa stand vor ihm, das Kinn leicht angehoben, die Schultern gerade, ihre ganze Haltung strahlte eine Überlegenheit aus, gegen die Herr Schubert in seiner Überraschung nicht ankam. Ihm fiel nichts anderes ein, als zu sagen: „Sind Sie verrückt?" Er schaute sie dabei an, als sei sie nicht recht bei Verstand.

„Nein, Herr Schubert, verrückt bin ich nicht. Ich war lediglich Zeugin Ihres Verbrechens an Frau Wannjai. Ich weiß, was an jenem Abend im Spa geschehen ist." Dieser letzte Satz grub sich erbarmungslos in das Bewusstsein von Herrn Schubert, und er hatte Mühe, ihre nächsten Worte wahrzunehmen. „Die Beamten tappen im Dunkeln. Es wird wohl in Ihrem Interesse sein, dass das so bleibt."

„Was reden Sie denn da?" Er holte Luft und wollte weitersprechen, aber Tessa kam ihm zuvor.

„Das wissen Sie sehr genau. Also besorgen Sie dreitausend Dollar. Am Sonntagabend warte ich auf Sie in der Bar. Genau um zehn Uhr. Legen Sie das Geld in eine Zeitschrift." Sie registrierte seinen Blick, der inzwischen einen fast irren Ausdruck angenommen hatte. Sie war sich nicht sicher, ob er sie noch verstand. Am liebsten wäre sie auf der Stelle gegangen, aber vorher musste sie das hier zu Ende bringen. „Verstehen Sie, Herr Schubert? Ich bitte Sie einfach nur, mir Ihre Fachzeitschrift über Computer auszuleihen. Es gibt darin einen interessanten Artikel, den ich gerne lesen würde." Während sie noch sprach, war sie zur Tür gegangen und sagte beim Hinausgehen über die Schulter: „Bis Sonntag. Und kommen Sie pünktlich."

Bevor Herr Schubert antworten konnte, hatte sie sich schon ein Stück entfernt. Während sie mit schnellen Schritten zum Strand lief, atmete sie ein paarmal tief durch. Es war, als ob sie gerade eben noch einmal eine Begegnung mit einem Hai durchlebt hätte. Dann straffte sie die Schultern und ging ruhig weiter.

Als sie auf die Uhr schaute, sah sie, dass Beatrice ihre Behandlung im Spa bald beendet haben musste. Sie entschloss sich, ihre Freundin abzuholen.

„Hallo Tessa, was machst du denn hier?“ Beatrice war überrascht, als sie am Eingang des Spa auf ihre Freundin traf. Tessa hatte ganz in Gedanken versunken gerade mit einem trockenen Blatt abstrakte Figuren in den Sand gemalt.

„Ach, ich hatte Langeweile, und da habe ich einen Rundgang gemacht und gedacht, dass ich dich hier einsammeln könnte. Wie fühlst du dich?“

„Prima. Ich werde diese Wohlfühlstunden und den Ingwertee mit Honig vermissen. Aber wenn ich es mir so recht überlege, freue ich mich auch darauf, meinen Thomas wiederzusehen. Es dauert ja nicht mehr lange.“

„Ja, klar. Und Ingwertee mit Honig können wir uns schließlich auch zu Hause machen.“ Langsam gingen die beiden Freundinnen nebeneinander her. Beatrice sprach weiter: „Übrigens, Frau Schubert war auch wieder hier. Ich glaube, es gibt keine Behandlung im Angebot, die sie noch nicht gehabt hat. Ihr Bedürfnis nach Schönheit muss ihren Mann schon eine ganze Menge Geld gekostet haben.“

„Das wird sie ihm wohl wert sein.“ Mehr hatte Tessa nicht dazu zu sagen.

Am frühen Nachmittag suchte Herr Schmithoff den Inspector auf. „Leider haben wir in unseren Dateien rein gar nichts gefunden, was Herrn Schubert mit Frau Wannjai in Verbindung bringen könnte. Im Ergebnis heißt das, dass Herr und Frau Schubert zu keiner Zeit in einem unserer Ressorts Urlaub gemacht haben, während Frau Wannjai dort angestellt war."

„Schade, ich hatte gehofft, dass sich daraus vielleicht eine Spur ergeben könnte." Chief Inspector Waheed zuckte bedauernd mit den Achseln.

„Tut mir leid, Inpsector. Melden Sie sich, wenn ich Ihnen sonst noch irgendwie helfen kann", sagte Herr Schmithoff und eilte zu seinem nächsten Termin. Er wollte mit seinem Küchenchef noch einige Details für das nächste Themenbüfett besprechen.

„Das wäre ja auch zu einfach gewesen." Assistent Rangha trommelte mit einem Finger auf die Tischplatte. Seine Verärgerung hatte wieder etwas nachgelassen, aber er ließ seinen Chef deutlich spüren, dass er nicht zu einer Unterhaltung, die über das Notwendige hinausging, bereit war. Die Zeit schleppte sich dahin. Es gab nichts zu tun. Nachdem sie sich eine Weile so gegenüber gesessen hatten, verließ Assistent Rangha das provisorische Büro. Kurze Zeit später kam er mit der *Affathis News* in der Hand zurück, setzte sich an den Tisch und las. So, wie er die Zeitung hielt, konnte man den Eindruck haben, er hätte eine Mauer aufgebaut zwischen sich und seinem Chef. Chief Inspector Waheed nahm keinerlei Notiz davon. Er war mit seinem Fall beschäftigt und schaute angestrengt in die Akten, die vor ihm auf dem Tisch lagen.

Während ein Teil der Gäste sich wie fast jeden Tag um diese Zeit in der Velaavani Bar aufhielt, ließen andere in den Gärten ihrer Villen den Tag in der Maledivenschaukel ausklingen oder genossen am Strand die Stunde des Sonnenuntergangs. Herr Schubert allerdings klopfte wieder an die Tür des Büros von Chief Inspector Waheed.

„Herr Schubert, bitte sehr." Der Inspector machte eine einladende Handbewegung zu dem Stuhl, der vor seinem Schreibtisch stand. Man sah Herrn Schubert an, dass er lieber stehen geblieben wäre, aber nach einem kurzen Zögern nahm er den angebotenen Platz an.

„Ich wollte fragen, ob Ihre Anweisung, dass ich die Insel nicht verlassen darf, immer noch gilt."

„Ja, Herr Schubert, bis auf weiteres."

„Ich möchte mit meiner Frau morgen einen Ausflug nach Male machen. Wäre das möglich?"

„Nun", der Inspector zögerte mit der Antwort. „Möchte Ihre Frau einkaufen gehen?"

„Ja, das auch. Aber hauptsächlich interessiert sie sich für die Moscheen und Paläste und möchte sich überhaupt die Stadt anschauen."

„Ja, Herr Schubert, ich denke, es spricht nichts gegen ihren Ausflug. Unsere Stadt und ihre Gebäude sind absolut sehenswert. Und versäumen Sie nicht, sich unsere Freitagsmoschee und den Präsidentenpalast Theemuge anzuschauen.“ Während er das sagte hatte er freundlich gelächelt. Und genau mit diesem Lächeln setzte er seine Rede fort: „Ich darf Sie jedoch bitten, mir vorher Ihren Reisepass und Ihr Flugticket in Verwahrung zu geben.“

Herr Schubert schob heftig seinen Stuhl zurück, das scharrende Geräusch auf dem Boden klang unangenehm laut. Er wollte offensichtlich gegen diese Auflage protestieren, überlegte es sich dann aber anders und sagte: „Ich bringe Ihnen die Unterlagen nachher vorbei.“ Er war intelligent genug zu wissen, dass ihm gar keine andere Wahl blieb.

Beim Abendessen wurden Tessa und Beatrice von Martin und Klaus unterhalten, die von ihrem Ausflug zur Nachbarinsel Vabbinfaru berichteten. Erst erzählten sie vom dortigen Riff und dann von ihrem Mittagessen, bei dem sich ein unverhofftes Wiedersehen ergeben hatte. Zwei Taucher, mit denen sie vor zwei Jahren ihren Urlaub am Roten Meer verbracht hatten, waren jetzt hier auf Vabbinfaru.

„Könnt ihr euch das vorstellen? Die Welt ist wirklich erstaunlich klein. Es gab viel zu erzählen, und so ist der Tag unglaublich schnell vergangen.“ Klaus lächelte immer noch über diesen Zufall.

„Und was machen wir morgen?“ Martin schaute auffordernd in die Runde.

„Mir genügt es, in der Lagune zu Schnorcheln“, sagte Beatrice.

„Ich könnte noch ein paar gute Aufnahmen von verschiedenen Korallen gebrauchen. Das Licht ist morgens immer besonders günstig." Klaus ließ sich durch seine Antwort aber nicht von seiner Honey & Pine Nut Tart with Roasted Pistachio Ice Cream ablenken. Er betrachtete eingehend die Verzierungen aus Schokolade auf seinem Teller. „Das sind richtige kleine Kunstwerke, die man eigentlich gar nicht zerstören dürfte."

Tessa schaute zu, wie Klaus vorsichtig das Schokoladengitter mit dem Löffel zerbrach und zögerte mit ihrer Antwort.

Martin schaute sie an. „Und was meinst Du?"

„Ich weiß noch nicht .... Vielleicht schwimme ich einfach ein bisschen in der Lagune. Zum Lesen kam ich auch noch nicht."

„Willst Du keinen Tauchgang mehr machen?" Martin wunderte sich ein wenig über ihre Unentschlossenheit.

„Ich glaube nicht."

„Trinken wir noch was an der Bar?" Beatrice mochte es, abends dort noch ein wenig zu sitzen und die laue Luft und die Atmosphäre zu genießen. „Bei uns zu Hause können wir gerade mal im Hochsommer abends so lange im Garten sitzen. Und wenn wir nächste Woche wieder zu Hause sind, wird es erst mal furchtbar kalt sein. Man vergisst hier fast, dass der Februar in Deutschland Winter bedeutet."

„Ja, genießen wir noch die schönen Seiten unseres Urlaubs." Klaus ging voran. „Ist es euch hier recht?"

Er hatte einen Tisch nahe zum Strand ausgesucht. Sie setzten sich und bestellten ihren schon obligatorischen Whisky.

„Tessa, was ist los? Du bist schon den ganzen Abend so still.“ Martin hatte das Gefühl, dass etwas nicht stimmte.

„Nein, mit mir ist alles in Ordnung. Vielleicht bin ich ein bisschen träge geworden, bei all dem Verwöhnurlaub hier.“ Martin war anzusehen, dass er ihr nicht glaubte.

„Das Tauchboot fährt morgen zum Banana Reef. Vielleicht überlegst du es dir ja doch noch anders und kommst mit.“

„Mal sehen“, sagte Tessa ausweichend.

***** Samstag *****

Beim Frühstück sagte Beatrice: „Wir könnten uns nachher mal in der Gallery umschauen. Vielleicht finden wir ein nettes Souvenir von unserem Urlaub hier."

„Ja, ich hätte auch noch gerne etwas als schöne Erinnerung an die Insel. Ich möchte nicht nur die schlimmen Erlebnisse mit nach Hause nehmen."

Sie schlenderten zu der kleinen Boutique und schauten sich die Auslagen im Schaufenster an. Ein Klangspiel ertönte, als sie die Tür öffneten und eintraten. Sie stöberten zwischen exotischen Düften und T-Shirts, Räucherstäbchen, den üblichen Ansichtskarten, Bademoden und Strandlaken.

„Schau mal." Tessa deutete auf kleine Gefäße, die in einer Vitrine standen. „Es sind die gleichen, die sie im Spa für das Öl benutzen."

„Ja, die sind wirklich hübsch. Davon nehme ich auch eines." Dann ging Beatrice zu einem Regal an der Wand: „Und schau mal hier, das T-Shirt mit dem Papageifisch als Motiv, das sieht gut aus. Das bringe ich Thomas mit. Wenn er damit zu Hause im Garten rumläuft, werden die Nachbarn Augen machen", sagte sie und musste bei dieser Vorstellung lachen.

„Ja, ich denke, darüber wird er sich freuen. Welche Farbe willst du nehmen?"

„Ich weiß nicht. Das blaue ist schön, aber das grüne auch." Schließlich entschied sie sich für das blaue.

„Und ich nehme zwei von den Ölgefäßen, die passen wunderbar in mein Badezimmer." Tessa ließ sich ihre kleinen Kostbarkeiten gut einpacken.

„Oh, schau mal hier", rief sie Beatrice zu und zeigte auf ein Tuch aus türkisfarbenem Baumwollstoff mit kleinen Stickereien und aufgenähten Muscheln. „Das ist mal was ganz anderes. Ja, das ist ausgesprochen chic", stimmte Beatrice ihrer Freundin zu.

„Das nehme ich auch noch", sagte Tessa.

Zufrieden mit ihren Einkäufen gingen die beiden Freundinnen zurück zu ihrer Villa. Auf dem Weg kamen ihnen Herr und Frau Schubert entgegen. Frau Schubert trug ein buntes Kleid und hatte ihre Handtasche über die Schulter gehängt. Herr Schubert trug lange Hosen und hatte einen Hut dabei. Die beiden wollten offenbar einen Ausflug machen. Wortlos gingen sie aneinander vorbei.

„Irgendwie sind das komische Leute", sagte Beatrice. „Na ja, wer weiß, wie wir mal sein werden, wenn wir älter sind."

„Glaubst du wirklich, dass das nur etwas mit dem Alter zu tun hat?"

„Nein, wahrscheinlich nicht."

„Komm, lass uns lieber Schnorcheln gehen als über so etwas nachzudenken." Tessa wollte offenbar nicht über das seltsame Verhalten des Ehepaars Schuberts reden.

„Chef, ich habe mit Riyaz telefoniert. Er wartet mit Musthafeez am Jetty No 1 in Male. Die beiden werden Herrn und Frau Schubert nicht aus den Augen lassen."

„Gut. Dann warten wir ab."

„Glauben Sie wirklich, dass die Schuberts sich absetzen wollen?"

„Nein, eigentlich nicht."

„Aber wozu dann der Aufwand .....?"

„Sicher ist sicher, so sagt man, wenn ich mich recht erinnere, in Deutschland, Rangha." Mehr ließ er sich nicht entlocken.

Assistent Rangha hatte einmal mehr das unangenehme Gefühl, dass sein Chef ihm etwas verschwieg. Dabei war er immer noch verärgert über die Vorkommnisse von gestern. Und jetzt wurde auch noch ein Geheimnis aus dem Ausflug der Schuberts in die Stadt gemacht. Er schwieg. Es war ein vorwurfsvolles Schweigen. Aber bevor er das Thema zur Sprache bringen konnte, sagte sein Chef: „Rangha, haben Sie gesehen, dass es heute Mittag Lammkeule in Kräuterkruste und Pfannkuchen mit Orangencremefüllung gibt? Was halten Sie davon, wenn wir uns heute mal viel Zeit lassen beim Essen?"

Da stimmt etwas ganz und gar nicht, dachte Assistent Rangha und sagte ohne viel Begeisterung in der Stimme: „ Ja, wie Sie meinen, Chef." So leicht würde er es ihm nicht machen Es brauchte schon etwas mehr, als eine verlängerte Mittagspause, um seine verletzte Polizistenehre wieder herzustellen.

„Sollen wir nicht doch lieber einen dieser Führer anheuern?“ fragte Else Schubert ihren Mann und deutete auf eine Gruppe dunkelhäutiger Männer, die am Hafen auf Kundschaft wartete.

„Ach, Else, wir wissen doch, wie das ist. Die Burschen verlangen unverschämte Preise und führen einem nur in solche Geschäfte, in denen sie Provisionen dafür bekommen, dass sie ahnungslose Touristen anschleppen. Denk mal dran, wie es uns in Venedig ergangen ist. Nein, wir kommen auch so zurecht. Ich habe hier einen guten Reiseführer, da steht alles drin, was hier interessant ist, und mit dem machen wir jetzt unseren Rundgang.“

Frau Schubert folgte ihrem Mann, der schon in Richtung Freitagsmoschee unterwegs war. Sie bewunderten das Minarett und die goldene Kuppel, die alle Blicke schon von weitem auf sich zog. „Hier steht, dass fünftausend Gläubige in diesem Haus beten können.“

„Das ist beeindruckend“, murmelte seine Frau.

„Viel Marmor und viel Gold.“ Herr Schubert machte eine ausladende Handbewegung. „Ja, die Religionen lassen sich die Gestaltung ihrer Gotteshäuser schon etwas kosten. Das ist wohl auf der ganzen Welt so.“

Nachdem sie sich auch noch die ältere Moschee *Hukuru Miskiiy* mit dem dazugehörigen Friedhof und den Sultanspark angeschaut hatten, bahnten sie sich ihren Weg in Richtung *Orchid Magu.* In dem dichten Gedränge bemerkten sie die beiden unauffällig gekleideten Männer nicht, die ihnen schon seit sie das Boot verlassen hatten folgten.

„Else, schau mal da. Ich denke, dieses Tuch würde dir gut stehen." In einem der zahlreichen Geschäfte, die entlang der Haupteinkaufsstraße lagen, deutete Herr Schubert auf ein großes Seidentuch, das in einer Vitrine dekoriert war. Es schimmerte in zartem Blau und Rosa. „Ich finde, diese Farbkombination passt besonders gut zu deiner Haarfarbe."

„Ja, das ist hübsch." Frau Schubert ließ sich von der Verkäuferin das Tuch geben und hielt es sich vor die Brust, während sie sich im Spiegel betrachtete. Sie war blond, wenn auch mit Hilfe von ein wenig Chemie, und die hellen Farben standen ihr wirklich gut. Sie fühlte sich geschmeichelt, dass ihr Mann sie heute mit so viel Aufmerksamkeit beschenkte. Das war nicht immer so. In ihrem Alltag nahm er sie oft kaum wahr. Manchmal hatte sie das Gefühl, dass sie inzwischen zum Haus gehörte, wie ein Möbelstück oder eines der vielen Bilder. Seit die Kinder erwachsen waren und ihr eigenes Leben führten, war es still geworden. Vor einiger Zeit hatte sie noch darüber nachgedacht, ihren Mann zu verlassen. Aber ihr war klar, dass sie zu alt war, um noch einmal ganz von vorne anzufangen. Immerhin hatte sie ihren Bridgeclub und ihre Freundinnen, und so hatte sie sich mittlerweile mit den Gegebenheiten abgefunden. Sie konnte sich ihren Tag einteilen wie sie wollte und machte das Beste daraus. Sie mochte die Spaziergänge mit ihrem Schäferhund

Branko und war eigentlich ganz zufrieden mit ihrem Leben. Es war ihr gelungen, ihre Erwartungen den Gegebenheiten anzupassen. Sie schaute noch einmal prüfend in den Spiegel. „Ich glaube, ich nehme es. Du hast wirklich einen guten Blick für so etwas, Herbert."

Herr Schubert griff in seine Jacke und holte seine Brieftasche hervor. Nach einem kurzen Blick auf den Inhalt sagte er: „Du, ich glaube, gleich hier in der Nähe habe ich vorhin eine Bank gesehen. Ich gehe mal eben noch Geld holen. Warte so lange hier und schau dich ruhig noch ein wenig um. Vielleicht entdeckst du ja noch mehr, was dir gefällt." Eilig verließ er das Geschäft. Als er auf die Straße trat, wischte er sich mit dem Taschentuch über die Stirn. Er fand diese Hitze unerträglich und er würde froh sein, bald wieder zu Hause in kühleren Regionen zu leben. Aber jetzt musste er erst einmal seinen Besuch bei der Bank erledigen.

Frau Schubert durchstöberte inzwischen jeden Winkel des Ladens und fand noch eine Handtasche, von der sie glaubte, dass sie ganz wunderbar zu ihren neuen blauen Schuhen passen müsste. Die Verkäuferin bemühte sich um sie. Es dauerte nicht sehr lange, bis ihr Mann wieder zurückkam. Sie empfing ihn mit den Worten: „Liebling, hier kann man wirklich hübsche Sachen finden. Damit hätte ich gar nicht gerechnet." Sie zeigte ihm die Handtasche und wartete auf seinen Kommentar, so wie sie es immer tat.

„Ja, das ist doch schön, dass du noch etwas gefunden hast." Er bezahlte die Handtasche und das Seidentuch und reichte seiner Frau die Tüte. Als sie den Laden verließen, sagte sie: „Komm, lass uns jetzt noch den Präsidentenpalast anschauen."

„Ja, hier im Reiseführer steht, dass es ein sehenswertes Gebäude ist, also müssen wir in diese Richtung gehen." In Gedanken setzte er hinzu: Auch wenn diese Hitze mich fast umbringt und mir die tausend Mopeds auf die Nerven gehen mit ihrem Gestank. Die beiden Gestalten, die ihnen immer noch folgten, hatten sich inzwischen verschiedene kurze Notizen gemacht und gingen in angemessenem Abstand hinter ihnen her.

„Chef, sagen Sie mal, habe ich da vorne eben Mohamed und Ismail gesehen?" Assistent Rangha war polternd ins Büro gekommen, deutete Richtung Jetty und ließ jetzt seiner Verärgerung, die sich seit gestern kontinuierlich gesteigert hatte, freien Lauf.

„Nicht so laut, Rangha." Chief Inspector Waheed war aufgestanden, ging einen Schritt auf seinen Mitarbeiter zu und machte eine beruhigende Geste. Aber Assistent Rangha sprach aufgebracht weiter: „Wenn Sie mit meiner Arbeit nicht mehr zufrieden sind, dann sagen Sie es ganz einfach, dann fahre ich zurück ins Büro. Dort gibt es bestimmt anderes für mich zu tun." Während er sprach, hatte er mit der Hand ausgeholt, als wolle auf den Tisch schlagen. Aber dann nahm er sich zusammen und steckte beide Hände mit einer energischen Geste in die Hosentaschen und versuchte so, seine Wut zu zügeln.

„Nein, Rangha, Sie werden nicht ins Büro fahren, dazu besteht gar kein Grund. Setzen Sie sich erst mal hin."

Mit den Worten: „Ich dachte, wir lösen den Fall gemeinsam", zog Assistent Rangha einen Stuhl heran und kam der Aufforderung seines Chefs nach. In seinem Gesicht spiegelte sich seine ganze Wut, sein Ärger war so groß, dass sich seine Augen zu schmalen Schlitzen verengten.

„Rangha, ich weiß, ich hätte Sie früher informieren sollen", begann Chief Inspector Waheed mit seiner Rede. „Aber ich musste mir erst mal einen Plan zurechtlegen, verstehen Sie. Ich habe lange darüber nachgedacht, welcher Weg uns noch bleibt, um unsere Arbeit hier zu einem guten Ende zu bringen. Ihnen muss ich doch nicht erklären, wie viel Verantwortung so eine Ermittlung mit sich bringt. Zumal es sich bei unserem Fall um Mord handelt. Wir wissen noch immer nicht genau, was den Mörder zu seiner Tat getrieben hat, und das bedeutet, dass wir mit Bedacht vorgehen müssen. Ich will nicht, dass hier womöglich noch eine weitere Leiche auftaucht."

Assistent Rangha brummte etwas Unverständliches und fixierte einen Punkt, der an der Wand gegenüber lag. Es war völlig klar, dass er mit dieser Erklärung seines Chefs noch nicht zufrieden war.

„Natürlich wollte ich die weitere Vorgehensweise mit Ihnen besprechen, das ist doch selbstverständlich. Ich hatte nur nicht damit gerechnet, dass die Kollegen so schnell kommen würden", setzte er erklärend hinzu.

„Na gut." Assistent Rangha hatte sich inzwischen etwas beruhigt. Trotzdem fragte er: „Aber was heißt das jetzt genau?"

Chief Inspector Waheed senkte die Stimme als er weitersprach. „Ich habe Verstärkung angefordert, weil wir jemanden brauchen, der Frau Bach im Auge behält. Die Kollegen sind offiziell als Gäste, die hier ihren Urlaub verbringen wollen, in Villa Nummer vierunddreißig eingezogen."

Einen Augenblick herrschte Schweigen. Assistent Rangha runzelte die Stirn, aber bevor er etwas sagen konnte, fuhr sein Chef fort: „Rangha, bevor Sie sich jetzt wieder unnötig aufregen, hören Sie mir erst mal zu." Dann setzte er zu einer ausführlichen Rede an.

„Sag mal, Tessa, du bist irgendwie komisch. Schon seit gestern bist du so still. Ist irgendetwas nicht in Ordnung?" Beatrice schaute ihre Freundin von der Seite an. Sie saßen auf der Veranda ihrer Villa, es war Nachmittag und vor ihnen standen die Kaffeetassen.

„Nein, es ist alles in Ordnung."

„Ich habe den Eindruck, dass zumindest nicht alles so ganz in Ordnung ist. Hängt es mit Martin zusammen?"

„Nein." Nach einem kurzen Zögern sagte sie: „ Ja, doch schon."

„Das dachte ich mir. Warum machst du eigentlich immer alles so kompliziert? Ihr könnt euch doch wiedersehen, wenn der Urlaub vorbei ist. Nichts spricht dagegen. So weit entfernt voneinander wohnen wir doch alle nicht."

„Ach, Bea, zu Hause wartet mein Laden wieder auf mich. Und Martin wird in seiner Kanzlei auch wieder genug Arbeit haben. Da bleibt nicht viel freie Zeit übrig. Außerdem weiß ich gar nicht, ob er mich überhaupt wiedersehen will. So ein Urlaub ist schön, der Himmel ist blau, aber dann kommt der Alltag wieder. Und da vergisst man schnell."

„Ach, Tessa, wenn ich damals bei meinem Thomas so viele Gründe gegen unsere Gefühle gefunden hätte, wären wir nie zusammengekommen." Das Wort *„nie"* hatte sie ganz langgezogen ausgesprochen. Als Tessa nichts darauf antwortete, sagte sie: „Gib Martin wenigstens deine Telefonnummer." Sie überlegte kurz und fügte dann hinzu: „Und gib ihm die richtige, nicht wieder eine erfundene."

Tessa lachte. „Ja, das war eine lustige Geschichte damals mit Manfred."

„Na ja, ich glaube nicht, dass aus seiner Sicht die Geschichte wirklich lustig war. Ich denke, er war sauer, dass es den Anschluss gar nicht gab. Und erzähl Martin auch nicht am Ende noch, dass du bei deiner Oma wohnst. Ich glaube, irgendetwas in der Art hast du damals Volker erzählt."

„Nein, nein", wehrte Tessa ab „die Oma bringst du doch immer ins Gespräch."

Beatrice lachte. „Stimmt, weil einfach nichts über eine kluge Oma geht."

Dann lachten sie beide, aber einen Moment später wurde Tessa wieder ernst. „Ich weiß auch gar nicht, ob ich so eine Beziehung will, die tiefer geht. Weißt du, ich bin ein Mensch, der sich auch mal zurückziehen muss, einfach Zeit für sich braucht. Im Grunde meines Herzens bin ich wahrscheinlich ein Einzelgänger. Trotzdem wünsche ich mir manchmal Nähe. Aber dann halte ich sie nicht aus."

„Ja, Tessa, da kann ich dir auch nicht raten. Den richtigen Weg musst du alleine finden. Aber mach dir das Leben nicht immer schwerer als es tatsächlich ist." Mehr konnte Beatrice ihrer Freundin im Moment nicht dazu sagen. Deshalb deutete sie nach links und fragte: „Sag mal, hast du eigentlich gemerkt, dass wir zwei neue Nachbarn haben?"

„Nein. Ist denn das Ehepaar aus Genf schon abgereist? Das habe ich gar nicht mitbekommen."

„Ja, die sind wohl weg. Ich habe heute Morgen zwei Männer drüben auf der Veranda gesehen, sie waren wohl gerade angekommen."

„Und sind sie nett?"

„Das weiß ich nicht. Sie haben nur kurz gegrüßt. Dem Aussehen nach sind es Leute von hier. Aber sie könnten auch von Sri Lanka oder Indien kommen, wenn ich es mir so recht überlege. So genau habe ich auch nicht hingeschaut."

„Na ja, die wollen eben auch mal Urlaub auf einer Luxusinsel machen."

Beatrice nahm ihren Roman vom Tisch und begann zu lesen. Die Heldin machte gerade einen Spaziergang an Englands Südküste, begleitet von ihrem Jack Russel Terry, von viel Wind und von noch mehr Regen.

Tessa schaute aufs Meer. Noch zwei Tage, dachte sie. Noch zwei lange Tage.

Gegen Abend trafen sie sich mit Martin und Klaus zum Sundowner in der Velaavani Bar. Die beiden berichteten von ihrem Tauchgang am Banana Reef.

„Schade, dass du nicht mitgekommen bist. Aber viel versäumt hast du allerdings auch nicht."

„Gab es keine besonderen Erlebnisse dort?"

„Nein. Außer ein paar Napoleon Fischen und einer Riesenmuräne gab es nichts zu sehen. Die Natur lässt sich nun mal nicht auf Bestellung vorführen. Natürlich waren da die üblichen Fischschwärme. Aber es war nichts dabei, was wir nicht schon gekannt hätten."

Irgendwie wollte das Gespräch nicht so richtig in Gang kommen. Schweigend schaute jeder vor sich hin. Es schien so, als ob das Ende des Urlaubs bereits begonnen hätte. Auch das Abendessen verlief heute ruhiger als sonst.

„Es scheint so, als ob es heute Abend nichts wird mit unserem Whisky." Martin schaute Tessa fragend an.

„Nein. Ich möchte früh schlafen gehen."

„Ich hätte schon Lust", machte Beatrice sich bemerkbar. Tessa streckte die Hand nach ihrer Freundin aus. Die Geste wirkte wie die eines hilflosen Kindes.

„Du, wäre es möglich, dass du mit mir kommst?“ Als Beatrice nicht gleich antwortete, fügte sie leise hinzu: „Bitte.“ Ihr Gesicht war ernst, als sie das sagte.

„Ja. Wenn du meinst. Natürlich komme ich mit.“

Martin und Klaus verabschiedeten sich und gingen Richtung Bar.

„Tessa, was ist los?“ fragte Beatrice. Sie war beunruhigt.

„Nichts weiter. Ich möchte nur heute Abend nicht alleine sein.“

„Höre ich da gerade so etwas wie Weltschmerz in deiner Stimme?“

„Vielleicht.“

„Ach, du.“ Beatrice legte den Arm um ihre Freundin. Im Zimmer zündete sie alle Teelichter an, schaltete den CD-Player ein, steckte ein Räucherstäbchen an und versuchte ihrer Freundin ein wenig über das Stimmungstief hinwegzuhelfen. Als sie im Bett lagen, erzählte sie ihr eine lustige Geschichte, die sie vor kurzem beim Einkaufen erlebt hatte, und konnte ihrer Freundin damit tatsächlich ein Lächeln entlocken. Aber sie spürte, dass Tessa ihr heute Abend nicht mehr so richtig zuhören würde. Als sie bemerkte, dass der Blick ihrer Freundin unruhig durchs Zimmer huschte, sagt sie: „Tessa, was ist los? Siehst du Gespenster?“

„Vielleicht“, antwortete Tessa und zog die Decke fester um sich herum.

„Weißt du was, wir schlafen jetzt erst einmal, und morgen ist ein neuer Tag.“

„Du hast ja Recht. Es wird sich schon alles finden.“

Die beiden Freundinnen lagen schon in tiefem Schlaf, als draußen leise Geräusche zu hören waren. Ein paar gedämpfte Schritte im Sand, das leise Öffnen und Schließen einer Tür, mehr war es nicht.

***** Sonntag *****

Beim gemeinsamen Frühstück am nächsten Morgen sagte Tessa: „Was haltet ihr davon, wenn wir heute alle zusammen den Tag auf Vabbinfaru verbringen? Noch einen Tauchgang will ich nicht machen, und das Riff dort lohnt doch zum Schnorcheln, so wie ihr erzählt habt.“ Sie schaute Martin und Klaus an.

„Ja, die Idee ist gut.“ Martin nickte zustimmend.

„Die Stachelrochen und die Schildkrötenstation sind auch sehenswert“, warf Klaus ein. „Ich glaube, ihr habt das noch nicht gesehen, wart ihr schon mal drüben?“

„Nein. Irgendwie war nie Gelegenheit dazu“, sagte Beatrice. „Sind eure Bekannten vom letzten Urlaub eigentlich noch dort?“ Sie wischte ein paar Krümel von ihrem Rock.

„Nein, die beiden sind gestern abgereist.“ Martin schaute Tessa an. Sie sagte: „Also gut, treffen wir uns um zehn Uhr am Steg. Ich glaube um die Zeit geht das Hotelboot.“

Als Tessa und Beatrice sich im Zimmer vorbereiteten auf ihren kleinen Ausflug zur Nachbarinsel sagte Beatrice: „Du, ich finde, das war sehr nett von Martin, wie er auf dich eingegangen ist. Ich hatte den Eindruck, dass er schon gerne noch einen Tauchgang gemacht hätte. Ich glaube, er hat dir zuliebe darauf verzichtet.“

„Meinst du?“ Tessa klang nicht so, als ob sie davon überzeugt wäre.

„Guten Morgen, Chef“, brummte Assistent Rangha leise, schwang seine kräftigen Beine über den Bettrand und fuhr sich mit beiden Händen durch die dunklen Haare, die störrisch in alle Richtungen von seinem Kopf abstanden.

„Guten Morgen, Rangha.“ Chief Inspector Waheed kam gerade aus dem kleinen Raum, in dem sich die Dusche und die Toilette befanden, über dem Arm hatte er seine Nachtwäsche, die er jetzt ordentlich aufs Bett legte. Er trug keine Freizeitkleidung mehr, sondern hatte seine Uniform wieder angelegt. Auch er hatte mit gedämpfter Stimme gesprochen. Er streckte sich und ließ seine Schultern ein paarmal vor und zurück kreisen. Das schmale Bett, in dem er die Nacht verbracht hatte, war nicht sehr bequem gewesen und er spürte einige seiner Muskeln und vor allen Dingen seinen Rücken deutlicher als ihm lieb war.

Die beiden Beamten waren gestern am späten Abend, es war fast schon Mitternacht, umgezogen. Sie hatten ihre komfortablen Strandvillen eingetauscht gegen das Zimmer, in dem Frau Wannjai bis vor wenigen Tagen noch gewohnt hatte. Saichai war von Herr Schmithoff mittlerweile bei einer anderen Kollegin untergebracht worden, sie hatte direkt nach dem schrecklichen Ereignis darum gebeten umzuziehen.

Der kleine Raum über dem Water-Sport-Center diente den Beamten jetzt sozusagen als Beobachtungsposten. Offiziell hatten sie die Insel verlassen. „Sehr bequem war das letzte Nacht nicht“, sagte Assistent Rangha und deutete auf das schmale Bett.

„Wenn alles gut geht, wird uns eine weitere Übernachtung hier erspart bleiben“, antwortete Chief Inspector Waheed und setzte sich auf einen der beiden Stühle, die nah am Fenster standen. Der einfache Stoff, der die Scheiben bedeckte, war an den Seiten knapp bemessen. Es blieb ein winziger Spalt, durch den man hinausschauen konnte, ohne dass unmittelbar Gefahr bestand, selbst gesehen zu werden. Im Blickfeld der Beamten lag der größte Teil der Bar, der Zugang zur Rezeption, ein paar Tische des Restaurants und vor allen Dingen der gesamte Bootsanleger.

„Chef, ich glaube, da kommt jemand die Treppe hoch.“ Assistent Rangha war schon an der Tür, als ein leises Kratzen zu hören war. Er öffnete und nahm wortlos, nur mit einem Nicken, aber mit einem breiten Lächeln, ein riesiges Tablett in Empfang, bevor er die Tür wieder schloss. Der ganze Vorgang hatte lediglich ein paar Sekunden gedauert.

„Ja, ein gutes Frühstück können wir jetzt gebrauchen“, sagte Chief Inspector Waheed und rückte vorsichtig den Tisch zurecht. Als Assistent Rangha seine dritte Scheibe Brot mit Marmelade bestrich, sah er, wie Tessa mit ihren Freunden gerade über die Jetty ging. „Schauen Sie mal, Chef.“ Er deutete durch den schmalen Spalt des Vorhangs. Nach einem Blick aus dem Fenster sagte Chief Inspector Waheed: „Sie hat es also einrichten können.“ Er war ganz offensichtlich zufrieden mit dem, was er gerade gesehen hatte.

Als die vier mit dem Boot das kurze Stück durch die Lagune fuhren, glitzerte das Wasser hell wie immer, der Himmel war - von ein paar winzigen Wolken abgesehen - blau wie meistens, und die Menschen hatten ein zufriedenes Lächeln auf ihren Gesichtern. Der Bootsführer führte das Heckruder des Bootes lässig mit dem linken Fuß, drehte dabei mit den Händen das Steuerrad und nahm Kurs auf Vabbinfaru. Nachdem sie angekommen waren, machten sie erst einmal einen Rundgang über die Insel, bewunderten die Orchideen, die von den Gärtnern hier liebevoll gepflanzt worden waren und verweilten dann ein wenig auf dem großen Holzdeck mit Blick übers Meer. Als es ihnen zu heiß wurde, machten sie sich fertig zum Schnorcheln. In der Welt unter Wasser gab es auch hier eine Menge zu entdecken. Sie begegneten einer Gruppe von Schildkröten. Tessa mochte sie besonders gern. Wenn sie gefragt wurde, in welches Tier sie sich gerne verwandeln würde, dann sagte sie immer mit Nachdruck: in eine Schildkröte. Sie bewunderte diese Geschöpfe, die Jahrmillionen der Evolution schadlos überstanden hatten. Sie mochte ihre bedächtig wirkende Art, die ruhige Gelassenheit, mit der sie sich im Riff bewegten, als ob sie über alle Gefahren und Nichtigkeiten hinwegschwebten. Und manchmal wünschte sie, dass ihr auch ein Panzer wachsen würde, der sie vor allen schlechten Einflüssen schützen konnte. Martin schwamm neben ihr und deutete auf zwei Doktorfische, die sich gegenseitig in rasantem Tempo umkreisten. Es sah aus wie ein wildes Spiel. Ein paar Hornhechte schwammen dicht unter der Oberfläche. Ein Papageifisch war damit beschäftigt Algen von abgestorbenen Korallen abzuweiden, das schabende Geräusch, das er mit seinem Maul dabei verursachte, war deutlich zu hören. Ein Kofferfisch mit weißen Punkten suchte Schutz zwischen einer Geweihkoralle. Tessa mochte die Stille unter Wasser, wenn die Welt ausgeblendet war und sich alles zu verlangsamen schien. Sie wollte gerade ihre Hand nach Martin ausstrecken, der neben ihr herschwamm, als Klaus sie auf einen grünen Riesendrückerfisch aufmerksam machte. Der Moment ging vorbei, ohne dass Martin ihre Bewegung wahrgenommen hatte.

Auf Ihuru fiel niemandem so früh an diesem Morgen auf, dass weder Chief Inspector Waheed noch sein Assistent Rangha zu sehen waren. Die Menschen gingen ihren üblichen Beschäftigungen nach wie jeden Tag. Die meisten machten einen Schnorchelausflug in der Lagune, einige waren mit dem Tauchboot zu einem der beliebten Spots unterwegs, andere suchten Entspannung in ihren Gärten, und auch im Spa ging der Betrieb weiter wie immer. Auch die beiden neu angekommenen Herren aus Villa Nummer vierunddreißig genossen ein Bad im Meer und schlenderten anschließend zu einem Mittagessen, das ihnen ganz offensichtlich schmeckte. Sie unterhielten sich in einer Sprache, die kaum jemand verstand. Aber auf einer Hotelinsel mit internationalem Publikum, fiel das nicht weiter auf.

Etwa zwei Stunden vorher hatte Chief Inspector Waheed sich schon wieder auf das schmale Bett gelegt. Er wollte noch etwas ruhen, denn er wusste, dass er in der nächsten Nacht nicht dazu kommen würde. Zuerst glaubte er, nicht einschlafen zu können. Seine Gedanken brauchten eine Weile, bis sie zur Ruhe kamen. Aber dann vernahm sein Assistent die gleichmäßigen, langen Atemzüge seines Chefs. Er selbst war kurz danach über einem Artikel in der *Haveern News* ein wenig eingenickt und schreckte jetzt hoch, als sein Handy kaum vernehmlich summte. Die Kollegen gaben wie vereinbart ihren Bericht. Er antwortete leise mit zwei kurzen Worten. Auch als er auf einem Tablett das Mittagessen an der Tür in Empfang nahm, störte das nicht den Schlaf seines Chefs, der drehte sich lediglich mit einem kleinen Schnaufen zur Seite. Es war schon später Nachmittag, als er die Augen öffnete. Sein Blick war klar, er war ausgeruht.

„Was gibt's?" fragte er, während er aufstand und an seinem Hemd zupfte und ordentlich in die Hose steckte. Er setzte sich zu seinem Assistenten. „Was machen Schuberts?"

„Die beiden sind bis jetzt nicht auffällig in Erscheinung getreten. Sie hat sich heute Vormittag im Garten ihrer Villa aufgehalten und ein Buch gelesen. Und er sitzt jetzt auch schon seit zwei Stunden auf der Terrasse und liest oder er tut jedenfalls so. Sie ist vor einer halben Stunde wieder ins Spa. Zum Mittagessen sind beide kurz ins Restaurant gegangen. Das war alles, was Mohamed und Ismail mir berichten konnten."

„Gut, die beiden halten ja Herrn Schubert im Auge, sobald er seine Villa verlässt." Chief Inspector Waheed konnte seine augenblickliche Nervosität trotz der Gelassenheit, die ihm von Natur aus eigen war, nicht ganz unterdrücken. Er lief einige Male unruhig in dem engen Raum auf und ab, bis sein Assistent sagte: „Chef, setzen Sie sich lieber. Wir wollen doch nicht, dass die da unten", er deutete in Richtung Water-Sport-Center „auf uns aufmerksam werden."

Während die Beamten dieses Gespräch führten, erhob sich Herr Schubert von seinem Stuhl, holte vernehmlich Luft und ging durch den Garten zum Strand. Sein Blick huschte nach rechts und blieb an der geschlossenen Verandatür der Nachbarvilla hängen. Die Jalousien waren zugezogen. Den ganzen Tag schon war dort nichts zu hören und er hatte außer dem Roomboy auch niemanden gesehen. Er fragte sich, wo diese Tessa und ihre Freundin sein konnten. Einen Moment lang keimte die Hoffnung in ihm auf, dass sie womöglich abgereist sein könnten. Aber dann hielt er das doch für ziemlich unwahrscheinlich. Sie würde sich sein Geld nicht entgehen lassen. Für ihn waren die dreitausend Dollar kein nennenswerter Betrag. In seinem Büro in Heilbronn gingen ganz andere Summen über seinen Schreibtisch, schließlich war er ein erfolgreicher Geschäftsmann. Aber wenn er wieder zu Hause war, musste er aufpassen. Sollte diese Tessa sich wieder melden, dann würde er ihr klarmachen müssen, dass man ihn nicht ausnehmen konnte. Aber vorerst wollte er sich darum keine Gedanken machen. Schließlich war er ja auch mit Wannjai fertig geworden. Und diese Tessa würde sich denken können, dass es gefährlich war, mit ihm das gleiche Spiel zu treiben. Wenn er erst einmal diese Insel verlassen hatte, konnte ihm niemand mehr etwas anhaben. Gestern Abend hatte er zufällig ein sehr interessantes Gespräch belauscht, das der Hotelmanager mit einem seiner Mitarbeiter führte. Sie hatten zwar leise gesprochen, aber er konnte immerhin so viel verstehen, dass die Beamten die Insel verlassen hatten. Als er das hörte, ballte sich seine rechte Hand unwillkürlich triumphierend zu einer Faust. Jetzt musste er also nur noch diese Tessa zum Schweigen bringen, dann war das Schlimmste überstanden. Schon den ganzen Tag über hatte er sich aufmerksam umgeschaut, ob nicht doch vielleicht einer dieser Beamten noch irgendwo herumschlich, aber er hatte keinen der beiden gesehen. Er dachte darüber nach, ob er seinen *Mont blanc* zurückverlangen sollte. Aber es war wohl besser, wenn er seine Überlegenheit nicht allzu deutlich zeigte. Er würde sich zu Hause ganz einfach einen neuen Kugelschreiber kaufen. Inzwischen hatte ihn sein Spaziergang zu dem Raum geführt, in dem die Beamten während der letzten Tage ihre Befragungen durchgeführt hatten. Er ging nah an das Fenster heran und versuchte, so unauffällig wie möglich, in das Zimmer zu schauen. Zur Sicherheit schaute er noch einmal nach links und rechts, aber es war niemand in der Nähe. Die beiden Schreibtische mit allen Utensilien waren weggeräumt. Da war nur noch ein langer Konferenztisch zu sehen, um den sich unzählige Stühle reihten. Der Raum machte einen aufgeräumten und sauberen Eindruck. Kein Papier lag herum, das Telefon stand in der Ecke. Die Beamten hatten also tatsächlich ihre Stellung aufgegeben. Zufrieden mit dem, was er gerade gesehen hatte, schlenderte er weiter zum Water-Sport-Center. Ein paar Taucher waren gerade von einer Tour zurückgekommen und schälten sich umständlich aus ihren Anzügen aus Neopren. Diese Tessa war nicht darunter. Und auch keiner ihrer Freunde. Gerade, als er weitergehen wollte, sah er, dass ein Dhoni am Steg anlegte. Er blinzelte in die tiefstehende Sonne, im Nachmittagslicht waren kaum mehr als ein paar Silhouetten auszumachen. Erst als die Ankömmlinge die Jetty fast hinter sich gelassen hatten, konnte er erkennen, wer ihm da entgegenkam. Tatsächlich, alle vier gingen schwatzend an ihm vorbei. Er versuchte Tessas Blick zu begegnen, aber sie war in eine lebhafte Unterhaltung mit einem der Männer vertieft. Er war sich noch nicht einmal sicher, ob sie ihn überhaupt bemerkt hatte. Bei dem Gedanken, dass diese hochnäsige Person ihn in der Hand hatte, drückten sich seine Kiefer so heftig aufeinander, dass man die Bewegung der Muskeln in seinem Gesicht erkennen konnte. Während ihm verschiedene böse Gedanken durch den Kopf gingen, hatte er mehrmals seine Hände bewegt, als wolle er nach etwas greifen. Aber nein, jetzt wo die

Polizei endlich aufgegeben hatte, war es nicht mehr nötig, ein Risiko einzugehen. Er würde verdammt froh sein, wenn er endlich in dem Flugzeug sitzen würde, das ihn zurück nach Deutschland brachte. Diese ganze Geschichte hatte ihm den Urlaub gründlich verdorben. Er schaute auf seine Uhr. Die Behandlung, die seine Frau heute im Spa hatte, musste bald beendet sein. Wenigstens sie war während der letzten beiden Wochen auf ihre Kosten gekommen.

Als Tessa draußen ihren Badeanzug zum Trocknen auf die Leine hing, saß Herr Schubert wieder auf seiner Veranda und wartete, dass es endlich Zeit wurde, um zum Abendessen zu gehen. Er war hungrig. Seine Frau Else saß ihm gegenüber und legte eine Patience. „Herbert, ich verstehe das gar nicht“, sagte sie und tippte mit dem rechten Zeigefinger auf eine der Karten. „Diese Partie geht nicht auf.“

„Ach was, na und. Dann fang halt noch mal von vorne an“, antwortete er und ging hinein, um sich aus der Mini-Bar ein kühles Bier zu nehmen. „Das ist nicht gut, Herbert“, sagte seine Frau leise, während sie etwas ratlos auf ihre Karten schaute. „Das ist wirklich nicht gut“, murmelte sie noch einmal vor sich hin.

Beim Abendessen sprachen die Gäste, die lange genug auf der Insel waren, um sich noch an die junge Frau Wannjai zu erinnern, darüber, dass dieses schreckliche Verbrechen wohl ungesühnt bleiben würde. Im Laufe des Tages war den meisten aufgefallen, dass die Polizisten die Insel verlassen hatten.

„Wahrscheinlich war es eben doch einer dieser Burschen von hier, der mit seinen Gefühlen nicht fertig wurde und dann ein bisschen zu hitzig reagiert hat“, sagte Herr Neuhauser gerade zu seiner Frau. „Man kennt das ja, und ich habe mir gleich so etwas gedacht. Nur die Polizei musste tagelang ermitteln, um endlich darauf zu kommen.“ Er schüttelte den Kopf, schnalzte missbilligend mit der Zunge und verzog seinen Mund zu einem höhnischen Lächeln.

„Aber nur weil man in Hitze ist, braucht man doch so ein Mädchen nicht gleich umzubringen“, erwiderte seine Frau. „Stell dir mal vor, jede hitzige Situation würde mit einem Mord enden.“ Sie kicherte als sie weitersprach: „Da wäre aber ganz schön was los auf der Welt, meinst du nicht auch, Bärchen?“ Ihr Mann legte seine Hand auf ihren Oberschenkel und sagte: „Puppa, ich sage dir, man muss sich seine Bekanntschaften sehr genau aussuchen.“

„Auf ein richtiges Abendessen müssen wir ja heute leider verzichten, Chef, aber wir haben noch jede Menge Brot und Käse. Auch von dem frischen Obst ist noch etwas da, und von diesem phantastischen Glazed Pineapple Ruhberg Pie hat uns die Küche eine besonders große Portion geschickt.“ Seine Augen glänzten, als er das sagte. „Was meinen Sie?“ Assistent Rangha schaute auf das Tablett, das reichlich bestückt war.

„Ja, Rangha, ich denke, wir kommen zurecht. Für diesen einen Abend wird es wohl gehen." Er lächelte, als er sah, mit welcher Vorfreude sich sein Assistent ein großes Stück Kuchen auf den Teller legte. Man konnte ihn einfach nur beneiden, um diesen Appetit. Die Sonne war inzwischen untergegangen. Ein wenig Licht vom Schein der Feuerschalen und Lampen sickerte durch die Scheiben, ansonsten war der Raum in dem sie saßen dunkel. Assistent Rangha schnitt gerade ein Stück Melone ab als er sagte: „Mohamed und Ismail haben es besser. Die kommen in den Genuss eines wunderbaren Dinners." Leise, fast ohne ein Geräusch zu machen, schenkte er sich ein Glas Wasser ein.

„Also, Rangha, ich bitte Sie, wir sind jetzt seit fast zwei Wochen hier, und die Küche hat uns mit allen möglichen Köstlichkeiten verwöhnt. Da können Sie doch auch unseren beiden Kollegen mal was gönnen."

„Ach ja, Sie haben ja recht." Er schaute auf seine Uhr. „Lange wird es jetzt nicht mehr dauern."

Beim Abendessen sagte Tessa: „Heute Abend gehen wir aber wieder in die Bar auf einen Whiskey." Die anderen drei schauten sie an.

„Ja, gerne", sagte Martin. Er freute sich darüber, dass Tessa offensichtlich wieder bessere Laune hatte.

Als sie gegen neun Uhr die Velaavani Bar betraten, ging Tessa direkt zu einem Tisch im vorderen Teil, auf welchem ein kleines Schild mit dem Hinweis „*Reserviert*" stand. „Tessa, hast du das Schild nicht gesehen?"

sagte Klaus. „Wir können uns dort drüben hinsetzen, das ist doch auch in Ordnung.“

„Nein, bleibt nur hier“, sagte Tessa und setzte sich. „Ich habe den Tisch für uns reservieren lassen.“

„Hast du auf einmal eine Vorliebe für eine bestimmte Perspektive entwickelt?“ fragte Beatrice lachend.

„Nein, ich fand diesen Tisch hier einfach nur besonders angenehm.“

Martin hatte das Gespräch mit einem Blick verfolgt, in dem man deutlich lesen konnte, dass er hinter dieser Sache mehr vermutete als nur eine Laune. Tessa ging nicht darauf ein. Sie bestellten ihre Getränke und unterhielten sich, wie sie es in den letzten Tagen oft getan hatten. Als Martin registrierte, dass Tessas Blick immer wieder umherschweifte, fragte er nebenbei: „Wartest du noch auf jemand?“

Sie war bei seinen Worten ein wenig zusammengezuckt, antwortete aber völlig ruhig: „Nein, natürlich nicht.“

„Es hätte ja sein können, dass du die beiden Neuhausers zur Unterhaltung eingeladen hast.“

Als Tessa nicht auf seinen Scherz einging, war er sich sicher, dass dieser Abend anders verlaufen würde als die vorherigen.

„Rangha, jetzt müssen wir uns bereit halten“, sagte Chief Inspector Waheed und spähte durch den kleinen Spalt am Fenster. „Sie sind da. Bis hierhin läuft alles nach Plan. Jetzt kommt es darauf an, dass wir keine

Sekunde zu früh in Erscheinung treten. Herr Schubert darf auf keinen Fall merken, dass er beobachtet wird."

„Chef, es wird schon alles glatt gehen. Mohamed und Ismail haben ihren Posten bezogen. Ich kann sie sehen. Sie sitzen in der Bar und unterhalten sich. Ich würde gerne mal hören, über was sie reden, die beiden", sagt er mit einem Schmunzeln, sprach dann aber ernst weiter. „Falls Herr Schubert durchdreht, können sie direkt eingreifen. Frau Bach wird bestimmt nichts passieren."

„Es darf nichts schiefgehen, Rangha. Und wenn doch, dann können wir uns einen anderen Beruf aussuchen."

Als Herr und Frau Schubert die Bar betraten, besprach Tessa gerade mit Klaus eine steuerrechtliche Frage, mit der sie sich vor einiger Zeit in ihrem Geschäft auseinandersetzen musste. Sie hatte keine Notiz von den beiden genommen, die sich in einigem Abstand zu ihnen einen Tisch ausgesucht hatten und jetzt die Getränkekarte studierten. Möglichst unauffällig versuchte sie, einen Blick auf ihre Uhr zu werfen. Als sie feststellte, dass es gerade erst einmal neun Uhr durch war, wurde sie nervös. Martin hatte ihren Blick bemerkt, wusste ihn aber nicht zu deuten. Er fand ihr Verhalten einfach nur merkwürdig. Er hob sein Glas und trank ihr zu. Als sie zu ihrem Glas griff, zitterte ihre Hand ein klein wenig. Martin wollte gerade fragen, was mit ihr los sei, als sie ein Gespräch über das Verhalten von Orkas während der Beutejagd begann.

Klaus ging mit Interesse auf dieses Thema ein. Er wollte vielleicht demnächst eine Reise in nordische Gewässer machen, um diese Tiere zu beobachten. Beatrice beteiligte sich ebenfalls an dem Gespräch. Nur Martin war auffallend still. Er spürte, dass hier irgendetwas vorging. Es lag etwas in der Luft, und er fragte sich schon die ganze Zeit, was es war.

Es war halb zehn durch, als Herr und Frau Schubert ihre Gläser geleert hatten und aufstanden. Er nahm seine Zeitung vom Tisch und sagte zu seiner Frau: „Else, geh schon mal vor, ich bezahle hier noch und schaue dann noch mal an der Rezeption vorbei. Die hatten da gestern ein ganz interessantes Buch, das ich mir ausleihen möchte."

„Ist in Ordnung, bis gleich", erwiderte seine Frau. Als sie ihre Handtasche vom Tisch nahm, hörte man trotz der vielen anderen Geräusche in der Bar das Klirren ihrer Armreifen. Sie nickte einem Paar am Nebentisch kurz zu und ging davon. Herr Schubert bahnte sich seinen Weg durch die Tische zur Bar und verlangte seine Quittung. Es dauerte einen Moment, bis der Barkeeper sie gefunden hatte. Herr Schubert unterschrieb und ging dann auf den Tisch zu, an dem Tessa mit ihren Freunden saß. Vorher hatte er sich mehrmals umgeschaut. Es war ihm nichts Besonderes aufgefallen. Alles war so, wie an den vorherigen Abenden auch. Einige Gäste saßen in den bequemen Sesseln, vor sich auf dem Tisch ihre Drinks. Andere bevorzugten einen Platz an der Bar mit Blick auf einen großen Bildschirm, auf dem ohne Ton Unterwasseraufnahmen zu sehen waren. Herr Schubert trat seitlich an Tessa heran und sagte: „Guten Abend.“ Gleichzeitig reichte er ihr die Zeitung. „Sie hatten sich doch für den Artikel über Mikro-Chips interessiert, ich habe ihn mitgebracht, bitte schön.“

„Danke, das ist sehr freundlich von Ihnen“, erwiderte Tessa und nahm die Zeitung entgegen. Martin beobachtete das Geschehen irritiert und mit einem leichten Stirnrunzeln. Beatrice und Klaus hatten während sich diese Szene abspielte ihre Unterhaltung unterbrochen und schauten schweigend zu. Herr Schubert hatte sich noch nicht weit vom Tisch entfernt, als sich ihm zwei Beamte in Zivil in den Weg stellten. Als Beatrice registrierte, dass es die beiden Herren aus der Nachbarvilla waren, wurden ihre Augen vor Erstaunen ganz groß. Herr Schubert blieb stehen. Wie erstarrt schaute er die beiden Männer an. Für ein paar Sekunden wirkte die Szene wie ein angehaltenes Bild in einem Film. Dann ging alles sehr schnell. Die Beamten nahmen Herrn Schubert in ihre Mitte, während aus dem Dunkel Chief Inspector Waheed auftauchte. Assistent Rangha hatte sich inzwischen von Tessa die Zeitung geben lassen. Er hielt sie in der Hand, trug sie vor sich her und überreichte das Beweisstück seinem Chef.

„Danke Rangha“, sagte der und blätterte durch die Seiten, bis er auf einen Umschlag stieß. Er nahm ihn heraus und hielt ihn einen Moment in der Hand, bevor er ihn öffnete. In dem Umschlag waren dreitausend

Dollar. Herr Schubert hatte das Geschehen schweigend verfolgt. Jetzt schloss er für einen Moment die Augen. Die Schweißperlen auf seiner Stirn waren selbst in der schwachen Beleuchtung deutlich zu sehen. Chief Inspector Waheed ging auf ihn zu und sagte leise: „Herr Schubert, es besteht der dringende Verdacht, dass Sie Frau Wannjai umgebracht haben. Ich verhafte sie und bringe sie jetzt zu einem Verhör nach Male in das Hauptquartier der Polizei. Von dort können Sie Kontakt mit der Botschaft aufnehmen und auch mit einem Anwalt telefonieren."

Es war nur eine kleine Bewegung, aus der man schließen konnte, dass Herr Schubert vielleicht einen Fluchtversuch wagen wollte. Aber zum einen stand ihm da Assistent Commissioner Rangha im Weg, an dem er ohne sich auf eine körperliche Auseinandersetzung einzulassen, kaum vorbeikommen würde. Der Mann hatte eine Haltung angenommen, die deutlich zeigte, dass er nur darauf wartete, ihn in einem Kampf lächerlich zu machen. Zum anderen wurde Herrn Schubert schlagartig klar, dass diese Insel ihm gar keine Möglichkeit für eine Flucht bot. Er richtete seinen Blick auf Chief Inspector Waheed, ohne ihn wirklich zu sehen. Man konnte seinem Gesicht nicht ansehen, was in ihm vorging. Mit einer bedächtigen Bewegung nahm er seine Brille ab, holte ein Tuch aus seiner Hosentasche und wischte sich über die Stirn. Bevor er seine Brille wieder aufsetzte, wischte er sich auch noch über die Augen. Inzwischen waren alle Gäste, die sich in der Bar aufhielten, auf den Vorfall aufmerksam geworden. Einige hatten ihre Plätze verlassen und waren nähergekommen, um das Geschehen besser verfolgen zu können. Sie bildeten eine Art Zuschauerkulisse, flüsterten oder sahen einfach nur schweigend und ungläubig zu, was sich da vor ihren Augen abspielte. Herr Neuhauser hatte sich an allen vorbeigedrängt und stand jetzt ganz vorne. Er sagte so laut, dass jeder es hören konnte: „Na so was aber auch, der Herr Schubert. Wer hätte das gedacht." In seiner Stimme schwang eine gehörige Portion Überraschung mit. Seine Frau, die er an der Hand hinter sich hergezogen hatte, stand neben ihm, den Mund vor Verblüffung ein wenig offen, was ihr einen kindlichen Ausdruck gab.

„Puppa, jetzt kannst du dich aber nicht mehr beschweren. Du warst gerade bei einem richtigen Showdown dabei."

Statt zu antworten, lehnte seine Frau ihren blonden Lockenkopf an seine Schulter und sagte: „Bärchen, das ist ja wirklich wie im Film."

Tessa hatte sich kaum bewegt und sagte auch nichts. Beatrice fragte leise: „Was war denn das jetzt?" und schaute ihre Freundin an.

„Das erkläre ich euch später", wehrte Tessa ab.

Martin hatte den Arm um sie gelegt und flüsterte: „Mädchen, Mädchen, das hätte ich dir gar nicht zugetraut." Sie lächelte ihm zu.

„Irgendetwas habe ich da wohl verpasst", murmelte Klaus dazwischen.

In all dem Durcheinander hatte niemand darauf geachtet, dass inzwischen ein Polizeiboot am Steg angelegt hatte. Die Beamten gingen mit Herrn Schubert über die Jetty, begleitet von Assistent Rangha. Bevor Chief Inspector Waheed ihnen folgte, ging er zu Tessa und reichte ihr die Hand. „Frau Bach, ich werde mir erlauben, Sie morgen anzurufen. Im Moment kann ich Ihnen leider nicht mehr sagen, denn Sie sehen selbst: es wartet heute Abend noch eine Menge Arbeit auf mich.“ Er deutete auf die kleine Gruppe, die gerade an Bord ging.

„Auf Wiedersehen, Herr Inspector, bis Morgen.“ Tessa wirkte sehr erleichtert.

„Na, dann erzähl uns jetzt mal ganz genau, was sich da eben abgespielt hat.“ Martin hatte sich nach vorne gebeugt und schaute Tessa gespannt an.

„Ich würde sagen, Herr Schubert ist gerade verhaftet worden.“

„Jetzt erzähl uns nur noch, dass er der Mörder von Wannjai ist.“

„Daran besteht wohl kaum ein Zweifel, das meint jedenfalls der Inspector.“

In dem Augenblick kam Herr Schmithoff auf sie zu. Er hatte schon den ganzen Abend mit einer gewissen Nervosität die Vorgänge in der Bar aus einiger Entfernung verfolgt. Mit weit ausgestreckten Armen ging er auf Tessa zu mit den Worten: „Frau Bach, Sie waren großartig. Darf ich Sie und Ihre Freunde auf einen Drink einladen?“

„Ja, gerne." Tessa war so damit beschäftigt, die Hände von Herrn Schmithoff zu halten, dass sie gar nicht bemerkte, dass Martin ein Stück von ihr abrückte.

Der Manager wollte sich gerade setzen, als Beatrice in Richtung Water-Sport- Center deutete. „Schaut mal da."

Dort, etwas abseits im Halbdunkel, stand Frau Schubert. Keiner wusste, wie lange sie sich dort schon aufgehalten hatte. Aber sicher war ihr bewusst, was in den letzten Minuten geschehen war, denn ihr Gesicht war blass, und ihr Blick war starr. Vor dem dunklen Hintergrund wirkte sie mit ihrem hellen Kleid und den blonden Haaren wie eine Statue. Bewegungslos stand sie da. Tessa fiel auf, dass man noch nicht einmal das Klirren ihrer Armreifen hörte. Das Geräusch, das Frau Schubert sonst immer begleitet hatte, war verstummt. „Jemand sollte zu ihr gehen", flüsterte sie.

„Ja, das ist jetzt wohl meine Aufgabe." Man hörte das Bedauern in der Stimme von Herrn Schmithoff, als er aufstand und Tessa anschaute, und man konnte ihm die Enttäuschung darüber, dass er sie jetzt verlassen musste, deutlich ansehen. „Betrachten Sie sich für den Rest des Abends als meine Gäste", sagte er noch, bevor er sich auf den Weg machte. Es wusste, dass ihn keine leichte Aufgabe erwartete.

Als er vor Frau Schubert stand, schaute sie ihn an und sagte leise: „Sie ist nicht aufgegangen."

„Bitte, was meinen Sie, Frau Schubert?“ Herr Schmithoff wusste nichts mit ihrem Hinweis anzufangen.

„Die Patience heute Abend“, antwortete sie leise. „Sie ist nicht aufgegangen.“

Herr Schmithoff berührte leicht ihren Ellbogen und sagte: „Kommen Sie, wir gehen in mein Büro. Ich lasse Ihnen einen Tee bringen, und dann besprechen wir, wie ich Ihnen behilflich sein kann.“ Sie folgte ihm ohne etwas zu sagen.

„Also, dann lasst uns alle anstoßen auf ...“, Tessa überlegte einen Moment „...auf das Ende einer schrecklichen Geschichte.“

„Eine Geschichte, bei der du wohl zum Schluss eine nicht unerhebliche Rolle gespielt hast“, sagte Martin und zwinkerte ihr zu. Ihm war es sehr recht, dass Herr Schmithoff nicht mit am Tisch sitzen konnte. Wenn es nach ihm ginge, musste der Herr Manager an diesem Abend überhaupt nicht mehr erscheinen.

„Tessa, das will ich aber jetzt ganz genau wissen, und zwar der Reihe nach.“ Man sah Beatrice an, dass sie sich nicht mit ein paar wenigen Worten zufrieden geben würde.

„Also gut.“ Tessa begann mit ihrer Erzählung über das, was in den letzten Tagen alles passiert war. Ihre Freunde hörten ihr zu, unterbrachen sie aber immer wieder, stellten Fragen und staunten über die Antworten, die Tessa ihnen gab.

Am Ende sagte Beatrice: „Das war aber mutig von dir.“ Sie schaute ihre Freundin bewundernd an. „Ich hätte mich nie getraut, den Köder zu spielen in so einer gefährlichen Angelegenheit.“

„Ach, so gefährlich fand ich es gar nicht“, erwiderte Tessa. „Ich wusste ja, dass ich immer gut bewacht war, obwohl ....“

„Jetzt weiß ich auch, warum du nicht allein sein wolltest, an dem Abend“, unterbrach Beatrice sie, die jetzt nach und nach verstand, was ihr in den letzten Tagen manchmal merkwürdig vorgekommen war. Tessa war heute Abend der Mittelpunkt auf Ihuru. In diesem Stück, das sein vorläufiges Ende gefunden hatte, war sie durch ihre Rolle zu einer Art Heldin geworden. Sie lächelte. Es war ein Lächeln, in das sich ohne, dass sie sich dessen bewusst war, auch eine winzige Spur Triumph mischte.

Irgendwann sagte Martin: „Aber jetzt bleibt immer noch die Frage, warum Herr Schubert Wannjai umgebracht hat. Das hast du uns noch nicht erzählt.“

„Das weiß ich auch nicht. Aber bei Erpressung geht es doch in den meisten Fällen um ganz private Dinge. Ich gebe zu, es wäre schon interessant zu erfahren, welche Verbindung es zwischen Mörder und Opfer gab.“

„Wahrscheinlich steckt eine schmutzige Geschichte dahinter, so ist es doch meistens bei Erpressung.“ Klaus kommentierte die Unterhaltung mit einem Kopfschütteln.

„Ja, die eigentliche Ursache, die zu diesem Verbrechen geführt hat, die muss Chief Inspector Waheed noch herausfinden“, sagte Tessa. „Und wie ich ihn kenne, hat er schon damit angefangen.“

***** Montag *****

Am nächsten Morgen war die Stimmung auf Ihuru im Allgemeinen und im Besonderen bei Tessa merklich gelöst. Sie saß mit ihren Freunden beim Frühstück, sie lachten und waren bester Laune. „Jetzt müsste der Urlaub gerade noch mal von vorne anfangen“, sagte Klaus und strich Butter auf ein Stück Toast.

„Bitte, nicht. Ich möchte auf keinen Fall, dass in meinem Umfeld noch einmal ein Mord geschieht. Das würden meine Nerven kein zweites Mal aushalten“, antwortete Beatrice.

„Hat eigentlich einer von euch schon mal daran gedacht, wie Frau Schubert sich jetzt fühlen muss?“ Bei der Frage hatte Tessa einen nach dem anderen angeschaut. Alle bekamen ernste Gesichter.

„Na ja, ihr steht jetzt eine schwere Zeit bevor.“ Martin hatte nachdenklich in seiner Kaffeetasse gerührt. „Wenn ihr Mann wirklich einen Mord begangen hat, wird sie kaum etwas für ihn tun können.“

Tessa hatte Mitleid mit Frau Schubert. „Ich denke, Herr Schmithoff wird sich schon um sie kümmern. Aber ich glaube nicht, dass sie ihre Villa heute verlassen wird. Nachdem inzwischen hier jeder weiß, dass ihr Mann verhaftet wurde, wird sie sich nicht mehr vor den anderen Gästen zeigen wollen. Ich wüsste gerne, ob sie sich darüber im Klaren ist, welche Bedeutung die Tat ihres Mannes für ihr eigenes Leben hat. Für sie wird nichts mehr so sein wie früher. Wisst ihr, sie hat sicher geglaubt, ihren Mann zu kennen, jede Frau glaubt das doch. Und ganz sicher hätte sie ihm keinen Mord zugetraut. Jedenfalls kann ich mir nicht vorstellen, dass man mit einem Mann zusammenzuleben kann, dem man ein solches Verbrechen zutraut."

„Auf alle Fälle sollte er sich einen guten Anwalt nehmen", sagte Martin knapp. Für ihn war das Thema damit erledigt. Tessa schaute ihn an mit einem Blick, der nachdenklich wirkte. Entweder hatte er es nicht bemerkt oder er wechselte absichtlich das Thema, indem er sagte: „Also dann Freunde, wie wollen wir unseren letzten Urlaubstag gestalten? Tauchen können wir so kurz vor dem Rückflug nicht mehr, also bleibt uns nur die Lagune. Ein letztes Mal mit den Schildkröten schwimmen, das würde dir doch sicher Freude machen oder nicht, Tessa?" Sie antwortete nicht gleich, denn mit ihren Gedanken war sie noch bei Frau Schuberts Schicksal, und es gefiel ihr nicht, wie wenig Mitgefühl Martin gerade gezeigt hatte. Deshalb sagte sie jetzt: „Ich weiß nicht. Mir wäre eine Behandlung im Spa heute Vormittag lieber."

„Da komme ich mit." Beatrice stand schon auf. Nachdem die beiden Freundinnen gegangen waren, konnte man Martin ansehen, dass seine Laune sich schlagartig verschlechtert hatte.

„Martin, wenn du mich fragst, sind deine Chancen bei Tessa nicht mehr sehr groß. Irgendetwas ist da wohl schiefgelaufen." Klaus klopfte seinem Freund auf den Rücken.

„Mmh, ich finde eher, dass sie mit ihrer Sympathie für diesen Herrn Schmithoff ein bisschen übertreibt. Glaubt sie vielleicht, sie kann hierbleiben, wenn sie ihm schöne Augen macht? Schon direkt nachdem wir ankamen, ist mir aufgefallen, wie sehr er sich um sie bemüht hat. *‚Aber das ist doch selbstverständlich, Frau Bach, dass wir Ihnen eine Yoga-Matte besorgen'*, äffte er Herrn Schmithoff nach. Und an dem Abend, als der Mord geschah, da hat er sie auch nicht aus den Augen gelassen. Und jedes Mal, wenn er ihr irgendwo begegnet ist, musste er ihr zuwinken, das habe ich doch selbst gesehen."

„Für eine Urlaubsbekanntschaft, die du gerade mal zwei Wochen kennst, zeigst du vielleicht etwas zu viel Eifersucht, meinst du nicht auch? Außerdem habe ich nie gesehen, dass der Manager ihr zugezwinkert hat. Du solltest ihr ein bisschen Zeit lassen. Für sie waren die letzten beiden Wochen hier auch nicht einfach. Wenn der Mord nicht geschehen wäre, hätte sie den Kopf frei gehabt und hätte sich vielleicht eher auf einen Flirt oder auch mehr mit dir eingelassen. Nach all der Aufregung solltest du erst mal in Ruhe abwarten. Das muss doch nicht alles gleich hier und jetzt entschieden werden." Klaus klopfte seinem Freund noch einmal auf die Schulter. „Junge, komm, lass uns noch ein bisschen das Riff unsicher machen."

„Warum hast du denn Martin vorhin so abblitzen lassen?" fragte Beatrice ihre Freundin, als sie auf dem

Weg zu ihrer Villa waren. „Der arme Kerl war ja ganz geknickt."

„Der arme Kerl, wie du ihn nennst, ist mir irgendwie ein bisschen zu glatt. Ist dir nicht aufgefallen, dass er sich für das Schicksal von Frau Schubert so gut wie gar nicht interessiert hat? Ich fand das ziemlich herzlos von ihm. Gerade als Anwalt müsste er doch mehr Verständnis für solche Situationen zeigen."

„Tessa, du weißt doch, dass Martin Fachanwalt für Wirtschafts- und Vertragsrecht ist. Ich glaube nicht, dass er da besonders viel Verständnis für die Gefühle seiner Mandanten aufbringen muss. Ich vermute eher, dass er aus Gedankenlosigkeit nicht auf das Thema eingegangen ist."

„Ich mag keine Menschen, die gedankenlos sind", antwortete Tessa. Sie hatte in einem Ton gesprochen, der keinen Zweifel daran ließ, dass ihr Urteil endgültig war.

In den nächsten Stunden ergab sich keine Gelegenheit mehr für ein Gespräch zwischen den beiden Freundinnen. In dem Bewusstsein, dass es in diesem Urlaub die letzte Behandlung im Spa sein würde, gaben sie sich noch einmal ganz diesem Gefühl der Entspannung hin. Tessa hatte sich für *Ibu's secret* entschieden, sie wollte nicht nach Hause fahren, ohne zu wissen, welche Behandlung sich hinter dieser geheimnisvollen Bezeichnung verbarg.

Als sie in ihre Villa zurückkamen, fanden sie eine Nachricht von Chief Inspector Waheed vor. Er schrieb, dass sein Assistent Rangha gegen drei Uhr auf die Insel käme, um Tessa zu den Vorgängen des gestrigen Abends zu befragen und ihre Aussage zu Protokoll zu nehmen. Und er bat sie und ihre Freunde, ihn abends um acht Uhr in der Velaavani Bar zu einer kleinen Abschiedsfeier zu treffen. Er würde sich geehrt fühlen, wenn sie seine Einladung annähme.

„Sein deutsch ist wirklich geschliffen, er muss großen Wert auf einen guten Unterricht gelegt haben, als er in Deutschland war. Ich freue mich auf heute Abend." Tessa, faltete den Brief wieder zusammen und steckte ihn in das Seitenfach ihrer Handtasche. Sie würde ihn mit nach Hause nehmen und aufbewahren.

„Ich finde es auch nett, dass er extra noch einmal von Male herüber kommt. Aber immerhin hast du ihm ja auch geholfen, diesen Fall zu lösen. Wer weiß, ob es ihm sonst gelungen wäre, Herrn Schubert zu überführen. So gesehen, kann er sich ruhig erkenntlich zeigen."

„Na ja, Bea, es ist ja nicht nur das. Ich würde vor allen Dingen gerne erfahren, wie Herr Schubert sich zu seiner Tat geäußert hat. Immerhin ist bei diesem Mord die wichtigste Frage ja immer noch nicht beantwortet, nämlich die Frage nach dem warum."

Beim Mittagessen erzählte Tessa Martin und Klaus von der bevorstehenden Einladung für den Abend. Die beiden nahmen gerne an. Die kleine Missstimmung vom Morgen war vergessen, und Martin versuchte, besonders nett zu Tessa zu sein. Er hatte ihr gerade ein Kompliment über das Haarband gemacht, das sie heute trug und ihr gesagt, dass er es hübsch fand, als Herr Schmithoff an ihren Tisch kam. „Guten Tag, die Herrschaften“, begrüßte er sie, ohne zu ahnen, dass Martin ihn gerade zum Teufel wünschte. „Frau Bach, ich nehme an, Sie haben die Nachricht von Chief Inspector Waheed erhalten. Er hat auch mich zu dieser kleine Feier gebeten und ich freue mich sehr darauf.“ Er schaute über den Tisch und fuhr fort: „Wenn Sie noch besondere Wünsche haben, lassen Sie es mich bitte wissen.“

„Danke, Herr Schmithoff“, sagte Tessa. „Es ist alles in Ordnung. Wir sehen uns dann heute Abend. Ich freue mich auch.“ Nach einem kurzen Gruß wollte Herr Schmithoff wieder zurück an seine Arbeit gehen, aber Tessa war aufgestanden und ging ein paar Schritte mit ihm. „Ich wollte wissen, wie es Frau Schubert geht.“

„Nun, sie ist heute Morgen in das beste Hotel von Male umgezogen, wir haben sie auf ihren Wunsch schon sehr früh mit dem Boot hingebracht. Sie wollte die Insel so schnell wie möglich verlassen, was man ja verstehen kann. Ihren Flug nach Deutschland konnten wir umbuchen, denn sie will die nächsten Tage erst einmal in der Nähe ihres Mannes bleiben. Sie kann ihm zwar nicht direkt helfen, aber sie wird sicher versuchen, über die Botschaft und über Rechtsanwälte seine Lage zu verbessern. Ob ihr das gelingt, weiß ich nicht, ich bin kein Rechtsexperte. Sie braucht auch sicher selbst noch ein wenig Zeit, um sich von dem Schock zu erholen. Das ist keine einfache Zeit für sie, aber in dieser Situation kann ihr leider niemand helfen. Trotzdem werde ich in den nächsten Tagen telefonischen Kontakt mit ihr halten. Soweit ich weiß, hat sie ihren Sohn in Heilbronn verständigt, die Familie ist jetzt sicher ihr wichtigster Halt."

Nachdem sie beide sich einen Moment lang schweigend angeschaut hatten, sagte Tessa: „Danke für die Auskunft. Sie sind sehr freundlich, dass sie sich so um Frau Schubert kümmern."

„Das ist schon in Ordnung. Immerhin war sie hier Gast, und das Verbrechen hat schließlich ihr Mann begangen und nicht sie." Nach einer kurzen Pause sprach er weiter: „Dann noch einmal: bis heute Abend. Ich freue mich." Er lächelte ihr zu, länger als es nötig gewesen wäre, bevor er wieder in sein Büro ging.

Als Tessa zurück an den Tisch kam, wirkte Martin verärgert. Er schwieg. In seinem Schweigen lag eine Spannung, die jeder deutlich spürte. Klaus überlegte gerade, wie er die Situation retten konnte, die allmählich peinlich wurde, als Beatrice sagte: „Ich werde jetzt mal meinen Koffer packen. Tessa, kommst du mit?"

„Ja, Bea, das ist eine gute Idee." Mit einem Seitenblick auf Martin setzt sie hinzu: „Heute Abend wird es bestimmt spät, da sollten wir uns nicht mehr mit unserem Gepäck beschäftigen müssen."

Als die beiden Freundinnen gegangen waren, holte Klaus tief Luft und blies die Backen dabei auf. „Hei, das ist heute schon das zweite Mal, dass du bei ihr in Ungnade gefallen bist, mein Freund.“

„Es wäre besser, wenn du jetzt still bist“, antwortete Martin. „Was redest du bei dem Thema überhaupt mit? Du als alter Junggeselle hast doch sowieso keine Ahnung von Frauen.“

„Also ich hätte das eben jedenfalls nicht so vermasselt, alter Junge. Nimm es einfach sportlich. Weißt du was, wir könnten doch auch schon mal unsere Koffer packen.“

„Also gut“, brummte Martin, aber man sah ihm an, dass ihm ein ordentliches Krafttraining als Stimmungsausgleich jetzt wesentlich lieber gewesen wäre.

Als nur noch die Kleider im Schrank hingen, die sie heute Abend und morgen für die Reise anziehen würden, setzten sich die beiden Freundinnen auf die Veranda. Beatrice hatte wie fast jeden Mittag Kaffee gemacht, und sie wollten zum letzten Mal die Aussicht aufs Meer genießen. „Thomas wird staunen, was ich ihm alles zu erzählen habe“, sagte sie. „Meine Freundin Tessa sozusagen als under-cover-girl der maledivischen Polizei, das glaubt mir zu Hause wahrscheinlich kein Mensch.“

„Eigentlich habe ich auch nicht vor, überall herumzuerzählen, was ich hier erlebt habe.“

„Ich an deiner Stelle würde mir alle Zeitungsartikel, dic zu diesem Fall in der hiesigen Presse erscheinen, von Inspector Waheed schicken lassen. Die *Haveern News* oder die *Aafathis News* berichten doch sicher schon seit Tagen über den Fall. Mich wundert es eigentlich, dass noch kein Journalist aufgetaucht ist, der ein Foto von dir machen wollte."

„Bea, was redest du? Soll ich vielleicht auch noch dem Sender *Television Maldives* ein Interview geben? Wenn Du glaubst, dass ich mich auf Kosten einer toten jungen Frau so zur Schau stellen will, dann bist du dabei, meine Vorliebe für Kriminalromane mit einer ernsthaften Persönlichkeitsstörung zu verwechseln." Tessa reagierte verärgert.

„Ach komm, jetzt sei mal nicht so empfindlich. Schließlich hätte keiner von uns diesen Mord verhindern können, also müssen wir uns auch keine Vorwürfe machen. Und dass du der Polizei geholfen hast, ist doch eine Anerkennung wert. Ich wäre ganz bestimmt nicht so mutig gewesen, mich auf eine solche Aktion einzulassen. Du hättest es ja ohne weiteres ablehnen können."

„Nein, das hat mein Gerechtigkeitssinn nicht zugelassen. Außerdem habe ich dem Inspector vertraut, deshalb schien mir die ganze Sache nicht sonderlich gefährlich zu sein. Aber ich gebe zu, dass ich aufgeatmet habe, als alles glücklich zu Ende war."

Beatrice schaute ihre Freundin eine ganze Weile von der Seite an, bevor sie weitersprach. „Sag mal, hast du schon eine Vorstellung davon, wie das mit dir und Martin weitergehen soll?"

„Nicht so richtig. Ich weiß nur, dass ich keine Aufregung mehr will, sondern eine ruhige Beziehung, in der ich einfach ich selbst sein kann. So eine Partnerschaft stelle ich mir vor wie einen breiten Fluss, der ruhig dahinfließt. Verstehst du, was ich meine? Einen Fluss ohne Stromschnellen und ohne Untiefen."

„Ja, ich verstehe." Beatrice hatte den Satz so betont, dass Tessa fragte: „Machst du dich lustig über mich?"

„Nein."

„Warum schaust du dann so komisch?"

„Bei deiner Beschreibung musste ich gerade an Frank denken."

Mit einer schnellen Bewegung stand Tessa auf und ging ins Zimmer. „Ich muss mir mal ein Glas Wasser holen", sagte sie noch.

Kurz danach klopfte es leise an der Tür. Tessa ging öffnen. Vor ihr stand Assistent Commissioner Rangha mit einem Lächeln und mit einer schmalen Aktenmappe unter dem Arm vor der Tür. „Guten Tag, Frau Bach", begrüßte er sie. „Mein Chef hat Ihnen mein Kommen ja angekündigt. Können wir also bitte gleich die Formalitäten erledigen?"

„Ja, natürlich. Bitte, kommen Sie herein."

Tessa machte ihre Aussage. Sie beschrieb ausführlich den Ablauf der Ereignisse aus ihrer Sicht und begann dabei mit dem Gespräch, das Chief Inspector Waheed vor drei Tagen mit ihr geführt hatte. Assistent Rangha notierte alles sorgfältig, und nachdem sie es durchgelesen hatte, setzte sie ihre Unterschrift unter das Protokoll. Dann verabschiedete er sich von den Damen und wünschte ihnen eine angenehme Heimreise.

Als er das Boot bestieg und noch einmal auf diese wunderschöne kleine Insel zurückschaute, verließ er Ihuru nicht nur mit der Erinnerung an einen Mord, sondern auch an tausend kulinarische Köstlichkeiten. Er hatte seiner Frau schon einige der Gerichte beschrieben, die ihm hier als ganz besonders wohlschmeckend aufgefallen waren. Es würde ihr bestimmt gelingen, das ein oder andere zu Hause auf den Tisch zu bringen. Diese Ihuru Forest Tart! Wenn er daran dachte, lief ihm das Wasser im Mund zusammen.

Tessa und Beatrice trafen Martin und Klaus erst zum Abendessen wieder. Sie sprachen über belanglose Dinge, wie zum Beispiel darüber, dass sie zu Hause ein Wetter erwartete, dass man nur als schrecklich bezeichnen konnte. Klaus hatte im Internet nachgeschaut. Im Raum Frankfurt gab es Wolken, leichten Schneeregen und Temperaturen um null Grad. Aber heute Vormittag hatte er am Außenriff noch eine ganz besondere Formation von Steinkorallen entdeckt, was ihm noch ein paar gute Aufnahmen eingebracht hatte. Martin warf Tessa immer mal wieder einen intensiven Blick zu, aber sie schien es nicht zu merken. Ihre Haut hatte in der Sonne während der letzten beiden Wochen eine leichte Tönung angenommen, die an Goldbronze erinnerte. Ihre Locken umrahmten ihr Gesicht und ließen die sonst etwas markant wirkenden Konturen weicher erscheinen. Sie schien entspannt.

Dass es ihr gar nicht bewusst war, wie gut sie heute Abend aussah, machte sie noch anziehender.

„Schaut mal, unser Gastgeber ist gerade angekommen", Tessa deutete zur Jetty. Dort begrüßte Herr Schmithoff fast überschwänglich Chief Inspector Waheed und ging mit ihm zur Bar.

„Dann lasst uns mal gehen und diesen letzten Abend auf Ihuru feiern", sagte Martin. Nur Klaus, der ihn sehr gut kannte, bemerkte den leicht spöttischen Unterton in seiner Stimme.

Chief Inspector Waheed hatte in der Velaavani Bar einen Tisch reservieren lassen, der etwas abseits stand und ihnen eine ungestörte Unterhaltung bot. Dort traf sich die kleine Gruppe jetzt, begrüßte sich gegenseitig und nahm die Plätze ein. Tessa hatte rechts neben dem Inspector Platz genommen, Herr Schmithoff hatte sich angeschlossen. Beatrice hatte sich den freien Platz links vom Inspector gesichert, Klaus saß neben ihr. Martin setzte sich auf den Platz, der noch frei geblieben war, und der war weit weg von Tessa.

„Liebe Frau Bach", begann Chief Inspector seine vorbereitete kleine Rede. „Ich freue mich, dass Sie meiner Einladung gefolgt sind und begrüße auch Ihre Freunde und natürlich den Manager dieser wunderbaren Anlage, Herrn Schmithoff." Ein Lächeln ging über die Gesichter und Chief Inspector Waheed hob sein Glas. Er hatte Herrn Schmithoff gebeten, Champagner für seine Gäste bereitzustellen, er selbst beschränkte sich auf Wasser. Die Getränke perlten in den Gläsern, die in der Wärme des Abends sofort beschlugen, und an der Außenseite kleine glitzernde Tropfen bildeten. „Trinken wir darauf, dass wir dieses schreckliche Verbrechen aufklären konnten, und auf den Mut, den Frau Bach dabei bewiesen hat.“ Er schaute Tessa an und sagte: „Noch einmal vielen Dank dafür.“ Alle hatten ihr Glas gehoben und tranken Tessa zu.

„Ja, Frau Bach hat mit ihrem Einsatz unserer Insel einen großen Dienst erwiesen.“ Herr Schmithoff schaute Tessa an, als wolle er sie gleich umarmen. Er hatte wieder den leichten Duft von Aprikosen wahrgenommen und überlegte, ob er später vielleicht mit ihr darüber sprechen sollte. Martin ahnte nichts von diesen Gedanken, rutschte nur ein wenig in seinem Sessel hin und her, sagte aber nichts.

„Ja, meine Freundin liest seit Jahren mit Begeisterung Kriminalromane“, warf Beatrice ein. „Noch direkt vor dem Urlaub habe ich mich darüber lustig gemacht, aber dieses Hobby hat ihr sicher geholfen, entsprechend überzeugend in das Geschehen einzugreifen.“

Chief Inspector lächelte nur. Er dachte daran, wie erstaunt er war, als er bei der Besichtigung der Villa gleich vier Romane gesehen hatte. So viel kriminalistisches Interesse hatte ihn damals fast ein bisschen nachdenklich gemacht.

Tessa wirkte ein wenig verlegen, aber sie empfand auch ein wenig Stolz über die vielen Lobeshymnen. „Herr Inspector, ich habe gerne geholfen. Nachdem sich am Anfang Ihr Verdacht ja sogar gegen mich gerichtet hat, musste ich mir natürlich auch so meine

Gedanken machen. Jetzt bin ich bin froh, dass ich nach Hause fahren kann, ohne dass irgendwelche Zweifel an meiner Unschuld in diesem Fall zurückbleiben." Wie zufällig hatte sie bei ihren letzten Worten Herrn Schmithoff angeschaut. Dann wandte sie ihre Aufmerksamkeit wieder ihrem Gastgeber zu. „Aber jetzt sagen Sie doch bitte, Herr Inspector, was hat Herr Schubert Ihnen erzählt über sein Motiv? Er hat doch sicher letzte Nacht darüber gesprochen."

„Nun", begann Chief Inspector Waheed. „Herr Schubert hat mir tatsächlich alles erzählt, er hat sozusagen ein umfassendes Geständnis abgelegt. Eigentlich ist es eine ganz einfache Geschichte. Wie wir schon vermuteten, hat Frau Wannjai Herrn Schubert tatsächlich erpresst. Die beiden kannten sich von früher. Dass sie sich hier auf Ihuru wiedergetroffen haben, kann man nur als einen unglaublichen Zufall bezeichnen. Die Welt ist so groß, und dass diese beiden Menschen sich dann ausgerechnet auf einer kleinen Insel der Malediven wiedertreffen mussten, ist in meinen Augen das, was man eine Fügung des Schicksals nennt."

Alle hatten begierig seinen Worten gelauscht. Sogar Martins Gesicht spiegelte nichts als gespannte Aufmerksamkeit.

„Die beiden kannten sich?" Beatrice hatte sich nach vorne gelehnt und wartete darauf, dass der Inspector weitersprach.

„Ja. Herr Schubert hat vor einiger Zeit Urlaub in Thailand gemacht, und zwar ohne seine Frau. Sie blieb damals zu Hause, weil der jüngere Sohn erkrankt war.

Wie so viele Männer entwickelte auch Herr Schubert während seines Aufenthalts dort eine Neigung zu den jungen Mädchen in Thailand. Ich glaube, es ist allgemein bekannt, dass Frauen dort Dienste sexueller Art anbieten."

Klaus fragte: „Aber, ist das denn strafbar? Ich war der Meinung, dass es sich da um ganz offizielle Bordelle handelt?"

„In diesem Fall war es ein wenig anders. Herr Schubert war an einem besonders jungen Mädchen interessiert, wenn Sie verstehen was ich meine. Die Kleine war gerade einmal zwölf Jahre alt."

Alle schauten etwas betroffen, als der Inspector ihnen diesen Teil der Geschichte eröffnete. Leise sprach er weiter. „Herr Schubert hatte einem Vermittler Geld gezahlt, um das Mädchen, das ja eigentlich noch ein Kind war, zu bekommen. Die Familie erstattete später Anzeige bei der Polizei, und Herr Schubert wurde daraufhin auch zu der Sache befragt. Aber es kam dann doch nicht zu einer genaueren Untersuchung des Falles und deshalb auch nicht zu einer Strafe für Herrn Schubert. Die Familie hatte die Anzeige nach wenigen Tagen wieder zurückgezogen. Er hat mir letzte Nacht wortwörtlich gesagt: *„Mit Geld ging damals dort alles."* Ich glaube, er ist bis heute der Meinung, dass an seinem Verhalten nichts Verwerfliches war. In seinen Augen war diese Angelegenheit ein Geschäft. Er hatte bezahlt und bekam dafür eine Gegenleistung. Und aus seiner Sicht war das vollkommen in Ordnung."

Tessa hatte an ihrem Glas genippt und stellte es jetzt wieder ab. „Aber wie kam Wannjai in diese Geschichte?"

„Frau Wannjai war die Cousine des Mädchens, das Herr Schubert für seine Zwecke *„gekauft"* hatte. Auf diese Weise war sie über alles informiert, was damals geschehen ist. Und als er hierher kam, hat sie ihn wiedererkannt."

„Aber was hatte sie gegen ihn in der Hand? Wie konnte sie diesen Druck auf ihn ausüben?" Martins Interesse an dem Fall war offenkundig.

„Nun, Herr Schubert hatte damals der Familie einen Scheck über eine nicht unerhebliche Summe ausgestellt, damit sie die Anzeige gegen ihn zurückzog. Über die Einlösung dieses Schecks bei einer Bank in Ban Na Nai gab es natürlich Belege. Frau Wannjai behauptete Herrn Schubert gegenüber, dass diese Quittungen noch existierten. Ob das tatsächlich stimmt, wissen wir nicht."

„Hätte das denn genügt, um Herrn Schubert gefährlich zu werden?" fragte Tessa.

„Ich denke schon. Der Fall liegt zwar einige Zeit zurück, aber mittlerweile geht man in Thailand mit Straftaten dieser Art wesentlich strenger um. Er musste durchaus damit rechnen, dass man unter Umständen den Fall noch einmal aufrollen würde. Außerdem hatte Frau Wannjai ihm erzählt, dass das Kind, das er damals *„gekauft"* hatte, mittlerweile zu einer Aussage bereit war. Und diese Tatsache, war letztlich wohl entscheidend dafür, dass Herr Schubert zahlte. Frau

Wannjai sollte Stillschweigen über die Sache bewahren. Als Geschäftsmann und auch als Ehemann hatte er jedes Interesse daran, die ganze Angelegenheit nicht wieder aufzurühren.“

„Aber irgendwie muss die Geschichte ja dann noch weitergegangen sein“, warf Klaus ein.

„Ja, hätte Frau Wannjai sich mit dem ersten Betrag zufriedengegeben, wäre die Sache wohl beendet gewesen. Aber sie wollte mehr. Als Herr Schubert ohne den geringsten Widerspruch zahlte, kam ihr wohl die Idee, dass sich aus dieser Sache noch mehr Profit schlagen ließe. Sie hat noch einmal zweitausend Dollar von ihm verlangt. Das war bei ihrem Treffen im Spa. Als er sich weigerte, und ihr klar machte, dass er nicht noch einmal zahlen würde, hat sie ihm erzählt, dass sie die Belege über die Scheckzahlung von damals aufgehoben hat und dass die Polizei in Thailand heute dieser Art von Verbrechen mit mehr Nachdruck nachginge als damals. Und sie hat ihm gesagt, dass ihre Cousine gegen ihn aussagen würde. Da ist er wohl durchgedreht. Es muss ihn in rasende Wut versetzt haben, dass sie ihr Wissen so gnadenlos ausspielen wollte.“ Chief Inspector Waheed ließ eine kleine Pause und nahm einen Schluck Wasser, bevor er weitersprach. „Ich glaube, es ging ihm dabei noch nicht einmal um diese zweitausend Dollar, die sie noch einmal von ihm verlangte. Er empfand es vielmehr als unerträglich, dass Frau Wannjai so offensichtlich ihre Macht demonstrierte, die sie mit diesem Wissen über ihn hatte. Sein ganzes Leben lang war er immer derjenige, der das Geschehen bestimmte. Und auf einmal befand er sich in einer Situation, in der er hilflos mit ansehen musste, wie ihn jemand skrupellos unter Druck setzte. Dass es sich dabei um eine junge Frau handelte, die gesellschaftlich weit unter ihm stand, verschlimmerte die Situation noch. In dem Moment, als er sie umbrachte, muss sein Hass gegen sie jeden vernünftigen Gedanken in ihm ausgelöscht haben. Er hat so schnell zugepackt, dass ihr keine Zeit zur Gegenwehr blieb. Wie wir aus den Spuren am Tatort schließen konnten, hatte sie wohl auch überhaupt nicht damit gerechnet, dass er sie angreifen würde."

Alle am Tisch schwiegen. „Das ist das, was man eine schmutzige Geschichte nennt." Herr Schmithoff verschränkte die Arme vor der Brust. „Ich hätte Frau Wannjai niemals zugetraut, dass sie einen unserer Gäste erpressen würde. In meinem Beruf erlebt man wirklich die unglaublichsten Geschichten."

„Ja, eine Schuld lässt sich nicht gegen eine andere aufwiegen", sagte Martin mit Nachdruck. Ausnahmsweise war er mit Herrn Schmithoff einer Meinung.

„Tessa, kannst du dich erinnern, als wir Herrn Schubert gleich an unserem ersten Tag hier am Spa begegnet sind und er einen so merkwürdigen Eindruck auf uns machte?" sagte Beatrice. Als Erklärung für die anderen fügte sie noch hinzu: „Er hatte seine Frau dorthin begleitet, und dabei muss er Wannjai begegnet sein. Und dann haben wir sogar noch gehört, wie Frau Schubert erzählte, dass ihr Mann schon mal in Thailand Urlaub gemacht hat. All das haben wir mitbekommen, aber natürlich nicht gewusst, dass sich daraus eine solche Geschichte ergeben würde."

Martin fragte den Inspector: „Und wie kamen Sie auf Herrn Schubert?"

„Nun, zum einen hatten wir seinen Kugelschreiber am Tatort gefunden und zum anderen konnten wir ihm nachweisen, dass er zweitausend Dollar von der Bank in Male geholt hatte. Die beiden Dinge in Verbindung mit dem Brief von Frau Wannjai an ihre mütterliche Freundin in Male untermauerten unseren Verdacht. Wir konnte die Geldscheine einwandfrei zuordnen."

„Aber als Beweis hätte das vor Gericht doch niemals ausgereicht", sagte Martin sofort, denn er kannte sich aus auf dem Gebiet.

„Das ist richtig. Außerdem blieb Herr Schubert während unserer Ermittlungen hier hartnäckig bei seiner Aussage, dass er das Geld für private Massagen gezahlt hatte. Und wir hatten keine Chance, ihm etwas anderes nachzuweisen. Genau da lag unser Problem. Und an diesem Punkt kam ich darauf, dass Frau Bach die einzige war, die uns helfen konnte. Sie war am Mordabend auf der Insel unterwegs und sie war in unmittelbarer Nähe des Tatorts. Sie war also diejenige, die Herrn Schubert bei seiner Tat hätte beobachten können. Zum Glück hatte sie den Mut, sich auf meine Idee einzulassen." Chief Inspector Waheed lächelte Tessa zu, bevor er weitersprach. „Herr Schubert fühlte sich sicher, nachdem wir hier so lange offensichtlich ohne Ergebnis ermittelt hatten und wir ihn in dem

Glauben bestärkten, dass wir die Insel verlassen hätten. Er dachte, wenn er Frau Bach die dreitausend Dollar zahlen würde, wäre er aus der Sache befreit. Erst einmal zurück in Deutschland würde er keine Angriffsfläche mehr bieten. Dass Frau Bach mit uns gemeinsame Sache machen könnte, daran hat er wahrscheinlich gar nicht gedacht. Er hat ihr vielmehr die gleiche Gier nach Geld unterstellt, wie er sie bei Frau Wannjai erleben musste. Das war wohl der einzige Fehler, den er in den letzten beiden Wochen gemacht hat."

Eine Weile sagte niemand ein Wort. „Übrigens hat Frau Schubert in der Zwischenzeit ausgesagt, dass ihr Mann am Mordabend die Villa für kurze Zeit verlassen hat. Er wollte sich angeblich an der Rezeption ein Buch ausleihen. Mit ihrer Aussage ist auch sein Alibi hinfällig."

„Was geschieht jetzt mit ihm?" Martins berufliches Interesse war geweckt.

„Wir werden sehen, ob wir ihn überhaupt hier vor Gericht stellen können. Es ist ja so, dass weder das Opfer noch der Täter Staatsbürger der Malediven sind. Wir müssen deshalb erst noch die Rechtslage prüfen. Das deutsche Konsulat wurde inzwischen verständigt, und natürlich hat Herr Schubert das Recht auf einen Anwalt. Es könnte durchaus sein, dass er nach Deutschland überstellt wird und man ihn dann dort für seine Tat zur Rechenschaft ziehen wird. Aber wie gesagt, das werden die Gerichte klären. Meine Arbeit in dieser Sache ist beendet." Sein Gesicht war ernst.

„Ich bin froh darüber, glauben Sie mir. Mord bedeutet immer, dass man sich mit der dunkelsten Seite eines Menschen befassen muss.“

„Alles in allem ist das eine fast unglaubliche Geschichte. Ich bin sehr froh, dass jetzt wieder Ruhe einkehren kann auf Ihuru. Meine Gäste sollen wieder ungestört die Schönheit der Insel und der Welt unter Wasser genießen.“ Herr Schmithoff zeigte sich zufrieden darüber, dass das Verbrechen aufgeklärt war. Für ihn bedeutete das, dass er zu seinen täglichen Geschäften zurückkehren konnte.

Es war spät geworden. Chief Inspector Waheed stand auf und reichte jedem zum Abschied die Hand. „Alles Gute für Sie, Frau Bach“, sagte er. „Es war mir ein großes Vergnügen, mit Ihnen zusammenzuarbeiten. Kommen Sie gut nach Hause und behalten unsere Inseln trotz der Vorkommnisse in guter Erinnerung.“

Tessa erwiderte: „Herr Inspector, es war das erste Mal, dass ich direkt mit einem Verbrechen zu tun hatte. Und ich bin froh, dass es am Ende gut ausgegangen ist für mich. Ich bin sicher, dass Sie und Ihr Assistent weiterhin alle Fälle lösen werden. Grüßen Sie ihn bitte von mir. Und sollte Ihr Weg Sie irgendwann einmal wieder nach Deutschland führen, melden Sie mich bei mir.“

„Ich werde Rangha Ihre Grüße ausrichten. Ob ich noch einmal nach Deutschland komme, weiß ich nicht. Aber ich halte immer noch Kontakt zu den Kollegen von früher. Manche habe ich sogar wiedergesehen, wenn sie hierher kamen, um ihren Urlaub zu verbringen. Wer weiß, vielleicht werde ich tatsächlich einmal Urlaub in Deutschland machen. Die Wälder und die Berge haben mir schon gut gefallen." Mit diesen Worten ging Chief Inspector Waheed begleitet von Herrn Schmithoff zum Boot und verließ Ihuru. Er schaute nicht mehr zurück. Er wünschte sich nichts sehnlicher, als recht bald seinen Bruder Jindha zu besuchen. Er wollte mit seiner Familie am Tisch sitzen und sich über so alltägliche Dinge unterhalten wie die Fortschritte seiner beiden Neffen in der Schule oder die Preise am Fischmarkt. Und vor allen Dingen wollte er nicht mehr an so schreckliche Dinge wie Mord denken.

Als Herr Schmithoff zum Tisch zurückkehrte, setzte er sich und schaute Tessa mit einem strahlenden Lächeln an. „Frau Bach, Sie hatten ja die letzten beiden Wochen hier nur wenig Zeit, sich wirklich zu erholen. Deshalb möchte ich Ihnen anbieten, Ihren Urlaub um eine Woche zu verlängern, natürlich als mein Gast. Die Umbuchung für den Rückflug lässt sich sicher arrangieren." Tessa brauchte einen Moment, um diese Nachricht aufzunehmen. Martin war im selben Moment aufgestanden und sagte: „Ich verabschiede mich. Gute Nacht." Dann schlenderte er mit Klaus davon. Beatrice hatte still zugehört und beobachtete gespannt, wie sich die Szene weiter entwickeln würde.

„Herr Schmithoff, das ist sehr nett von Ihnen, aber zu Hause wartet meine Arbeit auf mich. Verstehen Sie, ich kann nicht so ohne weiteres eine Woche länger fort bleiben.“ Nach einem kurzen Moment des Zögerns setzte sie noch hinzu: „Auch wenn ich es vielleicht gerne wollte.“

„Nun, schade. Aber wenn Sie unabkömmlich sind, ist da wohl nichts zu machen. Ich darf mich jetzt auch verabschieden. Wir sehen uns ja dann noch morgen früh.“ Mit einer kleinen Verbeugung sagte er: „Ich wünsche den Damen eine gute Nacht“ und ging.

Beatrice und Tessa saßen alleine Tisch. Keine von beiden sagte etwas. Nach einer Weile brach Beatrice das Schweigen. „Hättest Du bleiben wollen?“

„Nein, ich glaube nicht.“

„Aber ganz sicher bist du nicht?“

„Nein.“

„Schade.“

„Bea, kennst du das, wenn man Angst hat, etwas zu tun, weil man nicht abschätzen kann, was daraus folgen wird?“

„Ich verstehe was du meinst, Tessa. Aber führe deinen Gedanken mal weiter. Dann dürftest du ja nie irgendetwas beginnen. Es braucht immer etwas Mut, einen neuen Weg einzuschlagen.“ Sie hatte ihre Hand auf den Arm ihrer Freundin gelegt und schaute sie an. „Wo bleibt das Abenteuer Leben, wenn man immer schon vorher wissen will, wie es später weitergeht?“

„Bea, du bist eben das, was ich einen Lebenskünstler nenne.“

„Nun, lass uns schlafen gehen, es ist spät geworden.“

Als sie an ihrer Villa angekommen waren, sahen sie, dass sich wieder einige Geckos im Schein der Lampe über der Eingangstür versammelt hatten. „Siehst du“, sagte Beatrice „irgendwie haben sie uns doch Glück gebracht.“

„Ja, irgendwie schon.“ Tessa hatte gerade die Tür aufgeschlossen, als sie einen Laut hörte, der wie ein kurzes Kichern klang. Es war das Lachen des Geckos.

***** Dienstag *****

Morgens richteten Tessa und Beatrice ihre letzten Gepäckstücke, bevor sie zum Frühstück gingen. Von Martin und Klaus war auf der Terrasse nichts zu sehen. Auch Herr Schmithoff hatte wohl in seinem Büro zu tun. „Auch gut", sagte Tessa. „Dann können wir in aller Ruhe unser letztes Frühstück hier genießen." Sie legte ein Croissant auf ihren Teller und nahm einen Klecks Aprikosenmarmelade dazu.

„Ich glaube, die ersten Tage zu Hause werde ich das auch vermissen. Thomas geht meistens schon früh ins Büro, und ich sitze alleine da. Außerdem habe ich keinen Blick aufs Meer, und es wird keinen Saeed geben, der frischen Kaffee bringt. Aber so ist das halt, jeder Urlaub geht mal zu Ende."

„Vielleicht können wir ja irgendwann mal wieder zusammen verreisen." Tessa hatte einen Schluck Kokosmilchsaft getrunken und stellte das Glas wieder auf den Tisch. „Ich meine, ohne Aufregung. So ein paar Tage Wellness zwischendurch, das wäre nicht verkehrt."

„Die Idee ist gut. Wenn Thomas mal wieder auf Geschäftsreise ist und dein Andreas im Geschäft alleine klar kommt, wäre das sicher schön."

Erst als sie ihr Frühstück fast beendet hatten, kamen Martin und Klaus angeschlendert. Beatrice winkte ihnen zu.

„Guten Morgen", sagte Martin und setzte sich, ohne Tessa mehr als nur einen flüchtigen Blick zuzuwerfen.

Es dauerte eine Weile und zwei Tassen Kaffee, bevor er die Frage stellte, die ihn offensichtlich seit gestern beschäftigte. „Wirst du noch eine Woche hierbleiben?"

„Nein." In Tessas Stimme lag keinerlei Emotion.

„Mmh", brummte er.

Klaus und Beatrice schauten sich an und lächelten sich kaum merklich zu.

Als sie sich kurze Zeit später am Bootssteg einfanden, war ihr Gepäck schon an Bord und Herr Schmithoff wartete darauf, seine Gäste persönlich zu verabschieden. Er wünschte ihnen eine gute Heimreise. Tessa reichte er seine Visitenkarte mit den Worten, dass er sich über eine E-Mail von ihr freuen würde. Sie steckte die Karte in ihre Handtasche, ohne eine direkte Antwort darauf zu geben. Sie gab ihm die Hand und ging an Bord. Als das Boot ablegte, winkte er der Gruppe noch einen Gruß zu und ging zurück in sein Büro. Nicole sprach ihn an: „Herr Schmithoff, einen Moment, könnten Sie bitte ...."

„Jetzt nicht", antwortete er und schloss energisch die Tür hinter sich. Eine Weile schaute er aus dem Fenster. Seine Zeit hier auf Ihuru neigte sich dem Ende zu. Er würde nächsten Monat nach Indonesien reisen. In Bintan erwartete ihn eine neue Aufgabe. Im Leben gab es immer mehrere Möglichkeiten.

Tessa hatte ihre dunkle Sonnenbrille aufgesetzt und schaute über das Wasser. Man konnte an ihrer Körperhaltung erkennen, dass Ihuru und alles, was damit zusammenhing, hinter ihr lag. Jeder genoss die Fahrt durch die Lagune, und jeder war mit seinen eigenen Gedanken beschäftigt. Erst als das Boot sie auf der Flughafeninsel abgesetzt hatte und sie in der Abfertigungshalle darauf warteten, dass sie an Bord der Boeing 767 gehen konnten, fanden sie wieder in ein Gespräch zurück.

„Das waren zwei Wochen, die wohl keiner von uns vergessen wird.“ Martin wirkte weniger munter als sonst.

„Wenn ich denke, dass mich ein wohlgeordneter Schreibtisch und meine zuverlässigen Zahlentabellen erwarten, bin ich keineswegs unzufrieden“, sagte Klaus. „Da gibt es keine aufregenden Vermutungen und keine schrecklichen Geheimnisse. Im Moment empfinde ich das als recht verlockend.“

„Mein Leben wird auch wieder ruhiger verlaufen“, sagte Beatrice. „Ich werde wieder mein braves Hausfrauendasein aufnehmen.“ Man sah ihr an, dass sie sich darauf freute.

Tessa sagte zu all dem nichts. Sie schaute stattdessen die ganze Zeit auf das Flugfeld. Erst als sie ihre Plätze eingenommen hatten, reichte sie Beatrice das Fläschchen mit Lavendelöl. „Hier, das brauchst du doch.“

„Danke. Sag mal, hättest du lieber mit Martin zusammengesessen? Ich hätte meinen Platz mit ihm tauschen können. Das hätte mir nichts ausgemacht.“

„Er hat nicht danach gefragt“, sagte Tessa.

„Du hättest es ihm einfach anbieten können, wenn du ihn gerne an deiner Seite gehabt hättest.“

„Er hätte es merken müssen." Tessa hatte wieder diesen Ton in der Stimme, der jede weitere Diskussion unmöglich machte.

Martin und Klaus saßen hinter ihnen auf der anderen Seite in Reihe fünf. Das bedeutete, dass sich während des Fluges kaum ein Blickkontakt ergeben würde. Man würde wahrscheinlich kaum Gelegenheit haben, ein paar Worte zu wechseln, wenn man sich nicht gerade in den winzigen Raum neben der Pantry stellen wollte.

Chief Inspector Waheed saß am Schreibtisch, war aber mit seinem Gedanken nicht so ganz bei den Papieren, die vor ihm auf dem Tisch lagen. Als er das Geräusch eines startenden Flugzeugs hörte, unterbrach er seine Arbeit, stand auf, ging zum Fenster seines Büros und schaute hinaus. Das Starten und Landen der Maschinen war zwar nichts ungewöhnliches, denn es gingen jeden Tag mehrere Flüge, und er hörte jedes Mal das Dröhnen der Motoren. Aber ein Blick auf die Uhr zeigte ihm, dass es die Maschine sein musste, in der jetzt Frau Bach mit ihren Freunden saß. Was hatte sie ihm zum Abschied gesagt? *„Sollte Ihr Weg Sie irgendwann einmal wieder nach Deutschland führen...*" Er dachte darüber nach. Wer weiß .... Als der silbrige Punkt am Himmel sich irgendwo am Horizont verloren hatte, stand er immer noch am Fenster. Der Straßenlärm drang bis zu ihm herauf in die siebte Etage. Er konnte deutlich das Hupen der Mopeds hören, die von hier oben wie geschäftige Ameisen aus Blech wirkten. Autoreifen quietschten. Auf einmal musste er an seine Zeit in Stuttgart denken. Lauter war es damals dort auch nicht zugegangen. Er ließ seinen Blick über das Meer gleiten. Eine solche Aussicht gab es in Stuttgart natürlich nicht, ein solches Blau gab es nur hier im indischen Ozean. Aber in Deutschland gab es Hügel und Berge, und vor allen Dingen gab es hohe Berge, auf denen im Winter Schnee lag. Kleine, weiße Flocken fielen dann vom Himmel und schmolzen auf der Hand. Im Frühling und im Sommer gab es Blumen in allen Farben, und im Herbst ging man im Wald Pilze suchen und lief über Stoppelfelder. Ein paar Minuten gab er sich seinen Tagträumen hin. Hatte er Rangha eigentlich von der berühmten Schwarzwälder Kirschtorte erzählt? Er würde ihn bei Gelegenheit danach fragen. Aber für den Augenblick kehrten seine Gedanken wieder zurück ins Schwabenländle, wie man dort so schön sagte. Was hatte ihm dieser Dialekt am Anfang für Schwierigkeiten bereitet, aber die Kollegen hatten ihm geholfen und irgendwann waren ihm Ausdrücke wie *ha noo* oder *a bissle* so geläufig, dass er sie wie selbstverständlich in seinen Wortschatz aufnahm. Während er sich diese Momente in Erinnerung rief, hatte sich ein Lächeln in sein Gesicht geschlichen. Er könnte heute Abend mal wieder seinen alten Freund Johannes Baumann in Stuttgart anrufen. Es war schon ein paar Wochen her, dass sie telefoniert hatten, da konnte man mal wieder hören, was es an Neuigkeiten gab.

Erst als die Stewardess das Mittagessen servierte, sagte Tessa: „Ist dir auch aufgefallen, dass die beiden Plätze hinter uns in Reihe sechs frei geblieben sind?"

„Ja. Eigentlich sollten da jetzt Herr und Frau Schubert sitzen."

„Die Frau tut mir leid. Da verbringt man fast sein ganzes Leben mit einem Mann, um dann zu erkennen, dass man eigentlich nichts von ihm weiß. Ich finde das erschreckend."

„Ja, sicher. Aber das sind Ausnahmen, Tessa. Nicht jede Ehe endet zwangsläufig in einer solchen Tragödie. Aber wenn du so weitermachst, endest du womöglich noch als Mauerblümchen."

„Nein, Beatrice, das bestimmt nicht", widersprach Tessa vehement. Erstens kann ich zwischen all meinen herrlichen Blumen gar nicht mauerblümig werden. Und zweitens ...", ihr fiel so schnell nichts ein. „Zweitens ..."

„Ich höre", sagte Beatrice.

„Zweitens zeigt einem das Leben doch immer wieder neue Wege auf."

„Man muss sich aber auch mal für einen entscheiden", setzte Beatrice in Gedanken das Gespräch mit ihrer Freundin fort. Laut sagte sie: „Hat Martin dich zum Lachen gebracht?"

Tessa überlegte einen Moment. „Ja, manchmal."

„Vielleicht nicht oft genug", sagte Beatrice, zwinkerte ihrer Freundin zu und öffnete eine Zeitschrift, die mit den neuesten Klatschgeschichten der Prominenten aufwarten konnte.

Etliche Stunden später tauchten unter ihnen die Lichter von Frankfurt auf. Selbst in der Dunkelheit wirkte der Anblick der Stadt irgendwie vertraut. Sie landeten bei Nieselregen auf dem Rhein-Main Flughafen, waren müde und kaum noch zu einem Gespräch aufgelegt. Fast wortlos passierten sie die Passkontrolle, holten ihre Koffer vom Band und schoben ihre Gepäckwagen an den Zollbeamten, die keine Notiz von ihnen nahmen, vorbei in die Halle. Tessa sehnte sich nach einer Dusche, und wollte so schnell wie möglich nach Hause. Beatrice flog ihrem Thomas mit einem kleinen Jubelschrei in die Arme. Er hatte mit einer roten Rose in der Hand gleich hinter der Absperrung gewartet und strahlte jetzt über das ganze Gesicht, als er seine Frau wiedersah. Aber noch während er sie im Arm hielt, sagte er mit einem Seitenblick auf Martin und Klaus: „Bea, deine letzte SMS klang ziemlich geheimnisvoll, hast du mir irgendetwas zu erzählen?" Tessa lächelte vor sich hin, als sie die kleine Szene beobachtete.

„Wir haben so viel erlebt, dass ich dir tagelang davon erzählen könnte", flüsterte Beatrice ihrem Mann zu und sagte dann laut: „Darf ich dir erst mal Martin Leonhardt und Klaus Dittrich vorstellen." Die Herren begrüßten sich mit einem kurzen abschätzenden Blick.

Dann reichte Martin Tessa die Hand. „Vielleicht auf bald", sagte er.

„Vielleicht auf bald", wiederholte sie leise seine Worte, etwas anderes fiel ihr nicht ein. Dieser Abschied war kurz. Klaus schüttelte reihum alle Hände und rief seinem Freund zu: „Komm, das Taxi wartet." Am Ausgang drehte Martin sich noch einmal um, aber Tessa bemerkte es nicht. Sie unterhielt sich gerade mit Beatrice und Thomas, und sie lachte.

Ein paar Tage später ging Tessa wieder ihrer gewohnten Arbeit im Geschäft nach. Andreas hatte in ihrer Abwesenheit alles alleine geschafft und sich deshalb heute einen wohlverdienten freien Tag genommen. Sie fand es schön, wieder zwischen ihren Blumen und Pflanzen zu stehen, sich neue Dekorationen auszudenken und mit ihren Kunden zu plaudern. Sie war wieder in ihrer eigenen kleinen Welt angekommen, und das tat ihr gut. Als sie die Türglocke hörte, schaute sie auf. Sie war gerade damit beschäftigt einen Biedermeierstrauß zu binden. Vor ihr stand ein Bote von Fleurop, der ziemlich irritiert auf seinen Auftragszettel schaute. „Bin ich hier richtig bei Tessa Flora?" fragte er und ließ seinen Blick durch den Raum schweifen.

„Ja, das ist richtig." Auch Tessa fand es merkwürdig, dass ein Blumenbote in ihr Geschäft kam.

„Ich habe hier eine Sendung für Frau Theresia Bach. Sind Sie das?"

„Ja, das bin ich", antwortete Tessa. Daraufhin reichte er ihr ein kleines Blumengebinde, das fest in Papier eingewickelt war, und war schon fast aus der Tür, als sie ihm nachrief: „Danke, Auf Wiedersehen."

Neugierig öffnete sie das Präsent. Sie hielt einen Strauß Maiglöckchen in den Händen. Grüne Bänder schlangen sich um die weißen Blüten. Eigentlich musste sie den Brief, der zwischen den Blüten steckte, nicht öffnen. Sie wusste auch so, von wem dieser Gruß kam. Eine ganze Weile stand sie still da und dachte darüber nach, dass dieser Martin tatsächlich ein sehr bemerkenswerter Mann war.

Im Verlag Winterwork erschienen von der Autorin:

Sommermord in Mannheim
ISBN 978-3-86468-728-0
Es ist der heißeste Sommer seit Jahren in Deutschland. Hauptkommissar Klaus Gebhardt hat vor kurzem in Mannheim seinen Dienst angetreten und steht vor seinem ersten Mordfall. Er beobachtet, stellt Betrachtungen an, fügt zusammen, und verfolgt in den nächsten Wochen heiße Spuren im Luisenpark. Außerdem denkt er bei einem Espresso über die eine oder andere Art zwischenmenschlicher Beziehung nach.

Alte Liebe, neue Wege . . . und die Farbe von Mimosen
ISBN 978-3-86468-950-5
Hannah. Das ist der Name der Frau, die er vor Jahren aus den Augen verloren, aber nie vergessen hat. Klaus Gebhardt, Anfang fünfzig, führt privat ein zurückgezogenes Leben. Doch sein Beruf als Kommissar führt ihn mit Menschen zusammen, deren Schicksal außergewöhnlich verläuft. Er richtet seinen Blick auf die Ereignisse, sucht nach Zusammenhängen und deckt auf, was im Verborgenen bleiben soll.

Veilchen, Mord . . . und Liebe
ISBN 978-3-96014-324-6
„Bescheidenheit und Liebe. Passt das im wirklichen Leben zusammen?“ Die Frage stellt Kommissar Gebhardt, als er vor seinem neuen Fall in Mannheim steht.
„Meine Damen, hier können Sie ihr ganz persönliches Pflegeprogramm genießen.“ Das sagt Lydia Tenhagen zur Begrüßung der Damen, die auf ihrer Schönheitsfarm im Odenwald eintreffen.
Wie eng ist beides miteinander verknüpft? Die Antworten darauf werden sich in diesen Frühlingstagen finden.